청소년
다빈치 코드
2

THE DA VINCI CODE

다빈치 코드 2

댄브라운 지음 ┃ 김영선 옮김

문학수첩

44장

리 티빙 경은 활짝 웃으면서 부자연스러운 걸음으로 벽난로 앞을 서성였다. 다리 보조기가 난로 앞 돌바닥에 부딪치며 철컥거리는 소리를 냈다.

티빙은 설교조로 말했다.

"성배. 사람들은 대부분 나에게 성배가 어디에 있는지만 묻지요. 유감스럽게도 그건 내가 답할 수 있는 질문이 아니오."

그는 돌아서서 소피를 똑바로 바라보았다.

"하지만…… 그보다 훨씬 더 적절한 질문이 따로 있소. 바로 '성배란 무엇인가?'. 성배를 온전히 이해하기 위해서는 먼저 성경을 이해해야 하오. 신약에 대해 얼마나 알고 있소?"

소피는 어깨를 으쓱였다.

"사실, 전혀 모릅니다. 레오나르도 다빈치를 숭배하는 분이 저를 키우셨거든요."

티빙은 놀라워하면서도 흡족해하는 표정을 지었다.

"깨친 사람이군. 좋아요, 좋아! 그렇다면 레오나르도가 성배의 비밀을 수호하는 사람들 중 하나였다는 사실을 알고 있겠군요. 그가 작품 속에 단서들을 숨겨 놓았다는 사실도."

"네, 로버트가 거기까지는 말해 줬습니다."

"그리고 신약 성경에 대한 다빈치의 입장도?"

"그건 전혀 모릅니다."

티빙의 눈빛에 기쁨이 어렸다. 그는 맞은편에 있는 서가를 가리켰다.

"로버트, 수고 좀 해 주겠나? 맨 아래 칸일세."

랭던은 책장으로 가서 큼지막한 미술 책을 한 권 찾아 들고 와 티빙과 소피 사이에 있는 탁자에 내려놓았다. 티빙은 두꺼운 책의 책장을 넘겨 뒤표지 안쪽에 쓰여 있는 인용문을 가리켰다. 그리고 그중 하나를 골라 짚으며 말했다.

"다빈치의 노트에 나오는 구절 가운데 하나요. 이게 우리의 토론과 관련이 있다는 걸 아가씨도 알아차릴 수 있을 것이오."

소피는 그 문장을 읽어 보았다.

**많은 자들이 망상과 거짓 기적으로
어리석은 대중을 기만한다.**

— 레 오 나 르 도　다 빈 치

"이건 또 어떻소?"

티빙은 다른 인용문을 가리켰다.

눈먼 무지가 우리를 잘못 인도한다.
아, 가련한 인간들이여, 눈을 떠라!
— 레오나르도 다빈치

소피는 약간 오싹해졌다.
"다빈치가 성경에 대해 한 말인가요?"
티빙은 고개를 끄덕였다.
"성경에 대한 레오나르도의 생각은 성배와 직접적으로 연관되어 있소. 다빈치는 실제로 진짜 성배를 그리기도 했지. 좀 있다가 보여 주지. 하지만 먼저 성경 이야기를 해야겠소이다."
티빙은 미소를 지었다.
"성경에 대해 알아야 할 모든 것은 한마디로 요약할 수 있소. 성경은 **인간**의 작품이라는 것이오. 하느님의 작품이 아니라. 성경은 어느 날 기적처럼 구름에서 툭 떨어진 게 아니오. **인간**이 성경을 만들었고, 성경은 수많은 번역과 첨가와 수정을 통해 진화해 온 거요. 역사에는 최종본이라는 것이 없소."
"그렇군요."
티빙은 말을 멈추고 차를 한 모금 마신 다음, 찻잔을 도로 벽난로 위에 내려놓았다.
"무려 여든 개가 넘는 복음서가 신약으로 고려되었고 그중 몇 개만 성경에 포함되었소. 마태복음, 마가복음, 누가복음, 요한복음 등등."
"누가 복음서를 선별한 거죠?"

소피가 물었다.

"아하!"

티빙은 흥에 겨워 탄성을 내지르고는 말을 이었다.

"그게 바로 기독교의 가장 근본적인 아이러니라오! 오늘날 우리가 알고 있는 성경을 편집한 사람은 로마의 황제이자 이 교도였던 콘스탄티누스 대제였거든."

"콘스탄티누스는 기독교인인 줄 알았는데요."

"천만에."

티빙은 코웃음을 쳤다.

"그는 평생을 이교도로 살다 죽기 직전에 세례를 받았소. 그것도 쇠약해져 저항을 못했기 때문이지. 콘스탄티누스 시대에 로마의 공식 종교는 태양 숭배였고, 콘스탄티누스 본인이 종교 대제사장이었소. 그런데 그에게는 불행하게도 점점 거세진 종교적 소용돌이가 로마를 집어삼키고 있었지. 예수 그리스도가 십자가에 못 박힌 지 3세기가 지난 무렵이었는데, 그리스도의 가르침을 따르는 사람들이 빠르게 늘고 있었거든. 기독교도와 이교도 사이의 싸움이 워낙 커지는 바람에 로마가 두 동강 날 위험에 처했지. 콘스탄티누스는 뭔가 조치를 취해야 한다고 판단한 끝에 기원후 325년에 로마를 단일 종교로 통일시키기로 결심했소. 기독교로 말이오."

소피는 놀랐다.

"이교도 황제가 왜 **기독교**를 공식 종교로 선택한 거죠?"

티빙은 빙그레 웃었다.

"콘스탄티누스는 아주 유능한 사업가였소. 기독교가 대세인 것을 알고는 잘나가는 말로 갈아탄 거지. 지금도 역사학자들은 콘스탄티누스가 태양을 숭배하는 이교도들을 기독교로 개종시킨 탁월한 역량에 감탄을 금치 못한다오. 이교도의 상징, 날짜, 의례 등을 득세하고 있는 기독교 전통과 융합시킴으로써 모두가 만족할 일종의 혼혈 종교를 만들어 낸 거지."

랭던이 끼어들었다.

"전문 용어로는 종교의 '변형'이라고 하지요. 기독교의 상징물 속에 남아 있는 이교도 종교의 흔적은 부정할 수 없을 정도로 명확해요. 이집트의 태양 그림은 가톨릭 성인들 머리 위의 후광이 되었어요. 기적적으로 수태한 아들 호루스를 안고 있는 이시스의 그림 문자는 아기 예수를 안은 성모 마리아라는 현대적인 이미지의 청사진이 되었죠. 또한 가톨릭 미사에 등장하는 대부분의 요소들―주교관, 제단, 그리스도의 몸과 피를 상징하는 빵과 포도주를 먹는 영성체 등―은 그전에 있던 이교도의 의례에서 직접 가져왔답니다."

티빙은 끙 하는 소리를 냈다.

"괜히 기호학자에게 발동 걸지 말아요. 기독교에서 독창적인 것은 아무것도 없어요. 심지어 기독교에서 매주 지키는 주일도 이교도로부터 훔쳐 왔으니까."

"그게 무슨 말이에요?"

다시 랭던이 나서서 설명했다.

"본래 기독교는 유대교의 안식일인 토요일을 주일로 지켰어요. 그런데 콘스탄티누스가 그걸 이교도의 '태양의 날'과 일치하도록 바꾼 거지요."

랭던은 말을 멈추고 빙긋이 웃었다.

"오늘날에도 교회에 다니는 사람들 대부분은 일요일이 되면 이교도들이 매주 태양신을 경배했던 날인 것도 모른 채 예배에 참석하곤 하죠. 해의 날인 일요일에."

소피는 어지럼증을 느꼈다.

"그리고 이 모두가 성배와 관련 있다는 거예요?"

티빙이 말했다.

"암, 있고말고. 기독교와 이교도 신앙이 종교적으로 융합되는 동안 콘스탄티누스는 새로운 기독교 전통을 강화할 필요성을 느꼈소. 그래서 유명한 '니케아 공의회' 회의를 열었지. 이 회의에서 기독교의 여러 측면을 놓고 토론을 벌이고 표결을 했소. 그중에는 부활절 날짜, 주교의 역할, 세례 같은 의식도 있었고, 당연히 예수의 **신성** 문제도 제기됐지."

"무슨 말인지 모르겠어요. 예수의 신성이라뇨?"

"아가씨, 역사적으로 보면 그때까지만 해도 예수의 추종자들은 그를 유한한 생명을 가진 예언자로 봤소……. 뛰어나고 위대한 인물이지만, 그럼에도 불구하고 **인간**으로 본 거요. 생명이 유한한 인간으로."

"하느님의 아들이 아니고요?"

"그렇소. '하느님의 아들'로서의 예수의 확고한 지위는 니케아 공의회에서 공식적으로 제기되고 표결에 부쳐졌지요."

"잠깐만요. 그러니까 예수의 신성이 **투표**로 결정된 사항이라는 말인가요?"

"그것도 아주 아슬아슬하게 통과되었지. 그럼에도 불구하고 콘스탄티누스는 예수를 하느님의 아들이라고 공식적으로 보증함으로써 예수를 신으로 바꿔 놓았소. 이로써 이교도가 더 이상 기독교에 도전하지 못하게 했지. 그뿐만 아니라, 그리스도를 따르는 사람도 이제는 **오직** 확고하게 자리 잡은 신성한 봉로를 통해서만, 즉 로마 가톨러교회의 신도가 되어야만 구원을 받을 수 있게 되었소."

소피는 랭던을 힐끔 쳐다보았다. 랭던은 조용히 고개를 끄덕였다.

티빙이 말을 이었다.

"이 모든 것의 핵심에는 권력이 있었소. 메시아로서의 그리스도는 교회와 국가가 함께 일한다는 것을 의미했지. 많은 학자는 초기 교회가 자신들의 권력을 확대하기 위해 예수를 원래의 추종자들로부터 말 그대로 **훔쳐 갔고**, 예수의 인간적인 메시지를 가로챘다고 주장하오. 나도 그 주제에 대해 책을 몇 권 썼고."

"그러면 독실한 기독교인들에게서 매일같이 비난 편지를 받으셨겠네요?"

"그럴 이유가 뭐가 있겠소?"

티빙이 반박했다.

"제대로 교육받은 기독교인들은 대부분 자신들 신앙의 역사를 잘 알고 있소. 예수는 정말로 뛰어나고 위대한 인물이었소. 그리고 그리스도가 가짜라고 말하거나 그리스도가 수많은 사람들에게 더 나은 삶을 살도록 영감을 주었다는 사실을 부정하는 이는 아무도 없소. 다만 우리가 말하고자 하는 것은, 콘스탄티누스가 그리스도의 막강한 영향력과 지위를 이용했다는 사실이오. 그리고 그 과정에서 기독교가 오늘날과 같은 모습을 갖추게 되었다는 점이고.”

소피는 앞에 있는 미술 책을 힐긋 내려다보면서 이제 그만 다빈치가 그렸다는 성배 그림을 보면 좋겠다고 생각했다.

“그런데 상황을 꼬이게 한 일이 하나 있었지.”

이제 티빙은 훨씬 빠른 어조로 말했다.

“콘스탄티누스가 예수를 인간에서 하느님의 아들로 신격화한 것은 예수가 죽고 거의 4세기가 지나서 일어난 일이오. 그래서 예수의 삶을 **유한한** 인간의 이야기로 기록한 **복음서**들이 이미 수천 개나 존재했소. 콘스탄티누스는 역사책을 다시 쓰기 위해서는 아주 과감한 조치가 필요하다는 것을 알았지. 바로 이 대목에서 기독교 역사 가운데 무척 중요한 순간이 등장하오.”

티빙은 소피를 물끄러미 보며 뜸을 들였다.

“콘스탄티누스는 돈을 들여 새 성경을 썼소. 그리스도의 인간적인 행적을 말하는 복음서를 죄다 빼고 그를 신격화한 복음서를 각색하는 작업을 벌였지. 누락된 복음서는 모두 불법으로 규정해 수거해서 불태워 버렸고.”

랭던이 끼어들었다.

“한 가지 흥미로운 사족을 붙일게요. 역사에서 ‘이단자’라는 단어가 바로 이때 등장했다는 것이지요. 이단자를 뜻하는 ‘heretic’의 어원인 라틴어 ‘haereticus’의 뜻은 ‘선택’이에요. 따라서 그리스도의 원래 역사를 ‘선택’한 사람이 지구상 최초의 '이단자'가 되었죠."

티빙이 말을 받았다.

"역사학자들에게는 아주 다행스럽게도 콘스탄티누스가 파괴하려던 복음서 일부가 보존되었소. 1950년대에 유대 사막의 한 동굴에서 사해 문서란 것이 발견되었지. 게다가 콥트 문서가 1945년에 이집트 나그함마디에서 발견되었고. 이 문서들은 지극히 인간적인 차원에서 그리스도의 종교 활동을 얘기하고, 또 성배의 진실도 담고 있소. 물론 바티칸은 이 문서들이 유포되는 것을 막기 위해 죽을힘을 다했지. 왜 안 그랬겠소? 이 문서들은 현대의 성경이 권력을 탐했던 사람들이 편찬했다는 사실을 우리에게 말해 주는데."

"그렇지만 말입니다……."

랭던이 반론을 제기했다.

"교회가 그 문서들을 은폐하려 시도한 것이 그리스도에 대한 그들의 진실한 믿음에서 비롯되었다는 점을 기억하는 것도 중요하겠지요. 바티칸 구성원들은 그 문서들이야말로 거짓 증언일 뿐이라고 진심으로 믿는 독실한 사람들이니까요."

티빙은 키득키득 웃으면서 소피 맞은편에 놓인 의자에 편안하게 앉았다.

"물론 현대 성직자들이 내가 말한 복음서들은 허구라고 믿는다는 로버트의 주장은 맞소. 그건 납득할 만하지. 콘스탄티누스의 성경은 오랫동안 진실로 여겨졌으니까."

랭던이 말했다.

"티빙 경의 말씀은 곧 우리는 우리 신부님들의 신을 섬기고 있다는 뜻이에요."

티빙이 말했다.

"내 말은 우리 신부님들이 우리에게 가르치는 그리스도 이야기는 거의 모두가 거짓이라는 것이지. 성배에 대한 이야기도 마찬가지고."

티빙은 미술 책으로 손을 뻗어 중간쯤을 펼쳤다.

"그리고 기다리고 기다리던 다빈치의 성배 그림을 보기 전에, 아가씨가 잠깐 이것을 보면 좋겠는데."

그는 양쪽 면에 걸쳐 큼지막하게 인쇄된 화려한 색상의 그림을 펼쳐 보였다.

"당연히 이 벽화는 알겠죠?"

'농담이겠지?'

소피는 제자 한 명이 자신을 배신할 것이라고 선언하는 예수와 제자들의 모습이 담긴 다빈치의 전설적인 그림 〈최후의 만찬〉을 물끄러미 보았다.

"이 그림은 알지요. 당연히."

"그럼 나하고 간단한 게임 하나 해 보겠소? 괜찮다면 눈을 좀 감아 보시오."

소피는 영문도 모른 채 눈을 감았다.

"예수가 어디 앉아 있소?"

"가운데요."

"좋아요. 예수와 그의 제자들이 무슨 음식을 먹고 있소?"

"빵."

'뻔한 거 아냐?'

"좋아요, 좋아. 뭘 마시고 있소?"

"포도주요. 포도주를 마시고 있어요."

"훌륭하군. 자, 마지막 질문. 탁자 위에 포도주 잔이 몇 개 있소?"

소피는 잠시 망설였다. 함정이 있는 질문 같았다.

"하나요."

소피가 천천히 대답했다.

"성배지요."

'그리스도의 잔, 신성한 잔.'

"예수는 현대 성당에서 영성체 때 하듯이 성배 하나에 포도주를 따라 제자들에게 돌렸습니다."

티빙은 한숨을 쉬었다.

"눈을 뜨시오."

소피는 눈을 떴다. 티빙은 의기양양한 미소를 짓고 있었다. 소피는 그림을 내려다보았다. 놀랍게도 그리스도를 포함해 탁자에 있는 **모든** 사람 앞에 포도주 잔이 하나씩 놓여 있었다. 열세 개의 잔. 더구나 크기도 작고 손잡이도 없는 소박한 유리잔이었다. 손잡이가 달린 금이나 은으로 만든 잔은 보이지 않았다. 성배는 없었다.

티빙의 눈이 반짝거렸다.

"황당하게도 다빈치가 그리스도의 잔을 그리는 걸 깜빡한 것 같네."

티빙은 잠시 뜸을 들이다가 내처 말했다.

"사실 이 벽화는 성배의 미스터리를 풀 완벽한 열쇠라오."

소피는 그림을 꼼꼼히 살펴보았다.

"〈최후의 만찬〉이 성배가 실제로 무엇인지 말해 준다는 말씀인가요?"

티빙이 나지막이 속삭였다.

"**무엇**인지가 아니라…… **누구**인지를 말해 주지. 성배는 사실…… **사람**이니까."

45장

소피는 티빙을 한참 쳐다보다가 랭던에게 눈길을 돌렸다.

"성배가 사람이라고요?"

랭던은 고개를 끄덕였다.

"여자예요, 사실."

"로버트, 아무래도 이제 자네가 나서서 정리를 해야 할 때인 것 같은데?"

티빙은 소파 옆 작은 탁자로 가서 종이 한 장을 찾아 랭던 앞에 놓았다.

랭던은 주머니에서 펜을 꺼냈다.

"소피, 남성과 여성을 상징하는 오늘날의 기호는 당신도 잘 알지요?"

랭던은 종이에 남성의 상징 ♂과 여성의 상징 우을 그린 뒤 조용히 말을 이었다.

"이것들은 원래 남성과 여성을 상징하는 기호가 아니었어요. 이 기호들은 행성의 남신인 마스(화성)와 행성의 여신 비너스(금성)의 상징에서 유래되었지요. 원래는 훨씬 더 단순한 형태였어요."

랭던은 또 다른 기호를 그렸다.

"이 상징이 **남성**을 뜻하는 본래 기호예요. 여성의 상징은 당신도 예측할 수 있듯이 정반대 모양이었지요."

랭던은 종이에 또 하나의 기호를 그렸다.

"이 기호를 '잔'이라고 불렀어요."

소피가 놀란 표정으로 고개를 들었다. 랭던은 그녀가 연관성을 깨달았음을 알아챘다.

"잔은 컵이나 그릇처럼 생겼지요. 그리고 더욱 중요한 것은 여성의 자궁 모양과 유사하다는 점입니다."

랭던은 이제 소피를 똑바로 보며 말을 이었다.

"소피, 전설에 따르면 성배는 잔이에요. 컵이란 말이죠. 하지만 실제로는 성배의 실체를 숨기려는 비유일 뿐입니다. 다시 말해, 전설에서 잔은 훨씬 더 중요한 무언가를 의미하는 하나의 **은유**로 사용된 것이지요."

"여자."

소피가 말했다.

"바로 그거예요."

랭던이 미소를 지으며 말을 이었다.

"잔은 말 그대로 여성성을 뜻하는 고대의 상징이고, **성스러운 잔**, 즉 성배는 오늘날 교회에 의해 사라지고 지워진 신성한 여성 또는 여신을 표현한 겁니다. 한때 매우 신성시되었던 여성의 힘과 생명을 낳는 여성의 능력은 남성이 지배하는 교회의 성장에 커다란 위협이 되었지요. 에덴동산에서 사과를 따 먹은 이브에게서 인류의 몰락이 야기되었다는 '원죄' 개념을 만든 것은 하느님이 아니라 **남자**였어요. 한때 생명을 주는 신성한 존재였던 여성이 적이 되어 버린 거죠."

"나도 한마디 보태야겠소."

티빙이 밝은 목소리로 끼어들었다.

"여성을 생명의 창조자로 보는 개념은 고대 종교의 토대였소. 출산은 신비롭고 강렬한 일이었지. 안타깝게도 기독교 철학은 이 점을 외면하고 **남자**를 창조자로 만들기로 마음먹었소. 구약의 창세기는 이브가 아담의 갈비뼈로 만들어졌다고 말하고 있소. 여자를 남자라는 나무에서 나온 가지로 본 거지. 더 나아가 죄를 저지른 존재로 보았고. 창세기는 여신의 종말의 시작인 셈이오."

다시 랭던이 말했다.

"성배는 잃어버린 여신을 의미하는 상징입니다. 기독교가 득세하는 중에도 오랜 이교도 종교들은 쉽게 죽지 않았어요.

성배를 위해 모험에 나선 기사들이 '잔을 찾으러 나섰다'라고 말한 것은 비신자들을 불태우는 교회로부터 자신들을 지키기 위해 일종의 암호를 사용한 겁니다."

소피는 고개를 가로저었다.

"미안해요. 성배가 사람이라는 말을 들었을 때 나는 진짜 사람을 뜻하는 걸로 알아들었어요."

"진짜 사람이에요."

랭던이 말했다.

"그리고 그냥 **아무** 사람을 말하는 게 아니라……."

티빙이 불쑥 말을 내뱉으며 잔뜩 흥분한 모습으로 자리에서 일어섰다.

"너무도 엄청난 비밀을 품고 있어서 세상에 알려지면 기독교 토대 자체를 송두리째 뒤엎을 여자를 말하는 것이오!"

소피는 무언가에 압도되는 기분이었다.

"역사적으로 유명한 여자인가요?"

티빙은 목발을 찾아 들고는 홀을 가리켰다.

"친구들, 서재로 자리를 옮기세. 아가씨에게 다빈치의 그림을 보여 주는 영광을 누리고 싶군."

응접실과 방 두 개 사이에 자리한 빌레트성의 주방에서 저택의 집사 레미 르갈뤼데크가 텔레비전을 보며 조용히 서 있었다. 텔레비전에 한 남자와 여자의 사진이 나오고 있었는데……. 조금 전에 레미 자신이 차를 대접한 바로 그 사람들이었다.

46장

"파리 근교에 있는 주소입니다. 베르사유 근처입니다."

"파슈 부장님도 이 사실을 알고 있나?"

"아직요. 중요한 전화를 받느라 바쁘십니다."

"즉시 출동해야겠어. 부장님께 통화 끝나는 대로 나한테 전화하시라고 해."

콜레는 주소를 받아 적기가 무섭게 자동차에 탔다. 그리고 뒤따르는 차량 다섯 대에 무전을 쳤다.

"사이렌 켜지 마. 우리가 가는 걸 랭던이 알면 안 되니까."

40킬로미터 떨어진 곳, 시골길을 달리던 아우디 승용차 한 대가 들판 가장자리에 멈춰 섰다. 사일러스가 차에서 내려 눈앞의 드넓은 사유지를 에워싼 철망 담장 사이를 들여다보았다. 달빛 비치는 긴 비탈을 따라 저 멀리 있는 성에 시선이 닿왔다.

아래층에 불이 환히 밝혀져 있었다.

'이 시간에 이상한 일이군.'

사일러스는 미소를 지었다. 스승이 준 정보는 정확했다. 사일러스는 다짐했다.

'쐐기돌을 손에 넣지 않고는 절대 이 집을 떠나지 않겠다. 또다시 주교님과 스승님을 실망시킬 수는 없다.'

사일러스는 권총의 탄창을 확인한 다음, 철망 담장을 타고 넘어 건너편으로 뛰어내렸다. 그리고 풀이 무성한 긴 비탈을 오르기 시작했다.

47장

　　티빙의 '서재'는 소피가 여태껏 본 서재들과는 완전히 딴판 이었다. 끝없이 펼쳐진 타일 바닥 곳곳에 작업대가 섬처럼 놓 여 있었다. 작업대에는 책과 예술 작품, 유물, 다양한 전자 제 품―컴퓨터, 영사기, 현미경, 복사기, 평판 스캐너 등―이 가 득했다.

　　티빙이 발을 질질 끌며 서재로 들어서면서 약간 수줍은 표 정으로 말했다.

　　"무도회장을 개조했지. 나야 춤출 일이 별로 없으니."

　　소피는 오늘 밤, 마치 예측 불가한 미지의 세계에 들어선 듯한 기분이었다.

　　"이 모든 것이 경의 작업에 필요한 물건들인가요?"

　　소피가 묻자 티빙이 대답했다.

　　"진실을 배우는 것이 내 인생의 기쁨이오. 그리고 상그레알은 나의 애인이지."

'성배가 여자라고 했지.'

소피의 마음속은 온통 터무니없는 생각들로 가득 찼다.

"경이 성배라고 주장하신 여자의 **그림**을 가지고 있다고 하셨죠?"

"그렇소. 하지만 그 여인이 성배라고 주장한 사람은 내가 아니오. 그리스도 자신이 그렇게 주장했지."

"어떤 그림이죠?"

소피는 벽을 둘러보았다.

"음……, 성배. 상그레알. 성스러운 잔."

티빙은 생각이 잘 안 나는 척 연기하더니 갑자기 획 돌아서서 반대편 벽을 가리켰다. 거기에 가로 2.5미터쯤 되는 〈최후의 만찬〉이 걸려 있었다. 소피가 방금 전에 본 그림과 같은 것이었다.

"그 여인이 저기 있소!"

소피는 자기가 또 뭔가를 놓쳤다고 생각했다.

"방금 전에 보여 주신 그림과 똑같잖아요."

티빙은 눈을 찡긋했다.

"나도 알고 있소. 하지만 확대해서 보면 훨씬 더 흥미진진해지지."

소피는 도움을 청하는 눈빛으로 랭던을 돌아보며 말했다.

"난 뭐가 뭔지 통 모르겠어요."

랭던은 빙그레 웃으며 대꾸했다.

"알고 보면 〈최후의 만찬〉에는 정말로 성배가 그려져 있어요. 레오나르도가 눈에 잘 띄게 그려 놓았지요."

"잠깐만요. 아까는 성배가 **여자**라고 했잖아요? 〈최후의 만찬〉은 남자 열세 명을 그린 그림이에요."

"그래요?"

티빙이 눈썹을 둥글게 치키며 말했다.

"좀 더 가까이에서 살펴봐요."

소피는 얼떨떨한 기분으로 그림 앞으로 다가가 열세 명의 인물을 찬찬히 훑어보았다. 예수 그리스도가 가운데에 있고, 왼쪽에 제자 여섯 명, 오른쪽에 나머지 제자 여섯 명이 있었다.

"다들 남자잖아요."

소피가 단언하자 티빙이 말했다.

"오, 상석에 앉은 그리스도의 오른쪽 사람은 어떻소?"

소피는 예수의 바로 오른쪽 인물을 주목하여 골똘히 들여다보았다. 얼굴과 몸을 찬찬히 살피던 소피는 소스라치게 놀랐다. 부드럽게 흘러내린 빨강 머리카락, 깍지 낀 섬세한 손, 그리고 젖가슴 윤곽까지, 그 사람은 의심할 나위 없이…… 여자였다.

"여자예요!"

소피가 소리치자 티빙은 웃음을 터트렸다.

"아이쿠, 놀랍고도 놀랍죠? 내가 분명히 말하는데, 이건 실수가 아니오. 레오나르도는 남녀의 차이를 그리는 솜씨가 빼어났으니까."

소피는 그리스도 옆에 있는 여인에게서 눈을 떼지 못했다.

'〈최후의 만찬〉에는 당연히 남자 열세 명이 그려진 줄 알았

어. 이 여자는 누구지?'

여인은 젊고 경건해 보였다. 차분한 얼굴에 머리카락은 아름다운 빨간색이고, 가만히 손깍지를 끼고 있었다.

'이 여인이 혼자 힘으로 교회를 무너뜨릴 수 있는 사람이라고?'

티빙이 말했다.

"다들 못 보고 놓친다오. 사람들은 기대하는 것만 보는 법이거든."

소피는 그림 쪽으로 좀 더 다가갔다.

"이 여인이 누구예요?"

"아가씨, 그 사람은 마리아 막달레나요."

소피가 티빙을 돌아보며 말했다.

"창녀 마리아 막달레나 말이에요?"

티빙은 소피의 말이 진짜로 자기 몸을 찌르기라도 한 것처럼 헉하고 숨을 들이마셨다.

"막달레나는 그런 여인이 아니오. 그런 견해는 초기 교회의 음해 공작이 낳은 유산일 뿐이오. 교회는 마리아 막달레나가 지닌 위험한 비밀, 즉 성배로서의 역할을 은폐하기 위해 그녀를 깎아내려야 했지."

"그녀의 역할이라니요?"

"아까도 말했듯이, 초기 교회는 세상 사람들에게 인간인 예언자 예수가 **신적**인 존재였다는 믿음을 심어야 했소. 그래서 예수의 삶 가운데 **세속적**인 면을 기술하는 복음서는 모조리 성경에서 **빼** 버렸지. 그런데 그들 입장에서는 안타깝게도 지극히 세속적인 주제 하나가 여러 복음서에 반복적으로 나와 골칫거리가 되었소. 그게 바로 마리아 막달레나요."

티빙은 잠시 뜸을 들였다가 말을 이었다.

"더 구체적으로 말하면, 그녀가 예수와 결혼했다는 사실이었소."

"뭐라고요?"

소피의 눈길이 티빙에게서 랭던으로, 다시 티빙에게로 움직였다.

티빙이 내처 말했다.

"그건 역사에 분명히 기록된 사실이오. 다빈치도 틀림없이 그 사실을 알고 있었겠지. 〈최후의 만찬〉은 그림을 보는 사람들에게 예수와 막달레나가 부부라고 외치고 있다 해도 지나치지 않소."

소피는 다시 〈최후의 만찬〉을 힐끔 보았다.

"예수와 막달레나가 마치 거울에 비친 모습처럼 옷을 입은 것을 잘 보시오."

티빙은 가운데에 있는 두 사람을 가리켰다.

소피는 넋이 나갈 지경이었다. 심지어 옷 색깔마저 그랬다. 예수는 붉은 로브에 파란 망토를 걸쳤고, 마리아 막달레나는 파란 로브에 붉은 망토를 걸치고 있었다.

'음과 양, 여성과 남성.'

티빙이 말했다.

"좀 더 기이한 문제로 들어가 볼까요? 예수와 그의 신부는 서로 엉덩이를 밀착한 채 상체를 서로 반대편으로 기울이고 있소. 마치 둘 사이의 공간에 어떤 특정한 모양을 만들려는 듯 말이오."

티빙이 그 모양을 손으로 짚어 주기도 전에 그 형태가 소피의 눈에 들어왔다. 그것은 조금 전에 랭던이 그린 성배와 잔, 여성의 자궁을 나타내는 상징과 똑같았다.

"마지막으로, 예수와 막달레나를 인물이 아니라 단순히 다빈치 그림의 구성 요소로 보면, 또 하나의 모양이 또렷하게 드러나 보일 것이오."

티빙은 잠시 말을 멈추었다가 덧붙였다.

"알파벳 한 **글자**요."

소피는 그것을 한눈에 알아보았다. 갑자기 소피의 눈에 그 부분만 도드라져 보였다. 의심할 나위 없이 거대하고 완벽한 M자였다.

소피는 이 정보를 바탕으로 어떤 결론을 내릴 수 있을지 헤아려 보고는 이렇게 말했다.

"M 자가 숨겨져 있다는 것이 매우 흥미롭네요. 저도 인정해요. 하지만 그것이 예수가 막달레나와 결혼(marriage)했다는 증거라고 주장하는 사람은 없겠죠?"

"아니, 아니."

티빙은 책들이 놓인 탁자로 가면서 말했다.

"아까 말한 것처럼 예수와 마리아 막달레나의 결혼은 역사적으로 기록된 사실이오."

그는 책들을 뒤지기 시작했다.

"더구나 예수를 유부남으로 보는 것이 예수를 총각으로 보는 성경의 시각보다 훨씬 설득력 있소."

"왜죠?"

소피가 물었다.

"예수는 유대인이었기 때문이오. 당시에 유대인 남자가 미혼으로 지내는 것은 사실상 금지되었소. 아들에게 어울리는 신부를 찾아 주는 것이 유대인 아버지에게는 하나의 의무였소. 만약 예수가 결혼하지 않았다면, 성경의 복음서 중 적어도 하나는 그 점을 언급하고 관습을 벗어난 그의 미혼 상태에 대해 어떤 이유라도 밝혔어야 하지요."

티빙이 큼지막한 책 한 권을 찾아 탁자 위에서 자기 앞으로 끌어당겼다. 가죽 장정의 책이었는데, 커다란 지도책처럼 크기가 포스터만 했다. 표지에 '그노시스 복음서'라는 제목이 보였다. 티빙이 묵직한 표지를 펼치자, 랭던과 소피도 책 쪽으로 다가갔다. 오래된 문서—손 글씨로 기록된 너덜너덜한 파피루스—들을 확대해 찍은 사진이 보였다. 소피는 고대 언어를 읽을 줄 몰랐지만, 바로 옆면에 번역문이 실려 있었다.

티빙이 말했다.

"내가 아까 말한 문서들을 복사한 것이오. 가장 초기의 기독교 기록인데, 성경에 나오는 복음서들과는 일치하지 않는 이야기가 많아요."

티빙은 책의 중간 부분까지 책장을 넘기더니 한 문단을 손으로 가리켰다.

"출발점으로 삼기에는 항상 빌립의 복음서가 제격이지."

소피는 그 문단을 읽었다.

그리고 구세주의 동반자는 마리아 막달레나이니라.

그리스도는 모든 제자보다 그 여인을 더 사랑했고,

여인의 입에 입을 맞추곤 하였다. 나머지 제자는 화를 내며

불만을 표하였다. 그들이 구세주에게 말하였다.

"왜 우리 모두보다 그녀를 더 사랑하시나이까?"

소피가 깜짝 놀랄 만한 내용이었지만, 확실한 근거를 제시하는 글은 아닌 듯했다.

"결혼 이야기는 한 마디도 없잖아요."

티빙은 빙긋이 웃으며 첫 문장을 가리켰다.

"당시 '동반자'란 단어는 말 그대로 배우자를 뜻했소."

그는 책장을 넘기더니 또 다른 문단을 가리켰다.

"이것은 마리아 막달레나의 복음서에 나오는 구절이오."

소피는 막달레나가 쓴 복음서가 존재한다는 사실을 몰랐다. 다시 그녀가 문단을 읽었다.

그리고 베드로가 말했다.

"구세주께서 정말로 우리 모르게 여인과 말씀을

나누었단 말인가? 우리는 그 여인을 바라보며 그 여인의

말에 귀를 기울여야 하는가? 구세주께서 우리보다

그 여인을 더 좋아하셨단 말인가?"

그리고 레위가 대답했다.

"베드로, 자네는 늘 욱하는 성미가 있어. 내가 보기에,

자네는 그 여인이 적이라도 되는 듯이 싸우려 들어.
만약 구세주가 그 여인의 가치를 인정한다면,
자네가 누구라고 그 여인을 내칠 수 있겠는가?
구세주께서 그 여인을 잘 알고 계신 게 확실하네.
그래서 우리보다 그 여인을 더 사랑하신 것이야."

티빙이 설명했다.
"이들이 말하는 여인이 바로 마리아 막달레나요. 예수의 제자 베드로는 그녀를 시기하고 있고."
"예수가 마리아를 더 아꼈기 때문에요?"
"단순히 그뿐만이 아니오. 훨씬 더 큰 것이 걸린 문제라오. 복음서에서 이 대목은 예수가 곧 체포되어 십자가에 매달릴지도 모르는 시점이오. 그래서 예수는 자신이 사라진 후 교회를 어떻게 이끌어 갈지 마리아 막달레나에게 지침을 준 것이오. 베드로는 여자보다 못한 대접을 받는 것이 싫었던 거고."
소피는 티빙의 이야기를 따라가려 애썼다.
"지금 말하는 사람이 **성 베드로** 맞죠? 예수가 교회를 세운 '반석'으로 생각했던 사람."
"바로 그 사람이오. 한 가지 문제점만 빼고. 수정되지 않은 이 복음서들에 따르면, 그리스도가 기독교 교회를 세우라고 지시한 사람은 베드로가 아니었어요. **마리아 막달레나**였지."
소피는 티빙을 쳐다보았다.
"기독교 교회를 한 여인이 이끌 거였다는 말씀이세요?"
랭던이 끼어들었다.

"그게 원래 계획이었어요. 예수는 최초의 페미니스트인 셈이죠. 그리고 베드로는 그걸 못마땅하게 여겼고."

랭던은 〈최후의 만찬〉을 가리키며 말을 이었다.

"저기 저 사람이 베드로예요. 다빈치도 베드로가 마리아 막달레나를 어떻게 생각하는지 잘 알고 있었다는 것을 당신도 확인할 수 있을 거예요."

소피는 또다시 말문이 막혔다. 그림 속에서 베드로는 마리아 막달레나를 향해 위협하듯 몸을 기울인 채 칼날 같은 손으로 그녀의 목을 긋는 자세를 취하고 있었다.

"그리고 여기도."

랭던은 이제 베드로 가까이에 있는 일단의 제자들을 가리켰다.

"분위기가 약간 불길하죠? 안 그래요?"

소피가 눈을 가늘게 뜨고 보니, 제자 무리에서 불쑥 손이 하나 튀어나와 있었다.

"저 손에 쥐어 있는 게 단검인가요?"

"네. 이제 손이 몇 개인지 세어 봐요. 그러면 그 손의 주인이…… 없다는 것을 알게 될 거예요. 익명의 손인 셈이지요."

소피는 너무도 놀라운 사실에 압도되는 기분이었다.

"미안해요. 하지만 나는 아직도 어떻게 이 모든 것 때문에 마리아 막달레나가 성배가 되는지 이해가 안 돼요."

"아하!"

티빙이 다시 탄성을 질렀다.

"그게 문제구먼! 마리아 막달레나가 그리스도의 오른팔일

루브르 박물관의 역피라미드를 위에서 찍은 사진

로즈 라인을 나타내는 메달

왼쪽:
레오나르도 다빈치의
〈모나리자〉

아래 왼쪽:
레오나르도 다빈치의
〈암굴의 마돈나〉

아래 오른쪽:
레오나르도 다빈치의
〈암굴의 성모〉

히에로니무스의 〈세속적인 쾌락의 동산〉

ÉTFACTVMESTCVMIN
sabbaTosecvndepRimo à
bipeperscceTesdisGipvliavTemillitRiscoe
peruntvelleRespicasetfRicanTesmantbvs + mandu
cabantquidamavTémdefaRisaeisat
cebanTeieccequiafaciuntdiscipvlitvisab
batis + qvodnonliceTRespondensavTemiNs
setxTTadeqsnvmqvámboc
lecisTisqvodfecitdavTddqvaNdo
esvRvTipseeTqvicvmeoeRai + inTRoibitiNdémvm
déietpanespRopositionis   Redjs
mandvcavitéTdeditéTqvi   bies
cvmeRantvxúö qvibvsno
NlicedaTmandvcaResinon   sólis saceRdoTibvs

파리 국립도서관의 비밀문서

Code:
TIARHSEBIASOSCAX

Broken into four equal lines:

T	I	A	R
H	S	E	B
I	A	S	O
S	C	A	X

Each column read vertically:

T	I	A	R
H	S	E	B
I	S	A	O
S	C	A	X

Deciphered code:
THIS IS A CAESAR BOX

시저의 상자 암호

빌레트성

레오나르도 다빈치의 〈최후의 만찬〉

템플 교회의 기사 조각상

א ALEPH
ב BEYT
ג GIMEL
ד DALET
ה HEY
ו VAV
ז ZAYIN
ח HHET
ט TET
י YUD
כ KAPH
ל LAMED
מ MEM
נ NUN
ס SAMECH
ע AYIN
פ PEY
צ TSADEY
ק QUPH
ר RESH
ש,שׂ SHIN,SIN
ת TAV

생쉴피스 성당의 제단

생쉴피스 성당의 로즈 라인

생쉴피스 성당의 오벨리스크

웨스트민스터 사원

아이작 뉴턴의 묘소

로슬린 교회

로슬린 교회의 암호 천장

로슬린 교회의 두 기둥(보아즈와 야킨)

뿐만 아니라 애초 왕족의 딸로 강력한 힘을 가진 여인이었다는 사실을 아는 사람은 드물다오."

"저는 막연히 막달레나를 가난한 여인으로 알고 있었어요."

티빙은 고개를 가로저었다.

"막달레나는 그녀의 막강한 집안에 대한 증거를 모두 없애기 위해 창녀로 왜곡되었소."

소피는 무의식중에 다시 랭던을 힐끔 봤지만, 랭던은 또다시 고개만 끄덕일 뿐이었다. 소피는 이내 티빙에게로 눈길을 돌렸다.

"그런데 막달레나의 왕족 혈통에 대해 왜 초기 교회가 그토록 **신경 쓴** 거죠?"

티빙은 빙그레 웃었다.

"교회는 마리아 막달레나가 왕족이어서가 아니라 그녀가 **또 다른** 왕족인 그리스도와 결합한다는 것에 신경 쓴 것이었소. 예수는 '유대의 왕'이라 불린 솔로몬 왕의 후손이오. 그런 그가 막달레나와 결혼하면 두 왕족 혈통이 하나로 합쳐지는 셈이 되오. 예수와 마리아, 이 두 사람이 함께 솔로몬 왕 시절과 같은 단일한 왕의 계보를 복구하게 되는 것이오."

소피는 마침내 리 경이 이 주제의 핵심에 다가가고 있다는 느낌이 들었다.

티빙은 이제 흥분해 있었다.

"성배의 전설은 왕의 혈통에 대한 전설이오. 성배의 전설이 말하는 '그리스도의 피를 담은 잔'은 사실 마리아 막달레나의 피를 담은 잔을 의미하오. 즉 예수의 왕족 혈통을 잉태한 여성의 자궁 말이오."

티빙의 말이 서재를 가로질러 갔다가 메아리로 돌아와 소피의 마음속 깊이 각인되는 것 같았다.

'마리아 막달레나가 예수 그리스도의 혈통을 잉태했다고?'

"하지만 어떻게 그리스도가 혈통을……?"

소피는 말을 멈추고 랭던을 쳐다보았다.

랭던은 부드럽게 미소 지었다.

"아기를 가졌다는 뜻이죠."

소피는 온몸이 얼어붙은 듯이 서 있었다.

티빙이 선언하듯이 말했다.

"보아라, 인류 역사상 최고의 은폐 공작을! 예수 그리스도는 결혼했을 뿐만 아니라 후손을 둔 아버지였소. 아가씨, **마리아 막달레나는 '신성한 그릇'**이었소. 왕족인 예수 그리스도의 혈통을 잉태한 성배였던 거요."

소피는 팔의 솜털이 쭈뼛쭈뼛 곤두서는 것을 느꼈다.

"그러면 시온 수도회가 가지고 있는 상그레알 문서는요? 그 안에 예수가 왕의 혈통을 가졌다는 증거가 들어 있나요?"

"그렇소."

"그러니까 성배의 전설 전체가 온전히 왕의 혈통에 대한 내용이라는 말씀이에요?"

"말 그대로요. '상그레알(Sangreal)'이라는 단어는 '신성한(San) 잔(Greal)', 즉 '성배'에서 유래되었소. 하지만 아주 오래 전에는 상그레알의 띄어쓰기를 달리 했었지."

티빙은 종이에 뭔가를 써서 소피에게 건넸다.

소피는 티빙이 쓴 것을 읽었다.

상 레알(Sang Real)

소피는 곧장 영어로 번역해 보았다. '상 레알'은 말 그대로 '왕족의 혈통(Royal Blood)'을 의미했다.

48장

　뉴욕시 오푸스 데이 본부 로비의 남자 안내원은 아링가로 사 주교의 전화를 받고 놀랐다.

　"안녕하십니까, 주교님?"

　"혹시 나한테 온 연락이 있나요?"

　"네, 주교님. 때마침 전화 잘 하셨습니다. 30분쯤 전에 어떤 분이 아주 급한 일이라면서 메시지를 남기셨습니다."

　"그래요?"

　아링가로사는 이 소식에 안도하는 목소리로 물었다.

　"이름을 남겼나요?"

　"아닙니다, 주교님. 전화번호만 남겼습니다."

　남자는 번호를 불러 주었다.

　"프랑스 번호군요. 그렇죠?"

　"네, 주교님. 파리입니다. 전화 거신 분이 아주 중요한 일이라며 곧바로 연락 달라고 하셨습니다.”

“고마워요. 기다리던 전화였는데.”

아링가로사는 서둘러 전화를 끊었다.

‘스승이 나에게 연락하려고 했던 거야.’

피아트 승용차가 로마의 공항으로 향하는 출구로 다가가는 동안 그는 생각했다.

‘오늘 밤 파리에서 일이 잘 진행된 게 틀림없어.’

곧 파리에 갈 생각에 주교는 마음이 들떴다. 이미 프랑스까지 타고 갈 전세기를 대기해 둔 상태였다.

아링가로사는 남자에게서 받은 전화번호를 눌렀다. 벨이 울리기 시작했다.

여자가 프랑스어로 응답했다.

“사법경찰국입니다.”

아링가로사는 멈칫했다. 예상 밖의 일이었다.

“아, 예…… 이 번호로 연락 달라는 부탁을 받아서요.”

“누구시죠? 성함이 어떻게 되시나요, 선생님?”

“마누엘 아링가로사 주교입니다.”

“잠깐만요.”

수화기에서 딸깍 하는 소리가 났다.

한참 기다린 뒤, 남자 목소리가 들렸다. 걸걸한 음성에 근심이 묻어났다.

“주교님, 드디어 연락이 되어 다행입니다. 주교님과 상의할 일이 아주 많습니다.”

49장

'상그레알…… 상 레알…… 상 그레알…… 왕족의 혈
통…… 성배.'

모든 것이 서로 얽혀 있었다.

'성배는 마리아 막달레나…… 예수 그리스도의 왕족 혈통
을 잉태한 어머니.'

소피는 정적이 흐르는 무도회장에 서서 로버트 랭던을 물
끄러미 바라보고 있었다. 오늘 밤 랭던과 티빙이 탁자 위에
내놓는 조각이 많아질수록, 이 퍼즐은 점점 의외의 모습이 되
어 가고 있었다.

티빙이 다리를 절뚝거리며 책장을 향해 가면서 말했다.

"아가씨도 알겠지만 성배의 진실을 세상에 알리려고 애쓴
사람이 레오나르도뿐만은 아니오. 여러 역사학자가 예수 그
리스도의 왕족 혈통을 연대순으로 하나도 빠짐없이 상세하게

연구했소."

티빙은 줄줄이 꽂혀 있는 수십 권의 책을 손가락으로 죽 훑었다.

소피는 고개를 갸웃하며 제목들을 훑어보았다.

템플 기사단의 폭로
그리스도의 정체를 지키는 비밀 수호자들

성배와 잃어버린 장미
마리아 막달레나와 성배

복음서의 여신들
신성한 여성성의 회복

"아마도 이게 가장 유명할 거요."

티빙은 표지가 너덜너덜한 양장본 한 권을 책장에서 꺼내 소피에게 건넸다.

표지에는 이렇게 쓰어 있었다.

성혈과 성배
세계적인 베스트셀러

소피는 티빙을 쳐다보았다.

"세계적인 베스트셀러라고요? 저는 한 번도 들어 본 적 없는데요.”

“아가씨가 아직 어렸을 때니까. 1980년대에는 상당한 반향을 일으켰지. 이 책 저자들 덕분에 그리스도의 혈통 문제가 학계의 주요한 이슈가 되었소.”

“교회의 반응은 어땠나요?”

“당연히 격분했지. 하지만 그건 충분히 예측할 수 있는 일이었소. 따지고 보면, 바티칸이 4세기에 묻어 버리려고 애썼던 비밀이었으니. 십자군 전쟁의 원인도 부분적으로는 거기서 찾을 수 있소. 정보를 찾아내서 파괴하려고 했던 거지.”

소피는 랭던을 힐끗 보았다. 그는 고개를 끄덕이며 이렇게 말했다.

“소피, 그 사실을 뒷받침하는 역사적 증거는 아주 많아요.”

티빙이 말을 이었다.

“교회는 그러한 은폐 공작을 감행할 강력한 동기가 있었다는 점을 이해해야 하오. 그리스도에게 후손이 있었다는 사실은 그들이 가르친 그리스도의 신성에 대한 모든 것을 무너뜨릴 테니 말이오. 그리고 기독교 교회를 통해서만 신에게 나아갈 수 있고 천국으로 가는 문에 이를 수 있다는 주장도 마찬가지이고.”

소피가 티빙의 책 가운데 한 권의 책등을 가리키며 말했다.

“꽃잎이 다섯 개인 장미네요.”

‘자단 상자에 새겨진 문양과 정확히 일치해.’

티빙은 랭던을 힐끔 보면서 싱긋 웃었다.

“아가씨가 예리하군.”

티빙은 소피에게 다시 눈길을 돌리며 말했다.

"저건 성배, 즉 마리아 막달레나를 의미하는 시온 수도회의 상징이오. 교회가 그 이름을 입에 담는 것을 금지했기 때문에 마리아 막달레나는 여러 별칭으로 은밀하게 알려지게 되었지. 잔, 성배…… 그리고 장미."

랭던이 말했다.

"이 모든 책들이 똑같은 역사적 주장을 지지한다는 점이 핵심입니다."

"예수가 아버지라는 주장 말이지요?"

소피는 여전히 확신이 서지 않았다.

티빙이 말했다.

"그렇소. 그리고 마리아 막달레나가 예수의 왕족 혈통을 잉태한 자궁이었다는 주장 말이오. 시온 수도회는 오늘날까지도 마리아 막달레나를 여신으로, 성배로, 장미로, 그리고 성모로 숭배하고 있소."

소피의 머릿속에 또다시 할아버지의 별장 지하실에서 목격한 의식이 떠올랐다.

티빙이 내처 말했다.

"시온 수도회의 주장에 따르면, 마리아 막달레나는 예수가 십자가에 못 박힐 당시 이미 임신 중이었소. 그녀는 아직 태어나지 않은 그리스도 후손의 안전을 위해 어쩔 수 없이 성스러운 땅을 떠나야 했지. 그리고 예수가 신뢰했던 친척 아리마대 요셉의 도움을 받아 비밀리에 당시 '갈리아'라고 부르던 프랑스 땅으로 건너갔소. 그곳의 유대인 마을을 안전한 피난

처로 삼은 거요. 그녀가 딸을 낳은 곳도 바로 여기 프랑스 땅
이었소. 딸의 이름은 사라요."

소피는 티빙을 빤히 쳐다보았다.

"아기 **이름**까지 알아요?"

"어디 이름뿐이겠소. 막달레나와 사라의 삶은 연대순으로
낱낱이 기록되었소. 프랑스의 유대인들은 막달레나를 신성한
왕족으로 받들었지. 당대의 수많은 학자가 마리아 막달레나
의 프랑스 시절을 기록했소. 사라의 출생과 그 이후의 가계도
까지 포함해서."

소피는 화들짝 놀랐다.

"예수 그리스도의 가계도가 존재한다는 말씀이에요?"

"그렇소. 그리고 바로 그것이 상그레알 문서의 초석 중 하
나라고 추정되고 있소. 그리스도의 후손을 모두 망라한 초기
의 **가계도** 말이오."

"그런데 그리스도의 가계도를 담은 문서가 무슨 소용이 있
을까요? 그건 **증거**가 될 수 없잖아요. 역사학자들이 그 진위
를 확증할 수 없을 테니까요."

티빙은 키득키득 웃었다.

"그건 성경도 마찬가지지."

"무슨 뜻이죠?"

"역사는 언제나 승자가 쓰는 기록이오. 두 개의 문명이 충
돌할 때, 패자는 그대로 사라지는 반면 승자는 역사책을 쓰
지. 자신들의 대의명분을 찬양하는 책. 상그레알 문서는 그리
스도의 이야기의 **다른** 측면을 들려줄 뿐이오. 결국 어느 쪽을

믿느냐는 믿음과 개인적인 탐구의 문제이지만, 적어도 그 정보가 살아남은 것만은 사실이오. 상그레알 문서에는 수만 쪽에 달하는 정보가 담겨 있소. 여러 사람의 목격담에 따르면, 그 보물은 어마어마하게 큰 궤짝 네 개에 담겨 운반되었다고 하오. 궤짝 안에 '가장 순결한 문서들'이 있다는 소문도 있고. 예수를 전적으로 인간 스승이자 예언자로 숭배한 초창기 예수의 추종자들이 쓴 문서들, 그래서 수정을 전혀 거치지 않은 콘스탄티누스 이전 시대의 문서들 말이오. 또한 전설적인 'Q 문서'가 그 보물 속에 포함되어 있다는 소문도 있소. Q 문서는 바티칸도 그 존재를 믿는다고 인정한 원고요. 그 문서에는 예수의 가르침이 기록되어 있는데, 예수 본인이 직접 썼다는 주장도 있지."

"그리스도가 직접 썼다고요?"

"물론이오. 예수가 자신의 종교 활동을 직접 기록하지 않을 이유가 있겠소? 그 시대에는 대다수가 그런 기록을 남겼소. 그 보물 속에 있을 것으로 추정되는 파괴력이 엄청난 또 다른 문서가 있소. 바로 '막달레나의 일기'라고 부르는 원고요. 마리아 막달레나가 그리스도와의 관계, 예수가 십자가에 못 박힌 일 그리고 프랑스 시절에 대해 개인적으로 서술한 원고지."

소피는 한참을 아무 말 없이 있었다.

"그리고 네 개의 궤짝에 들어 있던 그 문서가 바로 템플 기사단이 솔로몬의 성전 아래서 발굴했다는 보물인 거죠?"

"그렇소. 이 문서 덕분에 템플 기사단은 막강한 힘을 얻게 되었소. 역사를 통해 무수히 많은 성배 추적자들의 목표가 되었던 바로 그 문서."

"하지만 성배는 바로 **마리아 막달레나**라고 말씀하셨잖아요. 만약 사람들이 문서를 찾아 헤맸다면, 왜 그걸 두고 성배를 찾는다고 표현한 거죠?"

티빙이 아까보다 훨씬 온화한 얼굴로 소피를 빤히 보았다.

"왜냐하면 성배가 숨겨진 장소에는…… 석관이 있기 때문이오."

이제 티빙의 목소리는 한결 작아졌다.

"성배를 찾기 위한 모험은 말 그대로 마리아 막달레나의 유골 앞에 무릎을 꿇기 위한 모험이오. 추방당한 영혼, 버림받은 신성한 여성의 발 앞에서 기도하기 위한 여정 말이오."

소피는 갑작스레 의문이 하나 떠올랐다.

"성배가 숨겨진 곳이 실제로는…… **무덤**인 건가요?"

티빙의 녹갈색 눈동자가 흐릿해졌다.

"그렇소. 마리아 막달레나의 시신과 그녀의 삶에 얽힌 진실을 말해 주는 문서들이 있는 무덤이오. 본질적으로 성배를 찾는 모험은 언제나 막달레나를 찾는 모험일 수밖에 없소. 자신의 가족이 정당하게 누려야 할 권력을 증명할 증거와 함께 묻힌 핍박받은 여왕 막달레나를 찾는 모험."

소피가 신중하게 말했다.

"그럼 그 오랜 세월 동안 시온 수도회 회원들은 상그레알 문서와 마리아 막달레나의 무덤을 보호해 왔던 거예요?"

"그렇소. 하지만 그들에게는 그보다 더 중요한 또 하나의 임무가 있었소. 바로 **혈통** 그 자체를 보호하는 일 말이오."

티빙의 말이 거대한 공간 속에서 계속 맴돌고 있는 듯했다. 소피의 몸이 묘하게 떨렸다. 마치 새로 알게 된 진실로 인해 몸속의 뼈가 뒤흔들리는 느낌이었다.

'오늘날까지 살아남은 예수의 후손.'

할아버지의 목소리가 다시 한 번 귓속에서 속삭였다.

'프린세스, 너한테 너의 가족에 대한 진실을 말해야 한단다.'

오싹한 소름이 살갗에 쫙 돋았다.

'왕족의 혈통'

소피는 상상할 엄두조차 나지 않았다.

'프린세스 소피.'

"리 경?"

갑자기 벽에 붙은 인터폰에서 지지직거리는 소리와 함께 하인의 목소리가 들려오는 바람에 소피는 깜짝 놀랐다.

"잠깐 주방으로 와 주실 수 있겠습니까?"

티빙은 적절치 않은 타이밍에 끼어든 훼방꾼 때문에 얼굴을 찌푸렸다. 그러고는 인터폰으로 가서 버튼을 눌렀다.

"레미, 자네도 알다시피 난 지금 손님들하고 바빠. 신경 써 줘서 고맙네. 잘 자게."

"물러가기 전에 드릴 말씀이 있습니다. 경께서 괜찮으시다면요."

티빙은 믿을 수 없다는 표정을 지었다.

"아침까지 기다릴 수 없단 말인가?"

"네, 주인님. 아주 잠깐이면 됩니다."

티빙은 황당하다는 듯이 눈을 흘기고는 랭던과 소피를 보며 말했다.

"가끔 누가 주인이고 누가 하인인지 모르겠다니까."

티빙은 다시 버튼을 눌렀다.

"바로 가겠네, 레미."

50장

'프린세스 소피.'

소피는 복도 쪽으로 멀어져 가는 티빙의 철컥거리는 목발 소리를 들으며 공허한 기분에 사로잡혔다. 그리고 멍하니 고개를 돌려 한적한 무도회장에 있는 랭던을 바라보았다. 그는 이미 그녀의 마음을 읽고 있다는 듯 고개를 살래살래 저었다.

"아니에요, 소피."

랭던이 안심시키는 눈빛으로 속삭였다.

"당신 할아버지가 시온 수도회에 속해 있다는 말을 당신한 테 들었을 때 그리고 할아버지가 당신에게 가족의 비밀을 말하고 싶어 했다는 것을 깨달았을 때, 나도 당신과 같은 생각을 했지요. 하지만 그것은 불가능한 일이에요."

랭던은 잠시 숨을 고른 뒤 말했다.

"소니에르는 예수의 후손인 메로빙거 가문의 이름이 아니에요."

소피는 안도해야 할지 실망해야 할지 도통 갈피를 잡을 수 없었다.

"그러면 쇼벨은요?"

쇼벨은 소피 어머니의 처녀 시절 성이었다.

랭던이 또다시 고개를 가로저었다.

"미안해요. 아마 이걸로 당신의 몇 가지 의문이 풀리지 않을까 싶어요. 메로빙거 가문의 직계 후손은 딱 두 가문만 남아 있어요. 플랑타르와 생클레르 집안이지요. 두 집안 모두 어딘가에 은신해 시온 수도회의 보호를 받고 있을 겁니다."

소피는 마음속으로 조용히 두 이름을 되뇌어 보고는 머리를 흔들었다. 집안에 플랑타르나 생클레르라는 성을 가진 사람은 없었다. 소피는 말없이 〈최후의 만찬〉으로 다시 눈길을 돌려 마리아 막달레나의 긴 빨강 머리와 차분한 눈빛을 바라보았다. 여인의 표정에는 사랑하는 이를 잃었노라는 항변의 메아리가 어린 듯했다. 지금 소피의 기분 역시 그러했다.

복도에서 철컥거리는 티빙의 목발 소리가 가까워지고 있었다. 몹시 다급한 발걸음이었다.

"직접 설명해 보게나, 로버트."

티빙의 표정이 엄하게 굳어 있었다.

"아무래도 자네가 나한테 숨긴 게 있는 것 같군. 자네가 텔레비전에 나왔어, 세상에나. 자네는 당국의 수배를 받고 있다는 걸 알았나? 살인 혐의로!"

"네."

"그렇다면 나의 신뢰를 이용해 먹었구먼."

"누명입니다, 리."

랭던은 말했다.

"나는 아무도 죽이지 않았습니다."

"자크 소니에르가 죽었어. 경찰은 자네가 죽였다고 하고."

티빙은 슬픈 표정으로 말을 이었다.

"예술에 그토록 헌신했던……."

"주인님?"

티빙의 하인이 나타났다. 그는 팔짱을 낀 채 티빙 등 뒤에 있는 서재 문간에 서 있었다.

"이분들을 바깥으로 안내할까요?"

"내가 직접 하겠네."

티빙은 비틀거리며 서재를 가로질러 널찍한 유리문 앞으로 다가가더니 잠금 장치를 연 뒤 문을 활짝 열어젖혔다. 집 옆 쪽에 있는 잔디밭이 보였다.

"차를 찾아 떠나게나."

소피는 움직이지 않았다.

"우리는 클레 드 부트에 대한 정보를 갖고 있어요. 시온 수도회의 쐐기돌 말이에요."

티빙은 몇 초 동안 소피를 노려보다가 코웃음을 쳤다.

"필사적인 계략이구먼. 내가 그걸 얼마나 애타게 찾아 헤매는지 로버트가 잘 알지."

랭던이 말했다.

"소피의 말은 사실입니다. 그것 때문에 오늘 밤 우리가 여기 온 겁니다. 쐐기돌에 대해 경과 이야기를 나누려고요."

하인이 끼어들었다.

"나가십시오. 안 그러면 경찰을 부르겠습니다."

랭던이 나지막하게 말했다.

"리, 우리는 그것이 어디에 있는지 압니다."

티빙의 몸이 살짝 기우뚱하는 듯했다.

레미는 이제 뻣뻣한 자세로 서재를 가로질러 성큼성큼 걸어오고 있었다.

"당장 떠나시오! 안 그러면 내가 강제로……."

"레미!"

티빙이 홱 뒤돌아보며 하인에게 쏘아붙였다.

"잠시 자리 좀 비켜 주겠나?"

레미는 입이 쩍 벌어졌다.

"주인님? 그 분부를 따를 순 없습니다. 이 사람들은……."

"내가 알아서 하겠네."

티빙은 복도를 가리켰다.

순간 팽팽한 침묵이 흘렀다. 하지만 이내 레미는 쫓겨나는 개처럼 슬금슬금 물러갔다.

열린 문으로 시원한 밤바람이 들어왔다. 티빙은 다시 소피와 랭던에게 눈길을 돌렸다. 그의 표정에는 여전히 경계심이 드리워져 있었다.

"설마 이것으로도 날 실망시키진 않겠지? 그래, 쐐기돌에 대해 뭘 알고 있다는 건가?"

티빙의 서재 밖, 사일러스가 권총을 움켜쥔 채 유리문 안을 들여다보고 있었다.

'이 집 안 어딘가에 쐐기돌이 있어.'

사일러스는 알 수 있었다.

어둠 속에 몸을 숨긴 사일러스는 무슨 이야기를 나누는지 엿들으려고 유리문으로 조금씩 다가갔다. 그는 그들에게 5분의 시간을 줄 작정이었다. 만약 그때까지도 쐐기돌을 어디에 두었는지 밝히지 않는다면, 안으로 들어가 강제로 입을 열게 할 생각이었다.

서재 안, 랭던은 저택의 주인이 당황하는 것을 감지했다.

"기사단장?"

티빙이 목멘 소리로 말하고는 소피를 물끄러미 보았다.

"자크 소니에르가?"

소피는 충격 어린 그의 눈빛을 보며 고개를 끄덕였다.

"하지만 그걸 아가씨가 어떻게 알지?"

"자크 소니에르는 제 할아버지예요."

티빙은 목발을 짚은 채로 비틀비틀 뒷걸음치면서 랭던을 쏘아보았다. 랭던은 고개를 끄덕였다. 티빙은 다시 소피에게 눈길을 돌렸다.

"느뵈 양, 무슨 말을 해야 할지 모르겠소. 만약 그게 사실이라면 심심한 애도의 뜻을 표하오."

티빙은 잠시 침묵하다가 머리를 가로저었다.

"하지만 여전히 말이 안 되오. 설사 당신의 할아버지가 시온 수도회의 기사단장이고 직접 쐐기돌을 만들었다 하더라도, 그것을 찾는 방법을 당신에게 말했을 리가 없소. 그 쐐기돌은 조직의 최고 보물로 가는 길을 알려 주는 것이오. 손녀든 아니든 당신은 그런 정보를 받을 자격이 없어요."

랭던이 말했다.

"소니에르 씨는 그 정보를 전할 때 죽어 가고 있었습니다. 선택할 여지가 별로 없었죠."

티빙이 반론을 제기했다.

"그는 뭘 선택하고 말고 할 필요가 없어. 그 비밀을 아는 세 명의 청지기가 있으니까. 그게 바로 그들 시스템의 장점이지. 한 사람이 기사단장으로 승진하면 새로운 청지기 한 명을 취임시켜 쐐기돌의 비밀을 공유하는 거지."

소피가 말했다.

"경은 뉴스 전체를 보시지 않았군요. 할아버지뿐만 아니라 다른 저명한 파리 시민 세 명이 오늘 살해되었습니다. 모두 비슷한 방법으로."

티빙의 입이 쩍 벌어졌다.

"그럼 자네 생각에는 그들이……."

랭던이 말꼬리를 낚아챘다.

"청지기들이죠."

"하지만 어떻게? 살인자 혼자서 시온 수도회의 최고위층 네 명의 신원을 **모두** 알아낼 수는 없어! **나**를 보게나. 나는 몇십 년 동안 그들에 대해 연구했네. 하지만 시온 수도회 회원의 이름을 단 하나도 확실하게 말할 수 없어. 하룻밤 사이에

세 청지기 모두와 기사단장의 신원이 드러나고 살해되는 건 상상도 못 할 일이야."

소피가 말했다.

"하루 만에 정보가 수집되지는 않았겠죠. 치밀하게 계획된 작전 같습니다. 누군가가 시온 수도회를 끈질기게 지켜보다가 공격한 것 같아요. 최고위층 사람들이 쐐기돌 있는 곳을 실토하리라 기대하면서 말이에요."

티빙은 여전히 수긍하지 못하는 눈치였다.

"하지만 그 조직원들은 절대로 발설하지 않았을 거야. 비밀을 지키기로 맹세했으니. 심지어 목에 칼이 들어와도."

랭던이 말했다.

"바로 그겁니다. 그 말은 곧 그들이 만약 비밀을 누설하지 않았고 **그래서** 살해되었다면……."

티빙이 흠칫하며 말했다.

"그렇다면 쐐기돌의 행방은 영원히 묻혀 버리는 거군!"

랭던이 덧붙였다.

"그와 더불어 성배의 행방도."

마치 랭던의 말의 무게에 짓눌린 듯이 티빙의 몸이 휘청거렸다. 다음 순간, 그는 짙은 피로감에 단 1초도 서 있기 힘든 듯 의자에 털썩 주저앉더니 창밖을 멍하니 내다보았다.

소피가 그에게 다가가 부드러운 목소리로 말했다.

"할아버지는 완전히 절망적인 상황에서 조직에 속하지 않은 누군가에게 비밀을 전하려고 애쓰셨던 것 같아요. 믿음직한 누군가에게. 가족 중 누군가에게."

티빙의 얼굴빛이 창백해졌다.

"그런 공격을 감행할 수 있는 사람은…… 조직에 대해 그렇게 많은 것을 알아낼 수 있는 사람은……."

티빙은 말을 멈추었다. 그의 눈빛에는 또 다른 두려움이 서려 있었다.

"그런 세력은 하나뿐이야. 이 공격은 시온 수도회의 가장 오래된 숙적만이 감행할 수 있어."

랭던이 티빙을 쳐다보며 물었다.

"교회 말입니까?"

"아니면 누구겠나? 로마는 몇 세기 동안 성배의 행방을 뒤쫓았네."

소피는 티빙의 말에 동의할 수 없었다.

"**교회**가 우리 할아버지를 살해했다고 생각하시는 거예요?"

티빙이 대답했다.

"교회가 스스로를 보호하기 위해 살인을 범하는 경우가 처음이라고 할 수는 없겠지. 성배와 관련된 문서는 폭발적인 파괴력을 갖고 있고, 교회는 오래전부터 그걸 없애고 싶어 했소."

랭던이 말했다.

"리, 그건 말이 안 됩니다. 가톨릭 성직자들은 그 문서가 허위라고 믿는데, 무엇 때문에 그것을 찾아 파괴한답시고 시온 수도회 사람들을 **살해**하겠습니까?"

티빙은 빙긋 웃으며 대꾸했다.

"로마의 성직자들이야 은혜를 받아 신실한 믿음으로 어떤 폭풍우든 헤쳐 나갈 수 있겠지. 자신들이 소중하게 여기는 모든 것과 상충하는 문서라는 폭풍우도. 하지만 세상 **나머지** 사람들은 과연 어떨까? 잔혹한 세상을 보면서 '지금 하느님은 어디 계시지?'라고 묻는 사람들은 어떨까? 교회의 추문을 보면서 '그리스도의 진실을 말한다고 주장하면서도 사제들의 악행을 은폐하려고 하는 이들은 대체 어떤 사람들이야?'라고 묻는 사람들은 어떨까?"

티빙은 잠시 말을 끊었다가 내처 말했다.

"그런 사람들에게 어떤 일이 일어날 것 같은가, 로버트? 만약 교회가 주장해 온 그리스도 이야기가 사실과 다르다는 것을 보여 주는 진짜 증거가 나온다면 말이야. 그리고 가장 위대하게 여기던 이야기가 가장 **실망스러운** 이야기로 밝혀진다면?"

랭던은 아무 말도 할 수 없었다.

티빙이 말을 이었다.

"그 문서가 공개되면 어떤 일이 일어날지 내가 말해 보지. 바티칸은 지난 2천 년 동안 한 번도 보지 못한 신앙의 위기를 맞게 될 걸세."

긴 침묵 끝에 소피가 말했다.

"하지만 이번 공격의 배후가 교회라면 왜 **이제야** 행동에 나선 거죠? 시온 수도회는 상그레알 문서를 잘 숨겨 놓았어요. 그러니 지금 당장 교회에 위협이 될 상황은 아니잖아요."

티빙은 불길한 기운이 전해질 정도로 긴 한숨을 내쉬었다.

"느뵈 양, 교회와 시온 수도회는 오래전부터 암묵적인 합의를 지켜 왔소. 즉, 교회는 수도회를 공격하지 않았고 수도회는 상그레알 문서를 잘 숨겼지. 그러나 시온 수도회의 역사를 보면, 그들은 늘 한편으로 비밀을 폭로할 계획이 있었소. 역사상 어느 특정한 날이 되면, 산꼭대기에서 예수 그리스도의 진실을 알리는 이야기를 큰 소리로 외칠 심산인 거요."

소피는 티빙을 빤히 보며 물었다.

"그럼 그 날짜가 임박했다고 생각하시는 거예요? 그리고 교회도 그런 사실을 알고 있고?"

"그럴 수도 있소. 그게 사실이라면 교회로서는 너무 늦기 전에 전력을 다해 문서를 찾아야 할 이유가 확실해지는 것이고. 설사 그들이 정확한 날짜를 알아내지 못한다 해도 미신에 굴복하여 행동에 나설 수도 있소."

"미신이라뇨?"

"예언에 따르면, 우리는 지금 어마어마한 변화의 시기에 살고 있소. 얼마 전에 한 밀레니엄이 지나갔소. 그와 더불어 지난 2천 년에 걸친, 점성술에서 구분하는 한 시대가 끝났소. 바로 물고기자리의 시대지. 물고기는 예수를 의미하는 상징물이기도 하오. 그리고 이제 우리는 물병자리의 시대로 들어서고 있소."

랭던이 섬뜩한 한기를 느끼면서 말했다.

"교회는 이 과도기를 '종말의 날들'이라고 부르지요."

티빙이 덧붙였다.

"성배를 연구하는 많은 역사학자는 **만약** 시온 수도회가 정말로 진실을 밝힐 계획이라면 역사상 **지금**을 적기라고 믿고 있소. 그런데 고대 로마 달력은 점성술에서 구분하는 시기와 완벽하게 일치하지 않지. 그 점을 고려하면 정확한 날짜는 불확실하다고 봐야 하오. 정보를 공개할 정확한 날짜가 다가오고 있다는 내부 정보를 교회가 현재 입수한 것인지, 아니면 그저 막연히 불안해하는 것인지, 그건 나도 모르오. 하지만 장담컨대⋯⋯."

티빙은 얼굴을 찌푸리며 말을 이었다.

"만약 교회가 성배를 찾아낸다면, 틀림없이 그것을 파괴할 것이오. 문서들⋯⋯ 그리고 신성한 마리아 막달레나의 유물들을."

티빙의 눈꺼풀이 무거워 보였다.

"친애하는 느뵈 양, 그렇게 되면 모든 증거가 사라지는 것이오. 교회는 역사를 다시 쓰려는 유구한 전쟁에서 승리를 거두고 과거는 영원히 지워질 것이오."

소피가 말했다.

"그렇다면 그들은 한발 늦은 것 같군요. 우리가 쐐기돌을 옮겨 버렸거든요."

"뭐라고! 자네들이 쐐기돌을 숨겨져 있던 곳에서 꺼냈다고?"

랭던이 말했다.

"걱정 마십시오. 쐐기돌은 잘 숨겨 놓았으니."

"**아주아주** 잘 숨겨 놨어야 할 텐데!"

"솔직히 말하면⋯⋯."

랭던이 웃음을 감추지 못한 채 말했다.

"그것은 경의 소파 밑을 얼마나 자주 청소하느냐에 달렸습니다."

빌레트성 밖, 바람이 점점 거세졌다. 창가에 웅크린 사일러스의 옷자락이 바람결을 따라 나부꼈다. 안에서 오가는 대화 소리가 잘 들리지는 않았지만, 쐐기돌이라는 단어가 여러 차례 유리를 뚫고 새어나왔다.

'쐐기돌이 안에 있어.'

51장

콜레 반장은 리 티빙의 저택 진입로 입구에 홀로 서서 거대한 저택을 올려다보았다.

'외딴 곳. 비밀스럽고 수풀에 잘 가려진 곳.'

콜레는 부하 여섯 명이 긴 담장을 따라 소리 없이 움직이는 모습을 지켜보았다. 마음만 먹으면 1분 안에 담장을 넘어 건물을 포위할 수 있었다. 랭던은 콜레의 부하들이 기습 공격하기에 안성맞춤인 장소를 고른 셈이었다.

콜레가 파슈에게 막 전화를 걸려는 순간, 기다리던 전화벨이 울렸다.

파슈의 목소리는 콜레의 예상과는 달리 이 상황을 만족스러워 하는 기색이 아니었다.

"왜 아무도 나에게 랭던에 대한 단서를 잡았다고 보고하지 않은 거지?"

"아까 통화 중이셔서……."

"현재 위치가 정확히 어딘가, 콜레 반장?"

콜레는 주소를 불러 주었다.

"티빙이라는 영국인이 소유한 저택입니다. 랭던은 외딴 이곳까지 차를 몰고 왔고, 차량은 보안 장치가 설치된 정문 안에 있습니다. 강제로 문을 열고 들어간 흔적이 없는 것으로 보아, 랭던과 집주인이 아는 사이일 가능성이 높습니다."

"내가 지금 갈 테니 움직이지 말고 기다리게. 내가 직접 처리하겠네."

콜레는 입이 쩍 벌어졌다.

"하지만 부장님, 여기 오시려면 20분은 걸릴 텐데요! 당장 행동에 나서야 합니다. 지금 잘 감시하고 있습니다. 요원 여덟 명과 함께 있고, 전원 무장 상태입니다."

"내가 갈 때까지 기다리라니까."

"부장님, 만약 랭던이 안에서 인질이라도 잡고 있으면 어떡합니까? 만약 우리를 발견하고는 차를 버리고 그냥 도망치기로 마음먹으면 어떡합니까? **지금** 작전을 개시해야 합니다!"

"콜레 반장, 내가 도착할 때까지 작전 개시하지 말고 기다려. 이건 명령이야."

파슈는 전화를 끊었다. 콜레 반장은 망연자실한 채로 휴대 전화기의 통화 종료 버튼을 눌렀다.

'도대체 왜 기다리라는 거야?'

"반장님?"

현장에 투입된 요원 중 한 명이 뛰어왔다.

"차량을 발견했습니다."

콜레는 요원을 따라 진입로 안으로 45미터쯤 들어갔다. 요원이 도로 맞은편에 있는 널찍한 갓길을 손으로 가리켰다. 그곳 덤불 속에 검은색 아우디가 거의 눈에 띄지 않게 주차되어 있었다. 번호판을 보니 렌터카였다. 콜레 반장은 보닛을 만져 보았다. 아직 따뜻했다. 아니, 뜨거웠다.

"랭던이 여기까지 타고 온 게 틀림없어. 렌터카 회사에 전화해서 훔친 차인지 확인해 봐."

"네, 반장님."

다른 요원이 콜레에게 담장 쪽으로 오라고 손짓했다.

"반장님, 이거 한번 보십시오."

요원은 콜레에게 적외선 망원경을 건넸다.

"진입로 끝 부근의 작은 숲을 보십시오."

콜레는 망원경을 언덕에 조준하고 다이얼을 조정했다. 초점이 맞춰지면서 서서히 초록색 형체가 드러났다. 콜레는 계속 망원경 속을 들여다보았다. 초록 나뭇잎에 둘러싸인 장갑 트럭 한 대가 보였다. 콜레 자신이 오늘 밤에 은행에서 내보낸 트럭과 똑같이 생긴 트럭이었다.

요원이 말했다.

"랭던과 느뵈가 저 트럭을 타고 은행에서 빠져나간 게 분명합니다."

콜레는 자신이 바리케이드 앞에서 멈춰 세웠던 무장 트럭을 떠올렸다. 운전기사가 손목에 차고 있던 롤렉스 시계……. '트럭 뒤 칸은 확인해 보지 않았어.'

콜레는 은행 직원 중 누군가가 랭던과 느뵈 요원의 탈출을 도와주었다는 사실이 믿기지 않았다.

'그런데 누가? 왜? 그리고 만약 도망자들이 무장 트럭을 타고 왔다면 아우디를 몰고 온 사람은 누구야?'

남쪽으로 몇 백 킬로미터 떨어진 곳, 전세 비행기가 바다 위에서 북쪽을 향해 빠르게 날아가고 있었다. 하늘은 평온했지만, 아링가로사 주교는 멀미 봉지를 손에 꼭 쥐고 있었다. 당장이라도 토할 것만 같았다. 파리에 있는 파슈 부장과의 통화 내용은 그가 상상했던 것과는 판이했다.

아링가로사는 자그마한 객실에 홀로 앉아 손가락에 낀 금반지를 만지작거리며 엄습하는 두려움과 절망감을 달래려 애썼다.

'파리에서 모든 일이 끔찍하게 엉망이 되어 버렸어.'

그는 두 눈을 감고 브쥐 파슈가 상황을 잘 수습할 수 있기를 기도했다.

52장

티빙은 소파에 앉아 나무 상자를 무릎에 올려놓고는 뚜껑
에 새겨진 섬세한 장미꽃을 보며 감탄했다.

'내 인생에서 가장 기이하면서도 황홀한 밤이야.'

"뚜껑을 열어 보세요."

랭던과 나란히 선 소피가 티빙을 내려다보며 속삭였다.

티빙은 미소를 지었다.

'서두를 필요 없어.'

10년이 넘도록 이 쐐기돌을 찾아 헤맨 티빙은 이 순간을 백
만 분의 1초도 놓치지 않고 최대한 음미하고 싶었다. 그는 다
시 한 번 손바닥으로 뚜껑을 어루만지면서 상감된 장미꽃의
질감을 음미했다. 그러고는 속삭였다.

"장미."

'장미는 막달레나이고 막달레나는 성배야. 장미는 길을 안

내하는 나침반이야.'

티빙은 바보가 된 기분이었다. 오랜 세월 동안 암호가 담긴 쐐기돌을 찾기 위해 프랑스 곳곳을 누비며 성당과 교회를 찾아 헤맸다. 특별 입장 비용을 지불하기도 하고 장미꽃 무늬 창 아래의 아치 길을 수도 없이 조사하기도 했다.

'클레 드 부트─장미 표시 아래 있는 돌로 된 열쇠.'

티빙은 천천히 쬠쇠를 풀고 뚜껑을 들었다. 마침내 상자 속에 있는 내용물을 목도한 순간, 이것이 쐐기돌이 틀림없다는 것을 알 수 있었다. 그는 석제 원통과 정교하게 연결된 글자판을 물끄러미 보았다.

소피가 말했다.

"다빈치의 일기에 나오는 설계도 그대로예요. 할아버지는 취미 삼아 이런 물건들을 만드셨어요."

'그렇지.'

티빙은 즉시 깨달았다. 다빈치의 스케치와 설계도를 본 적이 있기 때문이었다.

'성배를 찾는 열쇠가 이 돌 안에 있어.'

티빙은 상자에서 묵직한 크립텍스를 꺼내 조심스럽게 들었다. 통을 여는 방법은 전혀 몰랐지만, 자신의 운명이 통 속에 들어 있다는 것을 직감했다. 실패한 순간마다 그는 자신의 인생을 바친 탐구에 대해 보상받을 수 있을지 의문스러웠다. 이제 그런 의심은 영원히 사라졌다. 고대의 말…… 성배 전설의 토대가 된 고대의 말이 그의 귓전을 때렸다.

'네가 성배를 찾는 것이 아니라, 성배가 너를 찾을 것이다.'

그리고 오늘 밤, 거짓말처럼 성배를 찾는 열쇠가 집 현관문을 열고 걸어 들어왔다.

소피와 티빙이 크립텍스를 앞에 두고 앉아 식초와 글자판 그리고 암호가 무엇일지에 대해 이야기 나누는 동안, 랭던은 자단 상자를 더 자세히 살펴보기 위해 방을 가로질러 불빛이 환한 탁자로 갔다. 조금 전에 티빙이 한 말이 자꾸만 랭던의 머릿속에 떠올랐다.

'성배를 찾는 열쇠가 장미 표시 아래 숨겨져 있다.'

랭던은 나무 상자를 불빛에 가까이 대고 다시 장미를 살펴보았다.

'장미 아래.'

'서브 로사(Sub Rosa).'

'비밀.'

랭던의 등 뒤 복도에서 쿵 하는 소리가 났다. 그는 뒤를 돌아보았다. 어둠뿐 아무것도 보이지 않았다. 아마도 티빙의 하인이 지나간 모양이었다. 랭던은 다시 상자로 눈길을 돌리고서 장미 조각의 매끄러운 가장자리를 손가락으로 문질러 보았다. 혹시 장미를 떼어 낼 수 있을까 싶어서였지만, 조각은 완벽한 솜씨로 만들어져 있었다.

랭던은 상자를 열고 뚜껑 안쪽을 살펴보았다. 매끈했다. 하지만 위치를 이리저리 바꾸어 봤더니, 뚜껑 안쪽 정중앙에 작은 구멍 같은 것이 불빛에 보였다. 뚜껑을 닫고 위에서 장미 조각을 살펴보았다. 구멍은 보이지 않았다.

'구멍이 바깥까지 뚫린 건 아니군.'

랭던은 상자를 탁자에 내려놓고 서재를 휘 둘러보았다. 클립이 하나 끼워져 있는 종이 더미가 보였다. 그는 그 클립을 가져온 다음, 상자를 열고 다시 구멍을 꼼꼼히 살펴보았다. 그러고는 클립을 구부려 한쪽 끝을 구멍 안으로 조심스럽게 넣었다. 클립을 살살 밀어 넣자…… 뭔가가 소리 없이 탁자 위로 떨어졌다. 나무로 만든 장미 문양이 뚜껑에서 떨어진 것이었다. 퍼즐 조각처럼 작은 나뭇조각이었다.

랭던은 말을 잃은 채 장미가 떨어져 나간 자리를 물끄러미 보았다. 그 자리에 깔끔한 필체로 쓴 문장 네 줄이 보였다. 하지만 랭던이 한 번도 본 적 없는 언어였다.

'내가 모르는 언어야! 하지만……'

갑자기 뒤에서 움직임이 일며 그의 주의를 끌었다. 다음 순간, 느닷없이 뒤통수로 강한 주먹이 날아왔다. 그는 앞으로 고꾸라져 쓰러지면서 창백한 유령을 설핏 보았다.

이내 눈앞이 캄캄해졌다.

53장

소피 느뵈는 경찰에서 일하고 있지만 오늘 밤까지만 해도 총구를 직접 마주한 적은 한 번도 없었다. 지금 그녀가 응시하고 있는 총을 쥔 손의 주인은 거구의 알비노 사내였다. 희고 긴 머리카락에, 마치 중세의 수도사처럼 모직 로브를 입고 허리를 밧줄로 동여맨 차림새였다.

"내가 무엇 때문에 왔는지 잘 알 것이오."

수도사의 목소리가 공허하게 울려 퍼졌다. 수도사의 시선은 곧바로 티빙의 무릎 위에 놓인 쐐기돌로 향했다.

티빙이 단호하게 말했다

"당신은 이걸 열 수 없소."

"나의 스승님은 무척 현명하시지."

수도사는 그렇게 대꾸하고는 총으로 티빙과 소피를 번갈아 겨누면서 좀 더 다가섰다.

티빙이 말했다.

"당신의 스승이 누구요? 우리가 금전적으로 합의를 볼 수도 있을 것 같소만."

"성배는 값을 매길 수 없는 물건이오."

수도사는 좀 더 바짝 다가섰다.

"자, 쐐기돌을 넘기시오."

티빙이 놀라워하며 물었다.

"당신이 쐐기돌을 안단 말이오?"

"내가 뭘 알든 당신이 상관할 바 아니오. 천천히 일어서서 그것을 내게 건네시오."

"나는 몸을 일으키기가 쉽지 않아서 말이오."

"잘됐군. 누구도 급작스레 움직이지 않는 게 좋을 것이오."

티빙은 오른손으로 슬그머니 목발을 잡으면서 왼손으로 쐐기돌을 집었다. 그러고는 휘청거리면서 몸을 일으켜 똑바로 섰다. 왼쪽 손바닥으로 묵직한 쐐기돌을 받치면서 불안한 자세로 목발에 몸을 기댔다.

수도사가 쐐기돌을 받으려고 팔을 뻗자 티빙이 말했다.

"당신은 성공하지 못할 거요. 자격을 갖춘 사람만이 이 돌을 열 수 있으니까."

'오직 하느님만이 자격을 판단할 수 있지.'

사일러스는 생각했다.

"꽤 무겁구려."

이제 목발을 짚고 선 티빙의 팔이 바들거리고 있었다.

"얼른 받지 않으면 떨어뜨릴 것 같소!"

티빙은 금방이라도 쓰러질 듯이 휘청거렸다.

사일러스는 쐐기돌을 받으려고 재빨리 앞으로 걸어 나왔다. 그때 티빙의 몸이 균형을 잃어 목발이 겨드랑이에서 빠져 버렸다. 그는 쓰러질 듯이 오른쪽으로 기우뚱했다.

'안 돼!'

사일러스가 쐐기돌을 구하려고 달려드는 바람에 총구가 아래로 향했다. 그런데 티빙이 오른쪽으로 쓰러지면서 왼손을 뒤로 확 젖히는 바람에 손바닥에 있던 쐐기돌이 소파 위로 떨어졌다. 그와 동시에 겨드랑이에서 빠져나온 철제 목발이 공기를 가르며 큰 호를 그리면서 사일러스의 다리로 향했다.

목발은 사일러스의 허벅지에 두른 가시 띠를 정확히 내리쳤다. 사일러스는 몸이 갈가리 찢어지는 듯한 통증을 느꼈다. 이윽고 다리에 힘이 풀리면서 무릎을 꿇은 채 앞으로 고꾸라졌다. 그리고 그가 미처 총을 집어서 쏘기 전에 여자의 발이 정확히 그의 턱밑을 강타했다.

진입로 입구에 있던 콜레도 총소리를 들었다. 조금 떨어진 곳에서 총소리가 들려오자 그의 몸속 혈관 하나하나가 곤두서는 듯했다. 단 1초라도 꾸물거렸다가는 내일 아침 자신의 경찰 경력이 모조리 물거품이 되리라는 것을 그는 알았다.

콜레는 저택의 철문을 똑바로 쳐다보며 결단을 내렸다.

"철문을 떼어 내!"

로버트 랭던은 혼미한 의식 속 깊은 곳에서 총소리를 들었다. 그리고 고통스러운 비명도.

'내가 지른 비명인가?'

두개골 뒤에 드릴이 구멍을 뚫는 것 같았다. 멀지 않은 곳에서 사람들의 고함이 들려왔다.

티빙이 고래고래 소리치고 있었다.

"도대체 어디에 **있었던** 거야?"

하인이 서둘러 서재로 들어왔다.

"아이코! 이자는 누굽니까? 경찰에 신고하겠습니다."

"안 돼! 경찰에 신고하지 마. 조금이라도 쓸모 있는 인간이 되고 싶으면 가서 이 괴물을 묶을 줄이나 가져와!"

"얼음도 좀 부탁해요!"

소피가 덧붙였다.

랭던은 다시 까무룩 정신을 잃어 갔다. 더 많은 목소리와 이리저리 움직이는 소리가 들렸다. 이제 그는 소파에 등을 기댄 채 앉아 있었다. 소피가 얼음주머니를 그의 머리에 대 주고 있었다. 머리통이 지끈거렸다. 이윽고 눈앞이 맑아졌을 때, 랭던은 무의식중에 바닥에 쓰러져 있는 몸뚱이를 빤히 보고 있었다.

'헛것이 보이나?'

거대한 몸집의 알비노 수도사가 포박되어 입에 테이프를 붙인 채로 쓰러져 있었다.

랭던은 소피에게 고개를 돌렸다.

"이 사람은 누구죠? 무슨 일이…… 일어난 거예요?"

티빙이 절름거리며 다가왔다.

"정의의 기사가 에크미 정형외과에서 만들어 준 엑스칼리버(아서 왕이 사용한 검 — 옮긴이)를 휘둘러 자네를 구했어."

'엥?'

랭던은 허리를 곧추세워 앉으려 했다.

티빙이 말했다.

"아무래도 방금 내가 자네 여자 친구한테 나의 뛰어난 신체 조건을 과시한 것 같아. 이제 모두가 자네를 깔볼 거야."

랭던은 수도사를 내려다보면서 무슨 일이 있었는지 애써 추측해 보았다. 수도사의 턱은 찢어지고 오른쪽 허벅지를 덮고 있는 로브는 피로 물들어 있었다.

티빙이 설명했다.

"가죽 띠를 착용하고 있더군."

"뭐라고요?"

티빙은 바닥에 떨어져 있는 가죽 띠를 가리켰다. 가시가 촘촘하게 박힌 가죽 띠는 피범벅이 되어 있었다.

"고행의 띠. 이걸 허벅지에 차고 있었네. 내가 일부러 거길 겨냥했지."

랭던은 뒤통수를 문질렀다. 그도 고행의 띠에 대해 알고 있었다.

"그런데 경은 어떻게…… 그걸 아셨죠?"

티빙은 씩 웃었다.

"기독교는 내 전공이잖은가, 로버트. 자신들의 마음속을 밖으로 훤히 드러내 보이는 교파들이 더러 있더라고."

티빙은 목발을 들어 피로 물든 수도사의 로브를 가리켰다.

"이 로브처럼 말이야."

"오푸스 데이."

랭던은 나직이 중얼거리며 그 단체를 다룬 최근 방송 프로
그램을 떠올렸다. 그 프로는 열성 회원들의 수행을 자세히 다
루었는데, 그들 중 일부는 종교적 가르침을 받은 다음 외부
사람들이 보기에는 지나치게 극단적인 방법으로 고행을 실
천하였다. 지금 눈앞에 누워 있는 수도사도 그런 회원 가운데
하나인 듯했다.

소피가 나무 상자 쪽으로 걸어가면서 말했다.

"로버트, 이게 뭐죠?"

소피는 랭던이 조금 전에 뚜껑에서 떼어 낸 작은 장미 장식
을 들고 있었다.

"그 장식이 상자에 새겨진 글을 덮고 있었어요. 그 글에 쐐
기돌을 여는 방법이 나와 있을 것 같아요."

소피와 티빙이 뭐라고 반응하기도 전에, 경찰차의 파란 불
빛과 사이렌 물결이 언덕 발치를 넘어 긴 진입로를 따라 밀려
오기 시작했다.

티빙은 얼굴을 찌푸렸다.

"친구들, 결단의 순간이 온 것 같군. 이왕이면 빨리 마음을
정하는 게 좋겠어."

54장

콜레와 그의 부하들이 리 티빙 경의 저택 현관문 안으로 들이닥쳤다. 그러고는 부챗살 모양으로 흩어져 1층의 방을 일일이 수색했다. 1층은 전체가 텅 비어 있는 것 같았다.

콜레가 부하들을 나누어 지하실과 건물 뒤쪽을 수색하라고 지시하려는 순간, 차 엔진 소리가 들렸다.

콜레는 뒷문 쪽으로 뛰어갔고, 몇 초도 지나지 않아 부하 한 명과 함께 건물 밖으로 튀어나갔다. 두 사람은 뒤쪽 잔디밭을 가로질러 숨을 헐떡이며 회색빛의 낡은 헛간 앞에 다다랐다. 콜레가 무기를 꺼내 들고 뛰어 들어가 전등을 켰다.

마구간의 방들이 기다랗게 줄지어 있었다. 하지만 말은 보이지 않았다. 집주인은 다른 종류의 마력을 선호하는 것 같았다. 마구간은 검은색 페라리, 초창기의 롤스로이스, 2인승 에스턴 마틴 스포츠카, 고전적인 포르쉐 356 등, 눈이 휘둥그레

질 만한 차들을 보관하는 곳으로 개조되어 있었다.

맨 마지막 칸은 비어 있었다. 바닥에 기름 자국이 보였다.

콜레는 뛰쳐나갔다.

'어차피 이 저택 부지 밖으로 빠져나갈 수는 없어.'

바로 이런 상황에 대비해 진입로와 출입문에는 경찰차 두 대로 바리케이드를 쳐 둔 터였다.

"반장님?"

요원이 헛간 끝을 가리켰다.

헛간 뒷문이 활짝 열려 있었다. 문 너머로 어둡고 울퉁불퉁한 진흙투성이 내리막 비탈이 있었다. 콜레 반장의 눈에는 멀리 떨어져 있는 어둑한 숲만 보일 뿐이었다. 자동차 전조등은 보이지 않았다. 숲이 울창한 이 계곡에는 지도에도 나오지 않는 작은 도로와 오솔길이 얼기설기 나 있을 테지만, 콜레는 자신의 사냥감이 숲까지 다다르지 못할 것이라고 자신했다.

"요원들을 더 불러서 넓게 흩어져 아래쪽으로 내려간다. 아마도 얼마 못 가고 어딘가에 처박혀 있을 거야. 이런 멋쟁이 스포츠카들로는 이렇게 험한 지형을 상대할 수 없지."

"저, 반장님?"

부하가 가까이에 있는 나무판을 가리켰다. 나무못이 박힌 나무판에 열쇠 몇 개가 걸려 있었다. 각 나무못 위에는 익숙한 이름들이 적힌 이름표가 붙어 있었다.

다임러…… 롤스로이스…… 애스틴 마턴…… 포르쉐…….

마지막 나무못은 비어 있었다.

그 못 위에 적힌 자동차 이름을 확인한 콜레는 자신이 곤경에 처했음을 알아챘다.

레인지로버는 사륜구동, 수동 기어, 고성능 전조등을 갖추었고 운전대는 오른쪽에 있었다. 랭던은 자신이 운전을 하지 않아도 돼서 기뻤다.

티빙의 하인 레미가 주인의 명령에 따라 달빛 드리워진 성 뒤편의 들판을 가로지르며 감탄을 자아낼 만큼 곡예 운전을 했다. 전조등도 켜지 않은 채 넓은 둔덕을 넘었고, 지금은 멀리 들쭉날쭉한 실루엣만 보이는 숲 지대를 향해 가고 있었다.

조수석에 앉은 랭던은 쐐기돌을 끌어안은 채 몸을 돌려 뒷자리에 있는 티빙과 소피를 보았다.

"오늘 밤에 자네가 불쑥 나타나서 몹시 기쁘다네, 로버트."

티빙은 몇 년 만에 처음으로 신나는 일을 하고 있다는 듯이 싱글벙글 웃고 있었다.

"이런 일에 휘말리게 해서 죄송합니다, 리."

"아, 천만에! 이런 일에 휘말리기 위해 평생을 기다렸다네."

티빙은 뒤에서 레미의 어깨를 톡톡 두드렸다.

"명심해. 브레이크 등은 절대 안 돼. 숲속으로 좀 더 들어가 봐. 집 쪽에서 우리가 보이는 위험을 무릅쓸 이유가 없잖아."

레미는 기다시피 천천히 차를 몰아 긴 산울타리에 난 출입구를 통과했다. 차가 수풀이 울창한 오솔길로 들어서자마자 머리 위에 있는 나무들이 달빛을 완전히 가려 버렸다. 레미는 허리를 숙여 작은 버튼을 눌렀다. 은은한 노란색 불빛이 부채 꼴로 퍼지며 정면을 비추자 오솔길 좌우로 우거진 덤불이 모습을 드러냈다.

랭던은 생각했다.

'안개등이야.'

안개등은 차가 길을 벗어나지 않을 만큼만 빛을 뿜어냈다. 하지만 이제 어느 정도 숲속 깊숙이 들어온 덕분에 불빛 때문에 위치가 노출될 일은 없었다.

"어디로 가고 있죠?"

소피가 묻자, 티빙이 대답했다.

"이 오솔길은 숲속으로 3킬로미터쯤 뻗어 있소. 부지를 가로지른 다음 북쪽으로 완만하게 휘어지지. 웅덩이나 쓰러진 나무를 맞닥뜨리지만 않는다면 아무 탈 없이 큰 도로로 진입할 수 있을 거요."

'아무 탈 없이?'

랭던은 자신의 뒤통수를 떠올리며 고개를 절레절레 저었다. 그러고는 자신의 무릎 쪽으로 눈길을 돌려 쐐기돌이 안전하게 담겨 있는 나무 상자를 내려다보았다. 뚜껑에 있던 장미 장식은 다시 제자리에 놓여 있었다. 아직 머리가 어질어질했지만, 랭던은 다시 장미를 떼어 내고 그 아래에 새겨진 글을 좀 더 자세히 살펴보고 싶은 마음이 굴뚝같았다. 그가 쥠쇠를 풀고 뚜껑을 들어 올리려는데, 티빙이 그의 어깨에 손을 얹으며 말했다.

"참게나, 로버트. 길이 울퉁불퉁한 데다 너무 어두워. 자칫 깨뜨리기라도 하면 큰일 아닌가. 우선은 안전하게 빠져나가는 것에 집중하세. 곧 그걸 살펴볼 시간이 올 거야."

듣고 보니 티빙의 말이 옳았다. 랭던은 고개를 한 번 끄덕이고는 쥠쇠를 다시 채웠다.

짐칸에 있는 수도사가 신음을 내뱉으며 밧줄을 풀려고 낑낑댔다. 그러다 갑자기 거칠게 발길질을 하기 시작했다.

랭던이 물었다.

"저 사람을 꼭 데려가야 할까요?"

"당연하지!"

티빙이 버럭 소리치고는 말을 이었다.

"잊지 말게나. 자네가 살인 혐의로 수배 중이라는 걸, 로버트. 경찰이 내 집까지 자네를 쫓아온 걸 보면, 아주 애타게 자네를 찾고 있는 것 같은데."

"다 제 잘못이에요. 장갑 트럭에 위치 추적 발신기가 부착되어 있었던 것 같아요."

소피의 말에 티빙은 이렇게 대꾸했다.

"중요한 건 그게 아니오. **경찰**이 자네들을 찾아낸 건 놀랍지 않지만, 여기 있는 오푸스 데이 사람이 자네들을 찾아낸 것은 **놀라운** 일이오. 저자가 어떻게 내 집까지 쫓아왔는지 모르겠소. 상상할 수 있는 것은 딱 하나, 경찰 내부에 끄나풀이 있다는 거요. 아니면 은행 내부에 끄나풀이 있거나."

랭던은 티빙의 말을 곱씹었다. 브쥐 파슈가 오늘 밤에 일어난 살인 사건의 희생양을 찾고 싶어 하는 것은 분명했다. 그리고 베르네는 다소 느닷없이 배신을 했지만, 랭던이 네 사람을 살해한 혐의로 수배 중인 점을 고려하면 그의 심경 변화도 이해할 만했다.

티빙이 말했다.

"이 수도사는 혼자 움직이는 자가 아니야, 로버트. 배후에 있는 자를 알아내기 전에는 자네 둘 다 위험해. 다행스럽게도 이제 칼자루는 자네가 쥐고 있네. 지금 내 뒤에 있는 탄 바로 그 괴물이 정보를 갖고 있으니 말일세."

티빙은 계기판 선반에 있는 카폰을 가리켰다.

"로버트, 수고스럽겠지만 그 전화기 좀 집어 주겠나?"

전화기를 받아 든 티빙은 어딘가로 전화를 걸었다.

"리처드? 내가 깨운 건가? 아, 당연히 그랬겠지. 바보 같은 질문 미안하네. 작은 문제가 하나 생겼어. 내가 몸이 좀 안 좋아서 아무래도 치료를 받으러 레미와 급히 섬으로 가야 할 것 같네. 음, 그래, 지금 당장. 미리 연락 못 해 미안하네. 20분 안으로 엘리자베스를 준비해 놓을 수 있겠나? 나도 알아. 최선을 다해 보게. 그럼 조금 있다 보세."

티빙이 전화를 끊자 랭던이 말했다.

"엘리자베스요?"

"내 비행기야. 그거 장만하느라 여왕 몸값만큼의 큰돈을 날렸지."

랭던은 고개를 완전히 뒤로 돌려 티빙을 쳐다보았다.

"아, 왜?"

티빙은 따져 묻듯이 대꾸하고는 말을 이었다.

"프랑스 경찰이 총동원되어 자네들을 쫓고 있는 마당에 설마 프랑스에 계속 있기를 바라는 건 아니겠지? 런던이 훨씬 안전할 걸세."

소피도 고개를 돌려 티빙을 바라보았다.

"정말 우리가 이 나라를 떠나야 한다고 생각하세요?"

"친구들, 성배는 현재 영국에 있다는 게 정설이네. 만약 쐐기돌을 열게 되면, 우리가 올바른 방향으로 가고 있다는 것을 보여 줄 지도가 나올 걸세."

"우리를 도우면 너무 큰 위험을 무릅쓰게 될 텐데요."

소피의 말에 티빙은 신물 난다는 듯이 손사래를 쳤다.

"프랑스하고는 이제 작별이오. 나는 쐐기돌을 찾으려고 이곳에 왔지. 이제 영영 빌레트성을 못 봐도 상관없소."

소피는 확신이 서지 않는 듯 물었다.

"공항 보안 검색은 어떻게 통과하죠?"

티빙은 키득키득 웃었다.

"나는 르부르제에서 이륙하오. 이 근처 사설 비행장이오. 2주에 한 번 꼴로 영국에 있는 의사를 만나러 북쪽으로 비행을 하오. 그리고 프랑스와 영국 양쪽에 다 돈을 좀 쥐어 주고 특별 대우를 받고 있소이다."

"주인님? 정말 영국으로 완전히 돌아가실 생각입니까?"

레미의 말에 티빙이 자신 있게 대꾸했다.

"레미, 자넨 걱정 말게. 여왕의 영토로 돌아간다고 해서 내 입맛이 죽을 때까지 소시지나 으깬 감자 취향으로 바뀌지는 않을 테니. 자네도 그곳에서 나와 함께 지내면 돼. 데번에 멋진 저택을 하나 장만할 생각이야. 자네 짐이야 곧장 화물로 부치면 되잖아. 이건 신나는 모험이야, 레미. 모험이라고!"

레인지 로버 짐칸에 처박힌 사일러스는 숨이 막혔다. 두 팔은 뒤로 꺾여 있고, 발목은 굵은 요리용 실과 테이프로 칭칭 묶여 있었다. 차가 덜컹거릴 때마다 뒤틀린 어깨가 뽑혀 나갈 듯이 아팠다. 하지만 그를 붙잡은 사람들은 가시 띠를 풀어 주는 아량은 베풀었다. 테이프로 입을 막아 놓은 탓에 코로만 숨 쉴 수 있는 데다, 짐칸의 공기가 탁해 점점 더 코가 막혀 왔다. 그는 기침을 하기 시작했다.

"저 사람, 숨이 막히는 모양인데요."

운전대를 잡은 프랑스인이 걱정스러운 목소리로 말했다.

목발로 사일러스를 때려눕힌 영국인이 고개를 돌려 뒤를 보더니 그를 향해 싸늘한 표정으로 얼굴을 찌푸렸다.

"우리 영국인들은 친구에 대한 온정이 아니라 적에 대한 온정으로 남자의 예절을 평가하지. 자네한테는 참 다행스러운 일 아닌가."

영국인은 아래로 팔을 뻗어 사일러스의 입에 붙은 테이프를 잡고는 재빠른 동작으로 단번에 테이프를 떼어 냈다.

사일러스는 입술에 불이라도 붙은 듯한 느낌이었지만, 허파로 쏟아져 들어오는 공기가 하느님의 선물처럼 여겨졌다.

영국인이 물었다.

"누구 밑에서 일하나?"

"나는 주님의 일을 하는 사람입니다."

사일러스는 여자에게 걷어차인 턱의 통증을 느끼면서 말을 내뱉었다.

"자네는 오푸스 데이 소속이지?"

영국인이 말했다. 그것은 질문이 아니었다.

"당신은 내가 누구인지 모릅니다."

"오푸스 데이가 왜 쐐기돌을 찾고 있는 거지?"

사일러스는 답할 생각이 전혀 없었다. 쐐기돌은 성배를 찾아가는 연결 고리였고, 성배는 곧 신앙을 수호하는 열쇠였다.

'나는 주님의 일을 한다.《길》이 위험에 처했다.'

숨 막힐 듯한 어둠 속에서 사일러스는 기도를 했다.

'주님, 기적을 베푸소서. 저에게 기적이 필요합니다.'

사일러스는 그토록 바라는 기적이 바로 몇 시간 뒤에 실제로 일어나리라고는 상상도 못 했을 것이다.

"로버트?"

소피는 아직도 랭던을 지켜보고 있었다.

"방금 당신 얼굴에 재미있는 표정이 보이던데요."

랭던은 그녀를 힐끔 보았다. 방금 전 그의 머릿속에 아주 좋은 생각이 떠올랐다.

'그렇게 간단할 수가 있을까?'

"소피, 휴대 전화기 좀 빌려줘요."

"지금이요?"

"좋은 방법이 생각났어요."

소피의 눈에 경계심이 어렸다.

"파슈가 내 전화까지 추적하고 있을 것 같지는 않지만, 그래도 혹시 모르니까 1분 안에 끊으세요."

"미국에 걸려면 어떻게 해야 되죠?"

55장

뉴욕에 있는 편집자 조너스 포크먼이 막 침대에 올라 잠자리에 들려는 순간, 전화벨이 울렸다.

'이 늦은 시간에?'

그는 툴툴대면서 수화기를 들었다.

"조너스?"

"로버트? 한밤중에 잠을 깨우다니, 무슨 일이죠?"

"조너스, 한 번만 봐줘요. 짧게 끝낼게요. 꼭 알고 싶은 게 있어요. 내가 준 원고 말이에요. 혹시 추천사를 받으려고 나한테 말하지 않고 원고를 보낸 적이 있는지 궁금해서요."

포크먼은 머뭇거렸다. 여신 숭배의 역사에 관한 랭던의 최근 원고에서 마리아 막달레나에 대한 부분은 일부 사람들의 눈살을 찌푸리게 할 만한 내용이었다. 포크먼은 적어도 잘 알려진 미술 전문가들로부터 추천사를 몇 개 받아 넣기 전까지는 가제본을 인쇄하고 싶지 않았다. 그래서 미술계의 저명한 인사 열 명을 선정해 책 표지에 담을 짧은 추천사를 부탁하는 정중한 편지와 함께 랭던의 원고를 통째로 보냈었다. 그는 대부분의 사람들이 자신의 이름이 인쇄되어 나올 기회를 선뜻 받아들인다는 사실을 경험을 통해 잘 알고 있었다.

"조너스? 원고를 보냈군요. 그렇죠?"

랭던이 다그치자, 조너스는 얼굴을 찌푸렸다.

"멋진 추천사를 받아서 선생님을 깜짝 놀라게 해 주고 싶었어요."

잠시 침묵이 흘렀다.

"혹시 루브르 박물관의 큐레이터에게도 보냈어요?"

"당연하지요. 그분의 저서들이 선생님의 참고 문헌에 나와 있는걸요. 소니에르는 별 고민 없이 포함시켰지요."

이번에는 조금 전보다 더 긴 침묵이 이어졌다.

"원고를 언제 보냈죠?"

"한 달 전쯤에요. 선생님이 곧 파리에 갈 예정인데, 두 분이 만나서 대화를 나눠 보는 게 어떻겠느냐는 이야기도 썼어요. 혹시 만나자는 연락이 왔던가요?"

포크먼은 말을 멈추고는 눈을 비볐다.

"잠깐, 파리에 가시기로 한 게 이번 주 아니었나요?"

"지금 파리에 **있어요**."

포크먼은 허리를 곧추세우고 앉았다.

"소니에르를 만났어요? 원고를 좋아하던가요?"

하지만 전화는 이미 끊긴 상태였다.

레인지 로버 안, 리 티빙이 너털웃음을 터뜨렸다.

"로버트, 자네가 비밀 단체를 파헤치는 원고를 썼는데, 편집자가 그 원고를 바로 그 비밀 단체에 **보냈단** 말인가?"

랭던도 어이가 없었다.

"그런 모양입니다."

티빙이 여전히 킬킬거리면서 말했다.

"여기 백만 달러짜리 질문이 있네. 시온 수도회에 대한 자네의 입장은 긍정적이었나, **부정적**이었나?"

랭던은 질문의 진의를 분명하고 확실하게 간파했다. 많은 역사학자가 왜 시온 수도회가 상그레알 문서를 계속 숨겨야 하는지에 대해 의문을 품었다. 일부 역사학자는 이미 오래전에 관련 정보가 세상에 알려졌어야 한다고 생각했다.

"저는 그저 그 조직의 역사를 소개하고, 그들을 현대의 여신 숭배 조직이자 성배와 고대 문서의 수호자라고 묘사했을 뿐입니다."

소피가 랭던을 쳐다보며 물었다.

"쐐기돌도 언급했어요?"

랭던은 움찔했다. 언급했기 때문이다. 그것도 아주 여러 번.

"수도회가 상그레알 문서를 보호하기 위해 얼마나 노력하는지 보여 주는 하나의 예로 쐐기돌을 언급했지요."

소피는 무척 놀란 표정을 지었다.

"그럼 'P.S. 로버트 랭던을 찾아라'가 설명되는 것 같네요. 그러니까…… 당신은 파슈 부장에게 거짓말을 했군요."

"뭐라고요?"

"우리 할아버지와 연락을 주고받은 적이 한 번도 없다고 말했잖아요."

"그런 적 없습니다! 원고를 보낸 건 편집자예요."

"생각해 봐요, 로버트. 만약 편집자가 원고를 보낸 봉투나 거기에 동봉된 편지가 발견되지 않는다면 파슈 부장은 당연히 **당신이** 보냈다고 생각할 것 아니에요."

소피는 뜸을 들였다가 말했다.

"또는 한층 더 부정적으로……, 당신이 직접 만나서 건네주고는 거짓말을 한다고 생각하거나."

레인지 로버가 르부르제 비행장에 도착하자, 레미는 활주로 한쪽 끝에 있는 작은 격납고로 차를 몰았다. 구겨진 카키색 작업복 차림에 머리가 마구 헝클어진 남자가 후다닥 나와 손을 흔들었다. 그러고는 어마어마하게 큰 주름진 철문을 밀어 열었다. 매끈한 흰색 제트기가 자태를 드러냈다.

랭던이 번들거리는 비행기를 물끄러미 보며 말했다.

"저게 엘리자베스예요?"

티빙이 싱긋 웃으며 대답했다.

"유로스타(영국·프랑스·벨기에를 연결하는 국제 특급 열차—옮긴이)는 상대가 안 되지."

카키색 작업복 차림의 남자가 실눈으로 전조등 불빛을 보며 황급히 그들에게 다가왔다.

"거의 다 준비됐습니다, 경."

영국식 억양이었다.

"기다리시게 해서 죄송합니다. 하지만 워낙 느닷없이 연락을 주셔서……."

차에서 사람들이 내리자 그는 말을 멈추었다.

티빙이 말했다.

"이 사람들하고 내가 런던에서 아주 급한 볼일이 있네. 지체할 시간이 없어. 곧바로 출발할 수 있도록 준비해 주게나."

"경, 대단히 죄송합니다만, 제 비행 허가로는 경과 경의 하인만 태울 수 있습니다. 손님을 더 태울 수는 없습니다."

티빙이 온화한 미소를 지으며 말했다.

"리처드, 2천 파운드가 내 손님들을 태울 수 있다고 말하지 않나."

티빙은 레인지 로버를 가리키며 이렇게 덧붙였다.

"참, 짐칸에 오늘 운수가 안 좋은 손님이 한 명 더 있네."

5분도 채 지나지 않아, 호커 731 쌍발 엔진 제트기가 엄청난 기세로 하늘을 향해 날아올랐다. 창밖으로 보이는 비행장이 놀라운 속도로 멀어져 갔다.

소피는 비행기 속도 때문에 등을 가죽 의자에 딱 붙인 채로 생각에 잠겼다.

'나는 지금 외국으로 도망치고 있어.'

지금까지 그녀는 파슈와의 술래잡기가 어떤 식으로든 정당화될 수 있으리라고 믿었다.

'나는 무고한 사람을 보호하려고 애썼어. 할아버지 뜻을 따

르기 위해 노력했고.'

그런데 이제 그녀는 적법한 서류도 없이 수배 중인 사람과 함께 외국으로 가고 있었다. 그것도 모자라 몸이 묶인 인질까지 데려가고 있었다. 만약 '이성의 선'이라는 게 존재한다면, 그녀는 지금 막 그 선을 넘는 중이었다.

'음속의 속도로.'

소피는 랭던 그리고 티빙과 함께 객실 앞쪽에 앉아 있었다. 레미는 비행기 뒤쪽 화장실 근처에 따로 마련된 좌석 칸에서 일어선 채로 알비노 수도사를 감시했다. 몸이 묶인 수도사는 레미의 발치에 짐짝처럼 내던져져 있었다.

티빙이 말했다.

"쐐기돌에 대해 이야기하기에 앞서 내가 몇 마디 말하고 싶은데, 괜찮겠소?"

근심 서린 목소리였다.

"친구들, 성배를 찾는 일에 일생을 바친 사람으로서 자네들에게 경고하는 것이 내 의무인 듯싶소. 어떤 위험이 도사리고 있든 간에, 지금 자네들은 다시는 돌아올 수 없는 길로 막 발을 들여놓으려 한다는 것이오."

티빙은 소피에게 눈길을 주며 말을 이었다.

"느뵈 양, 할아버지가 당신에게 이 크립텍스를 전한 것은 당신이 성배의 비밀이 묻히지 않게 하기를 바랐기 때문이오."

"네."

"그러니 당연히 그것이 이끄는 길을 따를 의무감을 느낄 것이오. 그 길이 어디로 향하든 상관없이 말이오."

소피는 고개를 끄덕였다. 하지만 또 하나의 동기가 자신의 마음속에서 불타오르는 것을 느꼈다.

'우리 가족에 대한 진실.'

랭던은 쐐기돌이 그녀의 과거와는 무관하다고 말했지만, 소피는 이 미스터리 안에 자신의 개인적인 문제가 깊이 뒤엉켜 있음을 여전히 직감했다.

티빙이 말을 이었다.

"오늘 밤에 당신 할아버지와 세 사람이 목숨을 잃었소. 이 쐐기돌을 교회로부터 지키려다 그렇게 된 것이오. 오푸스 데이는 쐐기돌을 손에 넣기 일보 직전까지 갔소. 당신도 이해하겠지만, 나는 그러기를 바라오만, 이런 상황 때문에 당신은 엄청난 책무를 지는 위치에 놓이게 되었소. 당신의 손에 횃불이 건네진 거요. 절대로 꺼뜨려서는 안 되는 2천 년 된 횃불. 그 횃불이 자격 없는 사람 손에 들어가서는 안 되오."

티빙은 말을 멈추고 자단 상자를 바라보았다.

"느뵈 양, 지금까지는 당신에게 선택의 여지가 없었다는 것을 잘 아오. 하지만 이제 둘 중 하나를 택해야 하오. 이 책무를 온전히 받아들이거나…… 아니면 누군가에게 넘기거나."

"할아버지는 크립텍스를 저에게 주셨어요. 제가 그것을 다룰 수 있다고 생각하셨기 때문일 거예요."

티빙은 상기된 표정이었지만 납득하지는 못하는 듯했다.

"좋소. 강한 의지가 필요하지. 하지만 말이오, 쐐기돌을 여는 데 성공하면 훨씬 더 큰 시험이 기다리고 있다는 것은 알고 있겠지?"

"왜 그렇지요?"

"갑자기 당신 손에 성배의 위치를 알려 주는 지도가 들려 있다고 상상해 보시오. 그 순간 당신은 인류의 역사를 영원히 바꿔 놓을 수 있는 진실을, 인간이 몇 세기 동안 찾아 헤매 온 진실을 손에 넣게 되는 거요. 당신은 그 진실을 세상에 알릴 생각이오? 그렇게 하면 많은 사람들의 존경을 받겠지만, 다른 사람들로부터 비난도 받을 것이오. 그 과업을 수행하는 데 필요한 힘이 당신에게 있소?"

소피는 잠시 아무 말도 하지 않았다.

"그걸 제가 결정해야 하는지 잘 모르겠어요."

티빙은 눈썹을 활처럼 치켰다.

"모르겠다고? 쐐기돌을 가진 사람이 결정하지 않으면 누가 한단 말이오?"

"오랫 동안 성공적으로 비밀을 지켜 온 조직이 있잖아요."

"시온 수도회 말이오?"

티빙은 의구심 어린 얼굴로 말을 이었다.

"어떻게? 그 조직은 오늘 밤 산산조각이 났소. 누군가 최고 위층 네 사람의 신원을 알아낸 거요. 그리고 죽였지. 이 시점에서는 누군가가 그 조직 사람이라고 나선다 해도 나는 그를 믿지 않을 것이오."

랭던이 끼어들어 물었다.

"그럼 어떻게 하면 좋겠습니까?"

"로버트, 자네도 알다시피 시온 수도회는 영원히 먼지 속에 파묻어 두려고 그 오랜 세월 동안 진실을 지켜온 것이 아니네. 비밀을 공개하기에 알맞은 역사적 시점을 기다린 거지."

"이제 그때가 되었다고 생각하시는 겁니까?"

"물론이지. 더구나 만약 시온 수도회가 비밀을 공개할 의도가 없었다면, 왜 지금 교회가 공격을 감행했겠나?"

소피가 이의를 제기했다.

"저 수도사는 아직 우리에게 자신의 목적을 털어놓지 않았어요."

티빙이 대꾸했다.

"저 수도사의 목적이 바로 교회의 목적이오. 엄청난 사기극을 폭로할 문서를 없애 버리는 것. 오늘 밤에 교회는 그 어느 때보다도 목표물에 근접했고, 시온 수도회는 **당신**에게 모든 것을 믿고 맡겨 놓은 셈이오. 느뵈 양, 성배를 확실하게 구하는 임무에는 세상에 진실을 알려야 한다는 수도회의 마지막 소원을 실행하는 것도 포함되어 있소. 그러니 만약 우리가 쐐기돌을 여는 데 성공하면 어떤 일이 벌어질지에 대해 미리 생각해 보아야 할 것이오."

소피가 단호한 목소리로 말했다.

"두 분 말씀을 인용해 볼게요. '네가 성배를 찾는 것이 아니라, 성배가 너를 찾을 것이다.' 저는 성배가 어떤 이유가 있기 때문에 저를 찾아왔다고 믿기로 했어요. 그리고 때가 되면 제가 어떻게 해야 할지 알게 될 거예요."

티빙과 랭던은 놀란 표정을 지었다.

소피는 자단 상자를 가리키며 말을 이었다.

"그러니까 이제 일이나 계속하시죠."

56장

호커 731기가 기수를 영국 쪽으로 돌리고 수평 비행을 시작했을 때, 랭던은 이륙하는 동안 안전하게 보호하기 위해 무릎에 올려놓았던 자단 상자를 조심스럽게 들어 올렸다.

그가 쇠를 풀고 상자 뚜껑을 열었을 때 눈길은 크립텍스의 글자판이 아니라 뚜껑 안쪽에 있는 작은 구멍으로 쏠렸다. 펜 끝으로 장미 장식을 조심스럽게 떼어 내니 그 아래에 있는 글귀가 드러났다.

랭던은 새로운 기분으로 글귀를 보면 의식이 맑아질지도 모른다는 기대감을 품으며 혼잣말을 했다.

'서브 로사.'

그는 상자 쪽으로 몸을 숙여 이상한 글귀를 자세히 들여다보았다.

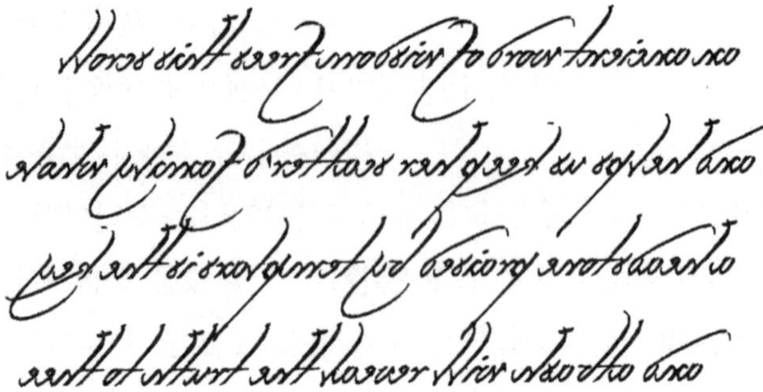

“리, 도무지 감이 안 잡히네요. 딱 봐서는 고대 히브리어나 아랍어 같은데, 가만 보니 그것조차 확신이 안 섭니다.”

티빙은 손을 뻗어 랭던 앞에 있는 상자를 자기 쪽으로 조금씩 당겼다. 하지만 금세 그의 어깨가 축 처졌다.

“놀랍군. 나도 이런 문자는 난생처음 보는 것 같아.”

“제가 좀 봐도 될까요?”

소피가 물었다. 티빙은 소피의 말을 못 들은 척했다.

“리?”

논의에서 자기만 소외된 것이 못마땅한 듯 소피가 채근했다.

“제 할아버지가 만든 상자를 저도 좀 보면 안 될까요?”

“아, 물론 보셔야지.”

티빙은 상자를 소피에게 밀었다. 하지만 소피 느뵈는 지금 자기 수준에서 몇 광년은 벗어난 일을 하고 있다는 기분을 떨칠 수가 없었다. 영국 왕립 역사학자와 하버드의 기호학자조차 어떤 언어인지 모르는 마당에…….

상자를 살피기 시작한 지 단 몇 초 만에 소피가 말했다.

"아! 이럴 줄 알았다니까."

티빙과 랭던이 동시에 그녀를 빤히 보았다.

"뭘 알았다는 거요?"

티빙이 다그치듯 묻자, 소피는 어깨를 으쓱이고는 말했다.

"이게 할아버지가 종종 쓰시던 문자일 줄 알았다고요."

티빙이 목청을 높여 물었다.

"그러니까 이 글을 **읽을 수 있다**, 그 말이오?"

"아주 쉬워요."

소피가 몹시 즐거워하며 명랑하게 말했다.

"제가 겨우 여섯 살이었을 때, 할아버지가 이 언어를 가르쳐 주셨어요. 지금은 꽤 유창한 편이죠."

소피는 탁자 안쪽으로 몸을 기울이며 힐난하는 눈초리로 티빙을 흘겨보았다.

"솔직히 경이 이걸 알아보지 못했다는 게 조금 놀랍네요."

그 순간, 랭던도 알아차렸다.

'어째 글씨체가 낯익어 보인다 했지.'

랭던은 다빈치의 수많은 예술적 재능 가운데 본인 말고는 거의 아무도 알아볼 수 없는 거울 서체를 쓰는 능력이 있다는 사실을 깜빡 잊고 있었던 것이다.

소피는 로버트가 자기 말뜻을 이해한 것을 보고는 내심 미소를 지었다.

"처음 몇 단어를 읽어 드릴 수 있어요. 영어거든요."

티빙은 여전히 식식거렸다.

"도대체 무슨 말이오?"

랭던이 말했다.

"좌우로 뒤집어 쓴 글입니다. 거울이 필요한데."

소피가 말했다.

"필요 없어요. 상자의 베니어판이 충분히 얇은데요."

소피는 자단 상자를 들어 비행기 벽에 붙어 있는 등 앞으로 가져다 대고 뚜껑 안쪽을 살펴보기 시작했다. 사실 할아버지는 글씨를 뒤집어 쓰지 못했다. 그래서 늘 **정상적**으로 글을 쓴 다음에 종이를 뒤집어 놓고 뒷면에 비친 글씨를 그대로 베껴 쓰는 편법을 썼다. 소피는 할아버지가 **정상적인** 글을 나무 토막 위에 올려놓고 글씨가 나무에 새겨지도록 불로 지져서 나무토막을 종잇장처럼 얇게 만든 다음, 얇은 나무를 **통해** 뒤쪽에서도 글귀가 보이게 될 때까지 사포로 갈았을 것이라고 짐작했다. 그녀는 뚜껑을 불에 바짝 가져가면서 자신의 짐작이 옳았다는 것을 알 수 있었다. 얇은 나무판 사이로 불빛이 스며들어 뚜껑 안쪽에 좌우로 뒤집힌 글귀가 나타났다.

이제 글귀를 한눈에 읽을 수 있었다.

an ancient word of wisdom frees this scroll
and helps us keep her scatter'd family whole
a headstone praised by templars is the key
and atbash will reveal the truth to thee

"영어로군. 내 모국어."

티빙이 겸연쩍게 고개를 숙이며 투덜거렸다.

소피는 종이를 찾아 글을 베껴 썼다. 그녀가 다 베껴 쓰자, 세 사람이 번갈아 가며 글을 읽었다. 크립텍스 여는 법을 암시하는 듯한 수수께끼가 쓰여 있었다.

랭던이 소리 내어 글을 천천히 읽어 보았다.

'지혜의 고대 단어가 이 두루마리를 자유롭게 하고…… 그녀의 흩어진 가족이 결합되도록 우리를 도우리라……. 템플 기사단이 찬양한 묘비가 열쇠이니…… 아트배쉬가 그대에게 진실을 드러내리라.'

이 시가 알려 주고자 하는 고대의 암호가 무엇인지 고민을 시작하기도 전에 훨씬 더 본질적인 무언가가 랭던의 마음을 울렸다. 그것은 바로 시의 운율이었다.

'약강 5보격. 약한 음절과 강한 음절처럼 대비되는 강세를 가진 두 개의 음절이 연속으로 다섯 개 나오는 운율.'

"5보격이잖아!"

티빙이 랭던을 돌아보며 불쑥 말했다.

"게다가 영어로 썼고! 가장 순결한 언어지!"

랭던은 고개를 끄덕였다. 시온 수도회는 지난 몇 세기 동안 유럽의 언어 중 영어만을 **순수** 언어로 여겼다. **바티칸의 언어**인 라틴어에 뿌리를 둔 프랑스어와 스페인어, 이태리어와 달리, 영어는 로마와 분리되어 있었다.

티빙이 신이 난 듯이 말을 마구 쏟아 냈다.

"이 시는 성배뿐 아니라 템플 기사단과 뿔뿔이 흩어진 마리아 막달레나의 가족까지 언급하고 있어! 뭐가 더 필요해?”

소피가 다시 한 번 시를 들여다보며 말했다.

“암호가 필요하죠. 크립텍스를 열 암호. ’지혜로운 고대 단어’가 필요한 것 같은데요?”

“수리수리 마수리?”

티빙이 눈을 희번덕거리며 장난스럽게 말했다.

랭던은 생각했다.

’철자가 다섯 개인 단어여야 해.’

랭던은 지혜의 단어로 여겨질 만한 고대의 단어를 생각해 보았다. 신비주의자의 주문, 마술을 거는 주문, 마법의 주문, 이교도의 만트라(기도나 명상 때 외는 주문─옮긴이)……. 후보 목록은 끝이 없었다.

“템플 기사단과 연관된 암호일 것 같아요.”

소피가 그렇게 말하고는 해당 대목을 소리 내어 읽었다.

“템플 기사단이 찬양한 묘비가 열쇠이니.”

랭던이 말했다.

“리, 템플 기사단은 경의 전공 분야 아닙니까? 무슨 좋은 생각이 안 떠오르나요?”

티빙은 몇 초 동안 침묵을 지키더니 한숨을 푹 쉬었다.

“글쎄, 묘비라면 당연히 무덤에 세우는 것이겠지. 이 시가 막달레나의 무덤에 있는 묘석을 뜻하는 것 같은데, 우리는 그 무덤이 어디에 있는지 모르니 별로 도움이 안 되는군.”

소피가 말했다.

“마지막 행을 보세요. ’**아트배쉬**가 진실을 드러내리라’라고 말해요. 아트배쉬라는 단어는 저도 들어 봤어요."

랭던이 대꾸했다.

"놀랄 일도 아니죠. 아트배쉬는 지구상에서 가장 오래된 암호 중 하나니까요. 당신도 틀림없이 알고 있을 거예요. 아주 유명한 히브리어 암호 체계죠."

실제로 소피는 아트배쉬 암호 해독을 배운 적이 있었다. 암호 해독 기초 과정 중 하나였다.

랭던이 말을 이었다.

"기원전 500년경에 만들어졌죠. 히브리어 알파벳 스물두 글자에 토대를 둔 간단한 치환 암호예요. 첫 글자를 마지막 글자로 대체하고, 두 번째 글자를 끝에서 두 번째 글자로 대체하는 식으로 풀어 가는 거죠."

티빙이 말했다.

"아트배쉬 암호가 절묘하게 어울리는구먼. 카발라(유대교의 신비주의적 교파의 가르침을 적은 책—옮긴이)와 사해 문서, 심지어는 구약 성경에서도 아트배쉬가 발견되었고 유대 학자들과 신비주의자들은 **지금도** 아트베쉬를 이용해 숨겨진 의미를 찾아내고 있으니 말일세. 시온 수도회도 당연히 아트배쉬 암호를 교육 과정에 포함시키고 싶었겠는걸."

티빙은 한숨을 쉬었다.

랭던이 대꾸했다.

"그래요, 틀림없이 묘비에 암호가 쓰여 있을 겁니다. 우리는 '템플 기사단이 찬양한 묘비'를 찾아내야 합니다."

티빙은 그로부터 3분 후 절망스러운 한숨을 내쉬며 고개를 절레절레 저었다.

"친구들, 난 포기하겠네. 주전부리나 좀 가져오면서 고민을 더 해 보지. 레미하고 우리의 손님도 확인해 볼 겸."

티방은 자리에서 일어나 비행기 뒤쪽으로 갔다.

그의 움직임을 지켜보던 소피는 갑자기 피로를 느꼈다.

'뭔가가 더 있어. 교묘하게 숨겨진…… 그럼에도 불구하고 틀림없이 존재하는…….'

소피는 혼잣말을 했다. 결국 이 크립텍스 안에서 찾아내는 것이 성배로 가는 지도처럼 그렇게 단순하지 않을 수도 있으리라는 걱정이 들었다. 자크 소니에르가 자신의 비밀을 그리 쉽게 알려 주는 사람이 결코 아니라는 사실을 소피는 할아버지와의 숱한 보물찾기를 통해 익히 알고 있었다.

57장

.

"말이 없군요."

랭던이 호커의 객실 안 맞은편에 있는 소피를 바라보며 말을 건넸다.

"좀 피곤해서요. 그리고 그 시. 전 도무지 모르겠어요."

랭던도 마찬가지였다. 나지막하게 윙윙거리는 비행기 엔진 소리와 가볍게 흔들리는 비행기의 움직임이 최면을 거는 듯했고, 수도사한테 얻어맞은 머리는 여전히 지끈거렸다. 티빙은 아직도 비행기 뒤쪽에 있었으므로 랭던은 이 순간 소피와 단둘이 마음속에 담아 두었던 이야기를 나누어 보기로 했다.

"할아버지께서 우리를 만나게 하려 한 또 다른 이유가 있는 것 같아요. 내가 당신한테 뭔가를 설명해 주기를 바라셨던 것 아닌가 싶어요."

"성배의 역사와 마리아 막달레나 말고 다른 것이요?"

랭던은 어떻게 이야기를 풀어 가야 할지 난감했다.

"두 사람 사이의 불화 말입니다. 10년 동안 그분과 소통하지 않은 이유. 할아버지께서는 그 문제를 내가 바로잡아 주기를 바라시지 않았나 싶어요. 두 사람 사이를 갈라놓은 문제에 대해 설명해 주도록 말이에요."

랭던은 조심스럽게 소피를 살피며 말을 이었다.

"당신은 어떤 의식을 목격했어요. 그렇죠?"

소피는 흠칫 놀랐다.

"그걸 어떻게 알지요?"

"소피, 당신은 할아버지가 비밀 단체에 소속된 것을 확신하게 된 어떤 사건을 목격했다고 말했어요. 그게 무엇이었던 간에 그 모습을 보고 화가 났고요."

소피는 랭던을 빤히 쳐다보았다.

"그때가 봄이었죠? 춘분 무렵? 3월 말쯤."

소피는 창밖을 내다보았다.

"대학 봄방학 때였어요. 예정보다 며칠 일찍 집으로 돌아왔어요."

"그 얘기를 좀 해 주겠어요?"

"아니요. 안 하는 게 낫겠어요."

소피는 감정에 북받쳐 눈물을 글썽이며 랭던을 획 돌아보았다.

"내가 뭘 봤는지 나도 모르겠어요."

"남녀가 함께 있었습니까?"

심장이 쿵 내려앉을 정도의 시간이 지난 뒤에 소피는 고개를 끄덕였다.

"흰옷과 검은 옷을 입었죠?"

소피는 눈을 훔치며 다시 고개를 끄덕였다. 조금 더 마음을 열 기미가 보였다.

"여자들은 희고 얇은 가운을 입고 금빛 신발을 신었어요. 금빛 공 같은 것을 들고 있었고요. 남자들은 검은색 튜닉을 입고 검은색 신발을 신었지요."

"가면은요?"

랭던은 애써 목소리를 차분하게 가다듬으며 물었다. 소피는 자신도 모르게 2천 년 동안 전해 내려온 신성한 의식을 목격한 것이었다!

"네, 모두 다요. 똑같은 가면을 썼어요. 여자들은 흰색, 남자들은 검은색."

랭던은 이 의식을 묘사한 글을 읽은 적이 있었기 때문에 그 기원을 알고 있었다.

"'히에로스 가모스'라는 의식입니다. 그 기원은 2천 년 이상 거슬러 올라가지요. 이집트의 남녀 성직자들이 여성의 출산 능력을 기리기 위해 정기적으로 그 의식을 거행했습니다."

랭던은 소피에게 몸을 더 기울여 말을 이었다.

"만약 당신이 아무런 준비 없이 그 의식을 목격했다면, 그래서 그것의 의미를 이해할 수 없었다면, 상당히 충격적이었을 거예요."

소피는 아무 말도 하지 않았다.

"히에로스 가모스는 그리스어예요. '신성한 결혼'이라는 뜻이지요. 고대인들은 남성이 신성한 여성성을 육체적으로 깨 닫기 전에는 정신적으로 불완전한 존재라고 믿었습니다. 남 자가 완전한 존재가 되고 궁극적으로 영적 인식, 즉 신에 대 한 지식을 습득하는 유일한 길은 여성과의 육체적인 결합뿐 이라고 생각했지요."

소피는 침묵을 지켰다. 하지만 랭던은 그녀가 할아버지를 한결 더 이해하게 되었을 것이라는 희망을 품었다.

58장

르부르제 비행장의 야간 당직 관제사는 텅 빈 레이더 화면 앞에서 꾸벅꾸벅 졸고 있었다. 그때 사법경찰 부장이 문을 박차며 들이닥쳤다.

"티빙의 제트기."

브쥐 파슈는 작은 관제탑 안으로 뛰어 들어오며 악을 썼다.

"지금 어디로 가고 있소?"

관제사의 첫 반응은 횡설수설이었다. 이 비행장의 최우수 고객 중 한 명인 영국인의 사생활을 보호하기 위한 변변치 않은 시도였다.

파슈는 이렇게 말했다.

"비행 계획서도 등록하지 않고 개인 소유의 비행기 이륙을 허가한 혐의로 당신을 체포하겠소."

"잠깐만요!"

관제사는 자신도 모르게 홀쩍이며 말했다.

"제가 말씀 드릴 수 있는 건 이것뿐입니다. 리 티빙 경은 치료를 위해 런던을 자주 방문하십니다. 켄트에 있는 비긴 힐 사설 비행장에 그분의 격납고가 있습니다. 런던 외곽에요."

"오늘 밤의 목적지도 비긴 힐이오?"

파슈가 다그치자, 관제사는 정직하게 대답했다.

"그 비행기는 평소와 같은 방향으로 이륙했고, 마지막으로 레이더에 포착된 모습을 봐도 영국 쪽이었습니다."

"다른 사람도 비행기에 동승했소?"

"정말 솔직히 말씀드리는 건데, 그건 제가 알 도리가 없습니다. 우리 고객들은 격납고까지 직접 차를 몰고 갑니다. 비행기 탑승자를 파악하는 건 도착지 공항의 세관 공무원 소관입니다."

"만약 그들이 비긴 힐로 가고 있다면, 착륙하기까지 시간이 얼마나 남았소?"

"짧은 비행입니다. 그 비행기는…… 대략 6시 30분에 착륙할 수 있겠군요. 15분 남았습니다."

파슈는 얼굴을 구기며 부하 중 한 명에게 고개를 돌렸다.

"내가 런던으로 가야겠어. 켄트 지방 경찰에 전화해. 영국 비밀정보국 말고. 조용히 처리하고 싶으니까. 켄트 **지방 경찰**. 그 들한테 티빙의 비행기 착륙을 허가해 주고 활주로에서 바로 포위하라고 해. 내가 거기 도착할 때까지 아무도 비행기에서 못 내리게 하고."

작은 전세기가 불빛이 반짝이는 모나코의 상공을 막 지날 때, 아링가로사는 파슈와 두 번째 통화를 끝냈다. 그는 다시 멀미 봉지로 손을 뻗었지만, 멀미조차 할 수 없을 정도로 기진맥진해 있었다.

'이대로 끝나게 해 주십시오!'

파슈에게서 들은 최근 소식은 상상을 초월했다. 모든 것이 통제 범위를 넘어서 제멋대로 움직이고 있었다.

'내가 사일러스를 어디로 몰아넣은 거지? 내 자신을 어디로 몰아넣은 거야!'

주교는 다리를 후들거리며 조종실까지 걸어갔다.

"목적지를 바꿔야겠어요. 지금 당장 런던으로 가야 합니다. 돈을 드리겠습니다. 런던은 북쪽으로 한 시간만 더 가면 되고 거의 방향을 바꾸지 않아도 돼요. 그러니…….'

"돈이 문제가 아닙니다, 신부님. 다른 문제들이 있습니다."

"만 유로를 드리겠습니다. 지금 당장이요."

조종사가 깜짝 놀라 눈을 휘둥그레 뜨며 주교를 돌아보았다. 아링가로사는 검은색 서류 가방이 있는 곳으로 걸어가서 가방을 열고 무기명 채권 한 장을 꺼냈다. 그리고 그것을 조종사에게 건넸다.

"바티칸 은행에서 발행한 만 유로짜리 무기명 채권입니다. 현금이나 마찬가지예요."

"현금만이 현금이죠."

조종사는 채권을 되돌려 주면서 말했다. 그의 눈은 주교의 금반지를 응시하고 있었다.

"진짜 다이아몬드입니까?"

아링가로사는 반지를 내려다보았다. 어차피 이 반지가 의미하는 모든 것이 사라질 판이었다. 주교는 손가락에서 반지를 빼서 계기판 위에 가만히 내려놓았다.

15초 뒤, 주교는 조종사가 비행 각도를 북쪽으로 조금 트는 것을 느낄 수 있었다.

59장

랭던은 소피가 과거의 경험을 털어놓은 뒤 아직도 충격에서 헤어나지 못하는 것을 알 수 있었다. 그는 그녀의 이야기를 듣고 놀라지 않을 수 없었다. 소피는 모든 것을 제대로 갖춘 의식을 목격했으며, 그녀의 할아버지는 정말로 시온 수도회의 기사단장이었다. 그는 엄청난 인물들과 같은 반열에 있었다. 다빈치, 보티첼리, 아이작 뉴턴, 빅토르 위고, 장 콕토…… 그리고 자크 소니에르.

소피가 슬픈 목소리로 말했다.

"할아버지는 나를 친딸처럼 키우셨어요."

소피 느뵈는 그동안 할아버지를 피했었지만, 이제는 완전히 새로운 시각으로 그를 바라보았다.

"자, 먹을 것이 왔습니다."

티빙이 한껏 과장된 동작으로 콜라 몇 캔과 오래된 과자 한 봉지를 가져와서는 랭던과 소피에게 하나씩 나누어 주며 먹을 게 변변치 않아 미안하다고 말했다.

"우리 수도사 친구는 아직 입을 열지 않네. 하지만 시간을 좀 더 줘 보지, 뭐."

티빙은 과자를 베어 물며 소니에르의 시를 흘끗 보았다.

"음, 당신 할아버지는 우리에게 무얼 말하려고 했을까? 이 묘비는 어디에 **있을까**? 템플 기사단이 찬양한 묘비라……."

소피는 고개를 가로저었다.

랭던은 콜라 캔을 따고는 창 쪽으로 눈길을 돌렸다. 머릿속은 온통 비밀 의식의 이미지와 미지의 암호로 가득 차 있었다. 일렁거리는 바다가 내려다보였다.

'영국 해협이군.'

이제 목적지까지 얼마 남지 않았다.

'템플 기사단이 찬양한 묘비.'

비행기가 다시 육지 위를 날고 있었다. 랭던이 다른 사람들에게 몸을 돌리며 말했다.

"믿지 못하실 거예요. 템플 기사단의 '묘비', 제가 알아냈습니다."

티빙의 눈이 쟁반처럼 동그래졌다.

"묘비가 어디에 있는지 **안다고**?"

랭던은 미소를 지었다.

"**어디에** 있는지가 아니라, **무엇**인지 알아냈습니다."

소피는 몸을 숙이고 귀를 쫑긋 세웠다.

랭던은 놀라운 지적 성취를 이루었을 때의 짜릿한 기분을 만끽하면서 설명을 시작했다.

"제 생각에, 묘비(headstone)는 말 그대로 머릿돌(stone head)인 것 같습니다. 무덤에 세우는 돌이 아니라."

그는 티빙에게 눈길을 돌렸다.

"리, 12세기에서 14세기 사이에 벌어진 종교 재판 때 교회는 템플 기사단에게 온갖 종류의 이단 혐의를 뒤집어씌웠습니다. 그렇지요?"

"그렇지. 별별 종류의 혐의를 만들어 냈지."

"그중 하나는 우상 숭배였습니다. 템플 기사단이 조각을 새긴 머릿돌에 기도를 드리는 의식을 거행한다고 비난했지요. 이교도의 신……."

티빙이 말꼬리를 낚아챘다.

"바포메트! 맙소사, 로버트! 자네 말이 맞아. 템플 기사단이 찬양한 머릿돌!"

바포메트는 이교도의 신으로 창조적인 생식력을 주관하는 다산의 신이다. 바포메트의 머리는 숫양이나 염소의 머리로 표현되었다. 템플 기사단은 바포메트 머리 형상의 돌 주위를 돌며 기도문을 암송하면서 그를 찬양했다.

티빙이 킥킥 웃었다.

"교황은 사람들로 하여금 바포메트의 머리가 사실은 악마의 이미지라고 믿도록 만들었지. 이 시는 **틀림없이** 바포메트를 의미해."

소피가 말했다.

"하지만 바포메트가 정답이라면, 새로운 고민거리가 생겨요."

소피는 크립텍스의 글자판을 가리켰다.

"바포메트(Baphomet)는 철자가 여덟 개예요. 자리는 다섯 개뿐인데."

티빙이 활짝 웃으며 말했다.

"아가씨, 드디어 아트배쉬 암호가 활약할 때가 됐소."

티빙은 암기하고 있는 히브리어의 알파벳―'알레프-베이트'―스물두 자를 모두 적었다. 히브리어 문자를 그대로 쓰지 않고, 그에 해당하는 로마자를 이용했다.

A B G D H V Z Ch T Y K L M N S O P Tz Q R Sh Th

"알레프, 베트, 기멜, 달렛, 헤이, 바브, 자인, 체트, 테트, 유드, 카프, 라메드, 멤, 눈, 사메크, 아인, 페이, 차디크, 쿠프, 레이시, 쉰, 타브."

티빙은 짐짓 과장된 몸짓으로 이마를 닦고는 힘주어 말을 이었다.

"그런데 정식 히브리어 철자법에서는 모음 다섯 개를 표기하지 않았소. 그래서 히브리어 알파벳으로 바포메트를 쓰면, 그 단어 속에 있는 모음 세 개가 탈락되어……."

소피가 말끝을 잡아챘다.

"다섯 글자가 남네요."

티빙은 고개를 끄덕이며 다시 글자를 썼다.

"좋아, 이게 바로 히브리어 문자로 쓴 바포메트의 올바른 철자요. 정확성을 위해 사라지는 모음도 작게 표기하겠소."

B a P V o M e Th

"원래 히브리어는 통상 반대 방향, 즉 오른쪽에서 왼쪽으로 쓴다는 점을 기억해야 해. 우리는 그냥 간단하게 이런 식으로 해 놓고 아트배쉬를 써 보자고. 그다음에 원래의 알파벳 전체를 앞뒤 순서를 바꾸어 반대로 써야 하오."

"더 쉬운 방법이 있어요."

소피가 티빙에게서 펜을 받았다.

"아트배쉬는 물론이고 거울에 비춘 것처럼 순서를 바꾸는 모든 치환 암호에 적용할 수 있는 방법이에요."

소피는 앞에서부터 열한 번째까지는 알파벳을 왼쪽에서 오른쪽으로 쓴 다음, 그 아래에 나머지 열한 개를 오른쪽에서 왼쪽으로 썼다.

"암호 전문가들은 이걸 '폴드오버(fold-over)'라고 불러요. 복잡함은 절반으로 줄고, 명확함은 두 배로 늘죠."

A	B	G	D	H	V	Z	Ch	T	Y	K
Th	Sh	R	Q	Tz	P	O	S	N	M	L

티빙은 소피가 써 놓은 것을 찬찬히 들여다보고는 킬킬 웃었다.

"정말로 그렇네."

랭던의 가슴에 짜릿한 흥분이 솟구쳤다.

"목적지가 얼마 남지 않았어요."

그가 속삭이자, 티빙이 대꾸했다.

"몇 발짝 안 남았어."

그는 소피를 힐끔 보고 미소 지으며 말했다.

"준비됐소?"

소피는 고개를 끄덕였다.

"좋아. 바포메트를 히브리어로 모음을 빼고 쓰면, **B-P-V-M-Th**가 되오. 이제 당신의 아트배쉬 표를 적용해 이 단어를 철자 다섯 개의 암호로 바꾸면 되오."

티빙은 활짝 웃고는 말을 이었다.

"아트배쉬 암호를 적용한 결과……."

갑자기 티빙이 말을 멈추었다.

"하느님 맙소사!"

그의 낯빛이 하얗게 질렸다.

소피가 다급하게 물었다.

"왜 그러세요?"

티빙이 속삭였다.

"이건…… 정말이지 기가 막히네. 기가 막혀!"

티빙은 다시 종이에 무언가를 썼다.

"북소리 대령, 두구두구두구, 짠, 암호가 나왔습니다."

그는 자신이 쓴 종이를 소피와 랭던에게 보여 주었다.

Sh-V-P-Y-A

소피는 눈살을 찌푸렸다.

"이게 뭐예요?"

티빙의 목소리는 경외감으로 떨리는 듯했다.

"친구들, 이게 바로 '지혜로운 고대 단어'야."

랭던은 철자들을 다시 읽어 보았다.

'지혜의 고대 단어가 이 두루마리를 자유롭게 하고……'

그 순간, 랭던은 깨달았다.

"지혜의 고대 단어!"

티빙은 껄껄 웃었다.

"아주 말 그대로야!"

소피는 단어를 본 뒤 연이어 크립텍스의 글자판을 보았다.

"잠깐만요! 이건 암호가 될 수 없어요. 크립텍스의 글자판에는 Sh가 없잖아요. 이 글자판은 전통적인 로마 알파벳을 쓰고 있으니까요."

랭던이 말했다.

"단어를 **읽어** 봐요. 그리고 두 가지를 유념해야 해요. 히브리어에서 Sh 발음이 나는 철자는 강세에 따라 S로 발음될 수도 있습니다. 마찬가지로 P는 F로 발음될 수 있어요."

소피는 어리둥절해하며 머릿속으로 생각했다.

'SVFYA?'

티빙이 말했다.

"천재야! 그리고 히브리어의 바브(V)는 종종 모음 O를 나타내기도 하지!"

소피는 다시 한 번 단어를 들여다보며 소리 내어 발음해 보왔다.

"S…… o…… f…… y…… a (소피아)."

소피는 자신이 발음한 소리를 듣고도 방금 스스로 중얼거린 단어를 믿을 수가 없었다.

"소피아? 이 단어가 '소피아'를 철자로 쓴 거라고요?"

랭던이 격하게 고개를 끄덕였다.

"그래요! 소피아는 그리스어로 지혜를 뜻합니다. 소피라는 이름의 뿌리가 되는 소피아라는 단어는 말 그대로 '지혜의 단어'예요."

문득 소피는 할아버지가 사무치게 보고 싶었다.

'할아버지는 내 이름을 시온 수도회 쐐기돌의 암호로 쓰셨어.'

그녀는 울컥하여 목이 메었다. 모든 것이 너무도 완벽해 보였다. 그런데 다음 순간, 아직 문제가 하나 남아 있다는 사실을 깨달았다.

"잠깐……. 소피아(Sophia)는 철자가 여섯 개잖아요."

티빙은 영영 사라지지 않을 것 같은 미소를 짓고 있었다.

"이 시를 다시 한 번 보시오. 할아버지께서는 '지혜의 **고대 단어**'라고 쓰지 않았소?"

"그런데요?"

티빙은 한쪽 눈을 찡긋하며 말했다.

"고대 그리스어에서 지혜는 S-O-F-I-A라고 썼소이다."

60장

'지혜의 고대 단어가 이 두루마리를 자유롭게 하고.'

소피는 아기를 안듯이 크립텍스를 안고는 글자판을 맞추면서 짜릿한 흥분을 느꼈다. S······ O······ F······.

"조심조심."

티빙이 다급하게 말했다.

"조심, 또 조심."

소피는 마지막 글자판을 정렬했다. 그러고는 다른 두 사람을 올려다보며 속삭였다.

"좋아요. 제가 잡아당겨 열어 볼게요."

랭던이 두려움과 흥분이 뒤섞인 목소리로 속삭였다.

"조심해요."

소피는 스스로에게 말했다.

'살살, 살살.'

티빙과 랭던은 허리를 숙인 채 양 손바닥으로 크립텍스 양 끝을 감싼 소피를 지켜보았다. 소피는 모든 글자가 눈금에 제대로 맞춰졌는지 재차 확인한 다음, 통의 양 끝을 천천히 당겨 보았다. 아무 일도 일어나지 않았다. 소피는 조금 더 힘을 주었다. 갑자기 잘 만든 망원경처럼 통이 스르르 벌어지기 시작했다. 랭던과 티빙은 하마터면 펄쩍 뛸 뻔했다. 소피는 심장이 요동치는 것을 느끼면서, 크립텍스 끝을 막고 있던 마개를 탁자에 내려놓았다. 이어서 통을 기울여 안쪽을 들여다보았다.

빈 공간 안에 둘둘 말린 종이가 보였다. 종이는 원통 모양의 물건을 둘둘 감싸고 있었다. 소피는 이것이 식초병일 것이라고 생각했다. 그런데 이상하게도 식초를 에워싸고 있는 종이는 흔히 사용하는 섬세한 파피루스가 아니라 양피지였다.

'이상하네, 양피지는 식초에 안 녹을 텐데.'

소피는 다시 통 안을 들여다보고는 한복판에 있는 물건이 식초병이 아니라는 사실을 깨달았다. 그것은 완전히 다른 물건이었다.

티빙이 말했다.

"뭐가 잘못됐소? 두루마리를 꺼내시오."

소피는 찌푸린 얼굴로 둘둘 말린 양피지와 그것에 감싸인 물체를 통에서 꺼냈다.

티빙이 말했다.

"그건 파피루스가 아니잖아. 너무 두툼한데."

"저도 알아요. 이건 완충재예요."

소피는 둘둘 말린 양피지를 펴서 안에 있는 물건을 꺼내 탁자에 내려놓았다.

"이걸 보호하는 완충재요."

랭던은 깜짝 놀라 탁자에 놓인 물건을 물끄러미 보았다.

'그래, 소니에르는 그렇게 쉽게 만들 생각이 없었던 거야.'

세 사람 앞에 또 하나의 크립텍스가 놓여 있었다. 더 작고, 검은 오닉스로 만든 크립텍스였다. 이 작은 크립텍스가 처음 크립텍스 안에 둥지를 틀고 있었던 것이다. 이원론을 신봉하는 소니에르의 열정이 다시 한 번 느껴졌다.

'두 개의 크립텍스.'

모든 것이 쌍을 이루고 있었다.

'이중적 의미를 갖는 어구, 남성과 여성, 흰색 속의 검은색. 흰 것이 검은 것을 낳는다.'

'모든 남자는 여자에게서 나온다.'

'흰색―여성.'

'검은색―남성.'

랭던은 손을 뻗어 작은 크립텍스를 집어 들었다. 처음 것의 절반 정도 크기에 색깔만 다를 뿐, 모양은 똑같아 보였다. 귀에 익은 출렁거리는 소리가 들렸다. 여태껏 들었던 출렁거리는 소리는 이 작은 크립텍스 속에 들어 있는 식초병 소리였던 모양이다.

티빙이 펼쳐진 양피지를 랭던 쪽으로 조심스럽게 밀며 말했다.

"음, 로버트. 자네가 기뻐할 일이야. 적어도 우리 비행기가 올바른 방향으로 날아가고 있잖은가.”

랭던은 두툼한 양피지를 살펴보았다. 또 하나의 사행시가 화려한 필체로 쓰여 있었다. 랭던은 첫 행만 읽고도 영국행을 결정한 티빙의 판단이 옳았음을 깨달을 수 있었다.

교황이 매장한 기사가 런던에 잠들어 있도다.

시의 나머지 부분은 런던 어딘가에 있는 이 기사의 지하 묘지를 찾아가면 두 번째 크립텍스를 여는 암호를 찾을 수 있다는 것을 분명하게 암시하고 있었다.

랭던은 들뜬 기분으로 티빙을 바라보았다.

“이 시에서 말하는 기사가 누구인지 아시겠습니까?”

티빙은 활짝 웃었다.

“아니. 하지만 어떤 묘소를 찾아봐야 하는지는 정확하게 알고 있지.”

바로 그 순간, 그들이 있는 곳에서 24킬로미터 떨어진 장소에서 켄트 경찰 차량 여섯 대가 비긴 힐 사설 비행장을 향해 비에 젖은 거리를 질주하고 있었다.

61장

"안전벨트를 매십시오."

티빙의 조종사가 안내 방송을 했다. 호커 731기가 음울한 아침 부슬비를 뚫고 하강하고 있었다.

"우리 비행기는 5분 후에 착륙합니다."

티빙은 하강하는 비행기 아래로 널따랗게 펼쳐진 켄트의 안개 낀 구릉지를 보자 신바람이 났다.

'나의 프랑스 시대는 끝났어. 영국으로 금의환향하는 거야. 쐐기돌을 찾았으니까.'

"티빙 경?"

갑자기 조종사가 소리쳤다.

"방금 관제탑에서 무전이 왔습니다. 경의 격납고 근처에서 관리상의 문제가 발생했다고 합니다. 그래서 비행기를 곧장 터미널에 대야 한다고 하는군요."

티빙은 10여 년 동안 비긴 힐을 이용했지만 이런 일은 처음이었다.

"무슨 문제라고 하던가?"

"관제사가 확실하게 말하지는 않았습니다. 기름 유출 아닐까요? 터미널 앞에 비행기를 세우고 다음 지시가 있을 때까지 모두 비행기 안에서 대기하랍니다. 공항 책임자로부터 상황 종료 통고를 받기 전에는 아무도 비행기에서 내리지 못할 것 같습니다."

티빙이 소피와 랭던을 보며 말했다.

"친구들, 아무래도 우리를 만나고 싶어 하는 환영단이 있는 것 같은 불길한 예감이 드는구먼."

랭던은 절망적으로 한숨을 푹 쉬었다.

"파슈가 아직도 저를 범인으로 생각하는 모양입니다."

소피가 대꾸했다.

"그럴 수도 있고, 아니면 자신의 실수를 인정할 수 없을 만큼 판이 너무 커져 버린 것일 수도 있고요."

티빙은 그들의 대화를 듣고 있지 않았다.

'최종 목표를 잊어서는 안 돼. 성배. 그것이 바로 코앞에……'

그는 절뚝거리며 조종석으로 갔다. 머릿속으로는 조종사를 설득해 대단히 비정상적인 행동을 감수하게 하려면 비용이 얼마나 들지 따져 보고 있었다.

호커가 활주로를 향해 최종 진입을 하고 있었다.

비긴 힐 비행장의 서비스 담당 임원인 사이먼 에드워즈가 관제탑 안에서 서성거렸다. 토요일 아침 일찍 잠이 깨인 것만으로도 달갑지 않았지만, 이 공항에 가장 큰 이익을 안겨 주는 고객인 리 티빙 경이 체포되는 모습을 지켜보도록 불려 나온 것은 불쾌하기 짝이 없었다. 무척 심각한 혐의를 받고 있는 모양이었다. 프랑스 당국의 요청에 따라 켄트 경찰은 비긴 힐 관제사에게 호커의 조종사더러 고객의 격납고가 아니라 곧장 터미널로 가라고 지시할 것을 명했다. 게다가 영국 경찰은 일반적으로 무기를 소지하지 않는데, 지금은 상황이 달랐다. 터미널 건물 안에 무장한 경찰 특공대가 비행기 엔진이 꺼지기만을 기다리고 있었다.

이제 호커는 고도를 대폭 낮추어 오른편에 있는 우듬지를 스칠 듯이 날고 있었다. 잠시 뒤, 비행기의 기수가 살짝 위로 들리는가 싶더니 연기가 뿜어 나오며 활주로 지면에 바퀴가 닿았다. 그런데…… 제트기가 지시에 따라 브레이크를 밟고 터미널로 방향을 틀지 않은 채 태연하게 터미널을 지나쳐 멀리 떨어져 있는 티빙의 격납고를 향해 계속 움직였다.

경찰관들이 일제히 눈길을 돌려 에드워즈를 쳐다보았다.

"조종사가 터미널에 비행기를 대기로 했다면서요?"

에드워즈는 어리둥절했다.

"분명히 **그렇게** 말했습니다."

몇 초 뒤, 에드워즈는 멀리 있는 격납고를 향해 아스팔트를 가로지르며 내달리는 경찰차에 타고 있었다. 격납고까지 아직 500미터쯤 남아 있을 때, 티빙의 비행기는 개인 격납고 안으로 천천히 진입하고 있었다. 경찰차들이 문이 열린 격납고 앞에 끽 소리를 내며 서자마자, 경찰관들이 우르르 내렸다.

에드워즈 역시 서둘러 차에서 내렸다.

귀가 멀 정도로 요란한 소음이 났다. 호커가 다음번 이륙을 위해 기수가 바깥쪽을 향하도록 격납고 안에서 방향을 돌리는 동안 엔진은 계속 굉음을 토해 냈다. 이윽고 조종사가 비행기를 완전히 세우고 엔진을 껐다. 몇 초 뒤, 비행기의 문이 열렸다.

비행기의 자동식 계단이 부드럽게 내려오자, 리 티빙이 문간에 모습을 드러냈다. 그는 목발에 몸을 기댄 채 머리를 긁적였다.

"내가 없는 사이에 경찰 복권이라도 당첨된 건가?"

걱정스럽기보다는 황당하다는 말투였다.

사이먼 에드워즈가 걸어 나와 마른침을 꿀걱 삼켰다.

"안녕하십니까, 티빙 경. 혼란스럽게 해 드려 죄송합니다. 기름 유출이 있었고, 경의 조종사가 터미널로 비행기를 대겠다고 했습니다만."

"그래, 그래요. 음, 내가 조종사에게 이리 가자고 했어요. 약속 시간이 촉박해서. 나는 돈을 내고 이 격납고를 쓰고 있소. 기름 유출을 피한답시고 이토록 호들갑 떠는 것은 과민 반응 같은데."

켄트 경찰서장이 걸어 나와 말했다.

"리 경, 30분 정도 기내에 머물러 계셔야겠습니다."

티빙은 불쾌한 표정으로 절뚝거리며 계단을 내려왔다.

"그건 불가능할 것 같군요. 병원 약속이 잡혀 있어서. 어길 수 없는 약속이라."

경찰서장이 티빙을 가로막았다.

"이건 심각한 일입니다, 경. 프랑스 경찰은 경이 이 비행기에 법을 어긴 도주자들을 태웠다고 주장하고 있습니다. 게다가 기내에 인질이 있을 수도 있다더군요. 우리로서는 경이 이곳을 떠나도록 내버려둘 수 없습니다."

"경위, **나는** 당신과 게임을 즐길 시간이 없소. 이미 늦었고, 난 지금 당장 가야겠소. 나를 반드시 멈춰 세우고 싶다면 총으로 나를 쏴야 할 거요."

티빙과 레미는 경찰서장을 지나쳐 격납고를 가로질러 주차되어 있는 리무진으로 걸어갔다. 걸음을 멈추거나 뒤돌아보지도 않은 채 티빙은 한마디를 덧붙였다.

"그리고 영장 없이 내 비행기에 올라가는 건 꿈도 꾸지 마시오."

티빙의 말이 옳았다. 경찰서장은 영장이 있어야만 그의 비행기에 들어갈 수 있다는 사실을 잘 알았다. 하지만 비행기는 프랑스에서 이륙했고, 막강한 힘을 가진 브쥐 파슈가 조치를 취하라고 요구한 상태였다. 그는 총을 움켜쥐고 비행기 계단을 성큼성큼 올라가서 안을 들여다보았다. 그러고는 객실 안으로 들어갔다.

'이게 뭐야?'

겁에 질린 얼굴로 조종석에 앉아 있는 조종사만 보일 뿐, 비행기는 텅텅 비어 있었다.

켄트 경찰서장은 마른침을 꿀꺽 삼키고는 명령을 내렸다.

"저 사람들 그냥 보내. 잘못된 정보를 받았어."

티빙이 위협적인 눈빛으로 말했다.

"내 변호사가 당신한테 연락할 테니 기다리시오."

말을 맺기 무섭게 티빙의 하인이 특수 제작한 리무진의 뒷좌석 문을 열고, 다리가 불편한 주인의 탑승을 도왔다. 그러고는 운전석에 앉아 재규어 리무진을 몰고 격납고를 빠져나갔다.

리무진이 속도를 내자, 티빙은 넓은 실내 공간 중 앞쪽의 희미한 조명이 비치는 후미진 곳으로 눈길을 돌렸다.

"다들 편안하신가?"

랭던이 살짝 고개를 끄덕였다. 바닥에 웅크리고 있는 랭던과 소피 옆에는 입에 테이프를 붙인 채 온몸이 결박된 알비노가 있었다.

조금 전, 아무도 없는 격납고 안으로 들어온 호커 제트기는 방향을 180도 트는 도중에 잠깐 멈춰 섰고, 그 틈에 레미가 출입문을 열었다. 경찰이 빠른 속도로 다가오는 사이에 랭던과 소피는 수도사를 끌고 계단을 내려와 리무진 뒤로 사라졌다. 곧바로 제트기 엔진이 다시 굉음을 냈고 비행기는 완전히 180도를 돌았다. 그때 경찰차들이 끽 소리를 내며 섰고, 경찰이 격납고 안으로 들이닥쳤다.

이제 켄트를 향해 리무진이 달리는 동안 랭던과 소피는 수도사를 바닥에 남겨 둔 채 리무진 뒤쪽으로 기어가 기다란 좌석에 티빙과 마주 앉았다. 티빙은 그들을 향해 장난기 어린 미소를 지어 보이면서 리무진에 딸린 바에 있는 조그만 캐비닛을 열었다.

"한잔하겠나? 주전부리는? 포테이토칩이랑 땅콩도 있네."

소피와 랭던은 동시에 고개를 가로저었다.

티빙은 싱긋 웃으며 캐비닛을 닫았다.

"자, 그럼 이 기사의 묘지에 대해……."

62장

"플리트가요?"

랭던이 리무진 뒷자리에 앉은 티빙을 빤히 보며 물었다.

'플리트가에 지하 묘지가 있다고?'

"느뵈 양, 저 하버드 친구에게 시를 한 번 더 보여 줄 수 있 겠소?"

소피는 주머니에서 검은색 크립텍스를 꺼냈다. 크립텍스는 여전히 양피지에 싸여 있었다. 세 사람은 자단 상자와 큰 크 립텍스를 비행기 안에 있는 금고에 넣어 두기로 합의했었다. 소피는 양피지를 펼쳐 랭던에게 건넸다.

랭던은 비행기 안에서 시를 몇 번이나 읽어 보았지만, 마땅 히 특정한 위치가 떠오르지 않았었다. 이제 그는 각운이 있는 5보격의 시가 더 명쾌한 의미를 드러내지 않을까 기대하며 시를 천천히 그리고 주의 깊게 읽어 보았다.

교황이 매장한 기사가 런던에 잠들어 있도다.

그의 노력의 열매가 성스러운 분노를 유발했도다.

그의 무덤에 있어야 할 둥근 구를 찾아라.

그것이 장미의 살과 씨앗을 품은 자궁을 말하도다.

간단한 단어로 이루어진 시였다. 런던에 매장된 기사가 있다. 그 기사의 어떤 노력이 교회의 분노를 샀다. 그 기사의 무덤에 마땅히 있어야 할 둥근 구가 사라졌다. 마지막 행에 나오는 '장미의 살과 씨앗을 품은 자궁'은 예수의 씨앗을 잉태한 장미, 즉 마리아 막달레나를 가리키는 것이 분명했다.

그러나 랭던은 이 기사가 누구인지 그리고 그가 어디에 묻혀 있는지 도통 감을 잡을 수 없었다.

"전혀 모르겠나?"

티빙은 혀를 끌끌 차고는 말을 이었다.

"좋아, 내가 차례차례 보여 주지. 사실 아주 간단하네. 첫 행이 결정적인 열쇠야. 첫 행을 좀 읽어 주겠나?"

랭던은 큰 소리로 읽었다.

"교황이 매장한 기사가 런던에 잠들어 있도다."

"그렇지. **교황**이 매장한 기사."

티빙은 랭던을 빤히 쳐다보았다.

"자네가 보기에 무슨 의미 같은가?"

랭던은 어깨를 으쓱였다.

"교황이 묻어 준 기사? 교황이 장례식을 주관한 기사?"

티빙은 큰 소리로 웃었다.

"오, 그것 참 재미있군. 늘 낙천적이라니까, 로버트. 두 번째 행을 보게. 이 기사는 교회의 성스러운 분노를 유발한 어떤 일을 저지른 거잖아."

소피가 말했다.

"교황이 **죽인** 기사?"

티빙은 빙긋이 웃으며 소피의 무릎을 토닥였다.

"참 잘했소, 아가씨. 교황이 **파묻은** 기사. 또는 죽인 기사."

랭던은 악명 높은 1307년의 템플 기사단 소탕 작전을 떠올렸다. 바로 불길한 13일의 금요일 사건. 클레멘트 교황은 수백 명에 이르는 템플 기사를 살해해 매장했다.

"그렇지만 '교황이 죽인 기사들'의 무덤은 수없이 많을 텐데요."

랭던의 말에 티빙은 이렇게 대꾸했다.

"오, 그렇지 않아! 많은 기사들이 말뚝에 묶여 화형을 당해서 장례도 치르지 못한 채 로마의 티베르강에 던져졌지. 하지만 이 시에서는 **무덤**이 언급되고 있어. 런던에 있는 무덤. 게다가 런던에 묻힌 기사는 몇 안 되지. 로버트, 자네도 잘 알지 않나! 1185년에 시온 수도회의 군대인 템플 기사단이 직접 런던에 세운 교회 말이야!"

"템플 교회 말입니까?"

랭던은 헉하고 놀라는 숨을 내쉬었다.

"거기에 지하 묘지가 있습니까?"

"자네가 두 번 다시 볼 수 없을 정도로 무시무시한 무덤 열기가 있지."

랭던은 시온 수도회를 연구하면서 템플 교회를 언급하는 참고 문헌들을 많이 접했다. 그곳은 한때 템플 기사단과 시온 수도회가 영국에서 펼친 모든 활동의 근거지였으며, 솔로몬 성전을 기려 이름을 지었다. 바로 그곳에서 기사들이 기이한 비밀 의식을 벌인다는 소문이 무성했다.

"템플 교회가 플리트가에 있습니까?"

랭던이 묻자, 티빙이 여전히 장난스러운 얼굴로 답했다.

"사실, 플리트가에 있지 않아. 거기에서 살짝 벗어난 '이너 템플 레인'이라는 작은 길에 있지. 지금은 큰 건물들에 가려서 잘 보이지도 않아. 그곳에 교회가 있다는 걸 아는 사람도 거의 없지. 으스스하고 아주 오래된 곳이야. 건축물 곳곳에 이교도의 특징이 엿보이지."

소피가 깜짝 놀라며 되물었다.

"이교도의 특징이요?"

"완벽하게!"

티빙이 탄성을 지르듯이 외치고는 말을 이었다.

"교회가 **둥근 원형**이라오. 템플 기사단은 전통적인 십자가 모양의 배치를 무시하고 **태양**을 경배하기 위해 완벽하게 둥근 형태로 교회를 지었어요."

티빙의 눈썹이 악마의 춤을 추듯이 꿈틀거렸다.

소피가 티빙을 쳐다보며 물었다.

"시의 나머지 부분은요?"

"그게 수수께끼지. 무덤 열 기를 하나하나 꼼꼼히 살펴봐야 할 것 같소이다. 운이 좋으면, 그중 둥근 구가 없는 무덤 하나가 눈에 띄겠지.”

랭던은 다시 시를 찬찬히 들여다보았다.

‘성배를 의미하는 다섯 글자 단어?’

그는 목적지가 정말로 얼마 남지 않았다는 것을 새삼 깨달았다. 사라진 구가 암호를 드러내 주기만 하면 두 번째 크립텍스를 열 수 있을 것 같았다.

“리 경?”

레미가 큰 소리로 말했다. 그는 백미러를 통해 운전석과 뒷좌석을 나누는 칸막이 너머를 지켜보았다. 칸막이는 열려 있었다.

“플리트가가 블랙프라이어스 다리 근처에 있다고 하셨습니까?”

“그래, 빅토리아 임뱅크먼트 도로를 타게나.”

“죄송합니다. 거기가 어디인지 감을 못 잡겠습니다. 평소에 병원만 다니다 보니.”

티빙은 랭던과 소피에게 눈을 굴리더니 투덜거렸다.

“잠깐 실례하겠네. 뭐라도 좀 먹고 마시게.”

티빙은 두 사람을 남겨 두고 레미에게 길을 설명하기 위해 부자연스럽게 기어가듯이 열린 칸막이 쪽으로 다가갔다.

랭던이 소피와 티빙과 함께 재규어 리무진에서 내릴 때, 그의 미키마우스 손목시계는 7시 30분쯤을 가리키고 있었다. 세 사람은 빌딩 사이로 미로처럼 난 길을 걸어 템플 교회의 조그만 마당에 다다랐다.

템플 교회를 처음 본 랭던은 감탄했다.

'원의 단순함.'

티빙이 출입문을 향해 절뚝절뚝 걸어가며 말했다.

"지금은 토요일 이른 아침이야. 관광객에게 교회를 개방하기까지 두 시간이나 남았어."

그는 외부 게시판에 붙어 있는 안내문들을 읽고는 문을 잡아당겼다. 문은 꿈쩍도 하지 않았다.

교회 안, 복사(미사 때에 사제를 도와 시중드는 사람―옮긴이)가 영성체 때 쓰는 방석들을 진공청소기로 소제하는 일을 거의 끝마쳐 가고 있었다. 그때 누군가 문을 두드렸다. 복사는 그 소리를 못 들은 척했다. 교회 문을 열려면 두 시간은 더 있어야 했다. 그런데 가볍게 문을 두드리던 소리가 더욱 거세졌다. 누군가 쇠막대로 문을 치는 듯했다. 복사는 진공청소기의 전원을 끄고 씩씩대며 문을 향해 성큼성큼 걸어갔다. 그리고 빗장을 열고 문을 활짝 열어 젖혔다. 문 앞에 세 사람이 서 있었다.

'관광객들이잖아.'

그는 속으로 툴툴거렸다.

"교회는 9시 30분에 엽니다."

"나는 리 티빙 경이라고 하네."

영국 상류층 억양이었다.

"놀스 목사님이 틀림없이 자네한테도 말했겠지만, 나는 지금 크리스토퍼 렌 4세 부부를 모시고 왔네."

티빙은 옆으로 비켜서더니 과장된 몸짓으로 팔을 벌려 뒤에 선 매력적인 한 쌍의 남녀를 가리켰다. 복사는 어떻게 반응해야 할지 난감했다.

목발을 짚은 티빙이 인상을 쓰며 몸을 앞으로 숙였다. 공연히 낯 뜨거워지는 상황을 만들고 싶지 않다는 듯이 그가 나지막이 속삭였다.

"젊은이, 딱 봐도 신참인 것 같구먼. 해마다 크리스토퍼 렌 경의 후손들은 이 교회의 성소에 고인의 유골을 한 줌 가져와서 뿌린다네. 고인의 뜻과 유언장에 따라서 말이야."

복사는 이런 관례에 대해 들어 본 적이 없었다.

"9시 30분까지 기다리시는 게 좋을 것 같습니다만……."

목발을 짚은 남자는 성난 얼굴로 복사를 쏘아보았다.

"렌 부인, 번거로우시겠지만 이 무례한 젊은이에게 유골함을 잠깐 보여 주시겠습니까?"

여자는 잠시 머뭇거리더니, 몽롱한 꿈에서 깨어난 사람처럼 황급히 스웨터 주머니에서 천으로 감싼 조그만 원통형 물건을 꺼냈다.

"자, 보이지?"

목발 짚은 남자가 쏘아붙였다.

"이제 우리가 고인의 유지를 받들어 유골을 뿌릴 수 있도록 해 주게나. 안 그러면 내가 놀스 목사님에게 우리가 어떤 대접을 받았는지 말할 테니."

'별일이야 있겠어?'

복사는 세 사람이 지나가도록 옆으로 비켜섰다.

랭던은 직사각형 모양의 별관을 지나 본관으로 이어지는 아치 길을 걸어가면서 너무도 황량하고 금욕적인 교회 분위기에 놀랐다. 전통적인 장식 하나 없는 교회 실내는 삭막하고 차가웠다.

랭던이 속삭였다.

"음산하네요."

소피도 속삭이는 목소리로 대꾸했다.

"무슨 요새 같아요."

"템플 기사단은 전사들이었소."

티빙이 새삼 그 사실을 일깨웠다. 티빙의 알루미늄 목발 소리가 휑뎅그렁한 공간에 메아리쳤다.

"그들에게 교회는 요새이자 은행이었소."

소피가 티빙을 힐끔 보며 물었다.

"은행이요?"

"암, 그렇고말고. 현대적인 의미의 은행을 **고안**한 게 바로 템플 기사단이오. 유럽의 귀족들이 금을 가지고 여행하는 것은 위험한 일이었소. 그래서 템플 기사단은 귀족들이 가장 가까운 템플 교회에 금을 예치했다가, 유럽 전역에 위치한 다른 템플 교회에서 찾아 쓸 수 있도록 했지. 당연히 약간의 수수료를 받고서."

티빙은 눈을 찡긋하고는 내처 말했다.

"최초의 현금 자동 인출기였던 셈이오."

그는 멀리서 청소기를 돌리고 있는 복사를 어깨 너머로 힐끗 보고는 소피에게 속삭였다.

"있잖소, 기사단이 성배의 은신처를 다른 장소로 옮기는 중에 하룻밤 동안 이곳에 성배를 보관했다는 소문이 있소. 상그레알 문서를 담은 네 개의 궤짝이 마리아 막달레나의 석관과 함께 이곳에 놓여 있는 모습이 상상되오? 생각만 해도 소름이 돋는군."

랭던은 방 안의 둥근 벽을 살펴보았다. 옅은 색 돌에 조각한 이무깃돌, 악마, 괴물, 고통받는 인간의 얼굴 등이 모두 방 안을 바라보고 있었으며 기다랗게 연결된 좌석이 벽을 따라 방 전체를 빙 에워싸고 있었다.

랭던이 속삭였다.

"원형 극장 같네요."

티빙은 목발을 들어 방의 왼쪽 끝을 가리키고는 이어 오른쪽 끝을 가리켰다.

하지만 랭던은 이미 그들을 본 터였다.

'열 명의 돌 기사.

'왼쪽에 다섯, 오른쪽에 다섯.'

'교황이 매장한 기사가 런던에 잠들어 있도다.'

바로 이곳이 틀림없었다.

63장

    템플 교회와 아주 가까운, 쓰레기가 나뒹구는 골목길, 레미 르갈뤼데크는 줄지어 서 있는 산업용 쓰레기통 뒤에 재규어 리무진을 세웠다. 시동을 끄고 그는 주위를 살펴보았다. 개미 한 마리 보이지 않았다. 그는 차에서 내려 수도사가 갇혀 있 는 리무진 뒷좌석으로 들어갔다.

    레미는 나비넥타이를 풀고 리무진에 딸린 바로 가, 독한 술 을 꺼내 들이켰다. 그러고는 포도주 병따개를 집어 은박지를 벗길 때 쓰는 날카로운 칼날을 꺼냈다.

    레미는 몸을 돌려 사일러스와 마주하며, 칼날을 번뜩이는 치 켜들었다.

    "가만있으시오."

    레미가 칼날을 더 높이 쳐들며 속삭였다.

    사일러스는 하느님이 자신을 저버렸다는 사실을 믿을 수

없었다. 그는 두 눈을 꼭 감고 마음속으로 울부짖었다. 이렇게 리무진 뒤에서 무기력하게 죽어 가는 현실이 믿기지가 않았다.

'나는 하느님의 일을 하고 있었는데……'

"한잔하시오."

턱시도를 입은 남자가 속삭였다. 사일러스는 가슴을 후비는 듯한 온기가 어깨와 등을 타고 퍼지는 것을 느꼈다.

"지금 당신이 통증을 느끼는 건 피가 갑자기 근육 속을 돌기 때문일 거요."

사일러스는 깜짝 놀라 번쩍 눈을 떴다. 흐릿한 형체가 자기 쪽으로 몸을 숙인 채 잔을 내밀고 있었다. 바닥에 피 한 방울 묻지 않은 칼이 보였고, 그 옆에는 몸에서 떼어 낸 배관용 테이프가 조각조각 쌓여 있었다.

'하느님은 나를 저버리지 않으셨어.'

레미가 용서를 구했다.

"더 일찍 당신을 풀어 주고 싶었지만 어쩔 수 없었소. 이제야 처음 기회가 온 거요. 이해해 주겠소, 사일러스?"

사일러스는 화들짝 놀라 몸을 움찔했다.

"제 이름을 아십니까?"

그는 뻣뻣한 근육을 문지르면서 등을 곧추세우고 앉았다.

"혹시…… 스승님이십니까?"

레미는 웃음을 터뜨리며 고개를 가로저었다.

"아니, 나는 스승이 아니오. 당신처럼 그분을 모시는 사람이오. 하지만 스승님께서 당신을 칭찬하시더군요. 내 이름은 레미요."

사일러스는 어안이 벙벙했다.

"이해가 안 됩니다. 당신이 스승님을 위해 일한다면, 왜 랭던이 쐐기돌을 **당신** 집으로 가져간 겁니까?"

"**내** 집이 아니오. 세상에서 가장 유명한 성배 역사학자인 리 티빙 경의 집이지. 리 경은 쐐기돌을 손에 넣은 로버트 랭던이 도움을 청하러 찾아올 법한 사람이오."

레미는 미소를 짓고는 말을 이었다.

"스승님이 성배 연구에 대해 어떻게 그리 많은 것을 알고 있다고 생각합니까?"

사일러스는 감탄했다. 스승은 리 티빙 경이 알고 있는 모든 것에 접근할 수 있는 하인을 포섭한 것이었다. 놀랍도록 훌륭한 생각이었다.

레미가 사일러스에게 총알이 장전된 권총을 건네며 말했다.

"당신한테 해 줄 이야기가 많아요."

그러고는 몸을 칸막이 너머로 뻗어 앞 좌석 사물함에서 손바닥만 한 작은 권총을 하나 더 꺼냈다.

"하지만 먼저, 당신과 내가 할 일이 있어요."

64장

'그의 무덤에 있어야 할 둥근 구를 찾아라.'

실제 사람만 한 크기의 조각상들이 하나같이 직사각형 돌 베개를 베고 평온한 자세로 바닥에 누워 있었다. 모두 갑옷을 제대로 갖추어 입고 방패와 칼을 들고 있었다.

소피는 오싹한 기분을 느끼면서 랭던 그리고 티빙과 함께 첫 번째 그룹의 기사들을 향해 다가갔다.

시에 나오는 '둥근 구'라는 표현에 할아버지의 별장 지하실에서 목격한 밤의 장면이 마치 마술처럼 불쑥 머릿속에 떠올랐다.

'히에로스 가모스. 둥근 구.'

소피는 왼쪽에 기사 다섯이 누워 있는 첫 번째 무덤들을 살펴보면서 그들의 공통점과 차이점을 발견했다. 모두 바닥에 등을 대고 누워 있었지만, 셋은 다리를 쭉 뻗고 있는 반면 둘은 한 다리를 다른 다리 위에 포개고 있었다. 또한 둘은 갑옷 위에 튜닉을 걸치고 있었지만, 셋은 발목까지 내려오는 로브를 입고 있었다. 그리고 둘은 칼을 움켜쥐었고, 둘은 기도를 하고 있었으며, 나머지 하나는 두 팔을 옆구리에 붙이고 있었다. 사라진 둥근 구와 연관 지을 만한 것은 어디에도 보이지 않았다. 소피는 랭던과 티빙을 다시 돌아보고는 나머지 다섯 기사가 있는 쪽으로 이동했다.

오른쪽 기사들도 왼쪽 기사들과 비슷했다. 다양한 자세로 누워 있었고, 갑옷 차림에 칼을 들고 있었다.

그런데 열 번째, 그러니까 마지막 무덤만은 예외였다.

소피는 서둘러 그쪽으로 다가가 찬찬히 살펴보았다.

'베게도, 갑옷도, 튜닉도, 칼도 없어.'

"로버트? 리?"

소피의 목소리가 방 안에 울려 퍼졌다.

"여기서 뭔가 사라진 게 있는 것 같아요."

두 사람 모두 소피를 쳐다보고는 방을 가로질러 소피에게로 다가왔다.

"둥근 구?"

티빙이 흥분에 찬 목소리로 물었다. 그의 철제 목발이 철컥거리는 소리가 마치 빠른 스타카토 같았다.

"정확히 둥근 구는 아니에요."

소피는 찌푸린 눈으로 열 번째 무덤을 보면서 말했다.

"기사가 통째로 사라졌나 봐요."

소피 옆에 다가온 랭던과 티빙은 혼란스러운 표정으로 열

번째 무덤을 내려다보았다. 다 드러나 보이도록 누워 있어야
할 기사 대신에 뚜껑 닫힌 석관 하나가 놓여 있었다. 관은 발
치의 폭이 좁고 위로 올라갈수록 넓어지는 사다리꼴이었으
며, 뚜껑 가운데가 산처럼 솟아 있었다.

"왜 이 기사는 안 보이게 했을까요?"

랭던이 묻자, 티빙이 턱을 쓰다듬으며 중얼거렸다.

"놀라워. 내가 이 특이한 사실을 깜빡 잊고 있었네. 여기에
와 본 지 오래돼서 말이지."

소피가 말했다.

"이 관은 다른 아홉 개의 무덤과 같은 시기에 같은 사람이
조각한 것 같아요. 그런데 왜 이 기사만 나와 있지 않고 관 속
에 들어 있을까요?"

티빙이 고개를 가로저었다.

"이 교회의 미스터리 가운데 하나지. 내가 아는 한 그것을
설명한 사람은 없소."

"실례합니다."

복사가 불안한 표정을 지으며 나타났다.

"무례하게 느껴지신다면 용서해 주십시오. 하지만 아까 저
에게 유골을 뿌린다고 말씀하셨는데, 제가 보기에는 관광을
하고 계신 것 같습니다."

티빙은 소년을 향해 얼굴을 찌푸리고는 랭던에게 눈길을
돌렸다.

"렌 씨, 유골을 꺼내서 일을 시작하는 게 좋겠습니다."

티빙은 그렇게 말하고는 소년에게 윽박지르듯이 말했다.

"우리가 조용히 의식을 치르게 해 주었으면 하네."

랭던이 정중하게 말했다.

"우리가 침입하듯이 불쑥 찾아온 건 알지만, 나는 이 무덤
에 유골을 뿌리려고 아주 먼 길을 왔어요."

랭던은 티빙처럼 신뢰감을 주는 말투로 말했다.

하지만 소년은 미심쩍은 표정을 지었다.

"이것들은 무덤이 아닌데요."

"뭐라고요?"

랭던이 물었다. 티빙은 단호하게 말했다.

"당연히 무덤이지. 지금 무슨 소리를 하는 거야?"

복사는 고개를 가로저었다.

"무덤은 시신을 넣는 곳이잖아요. 이것들은 그냥 기사들을
본뜬 조각상이에요. 실제 인물들을 기리기 위해 만든 석조물
이라고요. 이 조각상들 밑에는 시신이 없어요."

티빙이 말했다.

"여기는 틀림없이 묘지야!"

"옛날 역사책에나 그렇게 나오죠. 한때는 다들 그렇게 믿
었지만, 1950년에 수리 작업을 하는 중에 전혀 그렇지 않다는
사실이 밝혀졌습니다."

복사는 랭던에게 눈길을 돌리고는 내처 말했다.

"렌 씨는 잘 **알고** 계실 텐데요. 그 사실을 알아낸 게 선생님
가족이었으니까요."

어색한 침묵이 흘렀다.

별관 쪽에서 문을 두드리는 소리가 침묵을 깨뜨렸다.

티빙이 말했다.

"놀스 목사인가 보군. 네가 가 봐야 할 것 같은데."

복사는 그럴 리가 없다는 듯한 표정을 지으면서도 결국 별관 쪽으로 발걸음을 옮겼다. 랭던과 소피와 티빙은 불안한 눈빛으로 서로를 쳐다보았다.

랭던이 속삭였다.

"리, 시신이 없다니, 도대체 무슨 소리입니까?"

티빙도 넋이 나간 듯했다.

"나도 모르겠네. 내가 알기로는…… **틀림없이** 여기가 그 장소야. 저 녀석은 자기가 무슨 소리를 지껄이는지도 모를 거야. 도무지 말이 안 되잖아!"

티빙은 인상을 구기며 말을 이었다.

"설마 시가…… 잘못된 것은 아니겠지? 자크 소니에르가 나하고 똑같은 실수를 저지르지는 않았겠지?"

랭던은 고개를 가로저었다.

"리, 아까 직접 말하셨잖아요. 이 교회는 시온 수도회의 군사 조직인 템플 기사단이 지었다고. 만약 이곳에 정말로 기사들이 묻혀 있다면 시온 수도회의 기사단장이 그걸 몰랐을 리 없지요."

티빙은 무척 당혹스러운 표정을 지었다.

"하지만 이곳은 완벽해."

그는 고개를 홱 돌려 다시 한 번 기사들을 보았다.

"우리가 뭔가를 놓치고 있는 게 분명해!"

별관으로 들어선 복사는 텅 빈 실내를 보고 깜짝 놀랐다.

"놀스 목사님?"

'틀림없이 문소리를 들었어.'

그는 문가로 걸어갔다.

문간에 턱시도를 입은 호리호리한 남자가 길을 잃은 듯 뒤통수를 긁적이며 서 있었다. 복사는 아까 방문객을 들인 후 문을 잠그지 않은 것을 깨닫고는 화가 나서 씩씩댔다.

"미안합니다."

소년은 큰 기둥 옆을 지나며 큰 소리로 말했다.

"아직 문 안 열었습니다."

뒤에서 옷자락이 휙 움직이며 나부끼는 소리가 나는가 싶더니, 소년이 미처 뒤돌아볼 틈도 없이 그의 머리가 뒤로 꺾였다. 억센 손이 비명을 내지르려는 소년의 입을 틀어막았다. 눈처럼 하얀 손이었다.

단정하게 턱시도를 차려입은 남자는 침착하게 작은 권총을 꺼냈다. 그러고는 속삭였다.

"잘 들어. 지금 교회 밖으로 나가. 조용히. 그러고는 달리는 거야. 절대 멈추면 안 돼. 잘 알아들었지?"

소년은 억센 손에 입이 막힌 채 힘껏 고개를 끄덕였다.

"만약 경찰에 신고하면……."

턱시도 입은 남자는 권총을 소년의 살갗에 갖다 댔다.

"내가 너를 찾아갈 거야."

다음 순간, 소년은 다리에 힘이 풀릴 때까지 멈추지 않겠다는 듯이 교회 앞마당을 내달렸다.

65장

유령처럼 사일러스는 조용히 목표물 뒤로 다가갔다. 소피가 낌새를 알아차렸을 때는 이미 늦었다. 그녀가 몸을 돌리기도 전에 사일러스는 그녀의 등뼈에 총구를 갖다 댔다. 그러고는 억센 팔로 그녀의 가슴을 끌어안아 육중한 자기 몸 쪽으로 끌어당겼다. 깜짝 놀란 소피가 비명을 내질렀다. 티빙과 랭던이 곧바로 그녀를 돌아보고는 놀라고 두려워하는 표정을 지었다.

"레미……?"

티빙이 간신히 목멘 소리를 내뱉었다.

"레미에게 무슨 짓을 한 거야?"

사일러스가 침착하게 대꾸했다.

"당신이 신경 쓸 일은 단 하나요. 내가 쐐기돌을 가지고 이곳을 떠날 것이라는 사실 말이오."

레미가 스스로 '복구 임무'라고 부른 이번 일은 깔끔하고 단순하게 처리해야 했다.

'교회로 들어간다. 쐐기돌을 차지한다. 걸어 나온다. 살인도, 몸싸움도 없다.'

사일러스는 소피를 단단히 끌어안은 채로 그녀의 가슴팍에 있던 한 손을 그녀의 허리까지 내린 다음, 그녀의 스웨터의 깊숙한 주머니를 뒤졌다.

"어디 있지?"

그가 속삭였다.

'쐐기돌이 스웨터 주머니 속에 있었어. 그런데 도대체 어디로 간 거야?'

"그건 여기 있어요."

랭던의 나직한 목소리가 방 안을 가르며 울렸다.

사일러스가 눈을 돌려 보니 랭던이 검은 크립텍스를 손에 들고 앞뒤로 흔들고 있었다.

"그걸 바닥에 내려놔."

사일러스가 지시하자, 랭던이 대꾸했다.

"먼저 소피와 티빙을 교회 밖으로 내보내 주시오."

사일러스는 소피를 밀쳐 내고는 랭던에게 총을 겨눈 채 다가갔다.

"한 발짝도 더 접근하지 마시오. 먼저 소피와 티빙을 내보내라고 하지 않았소."

랭던은 크립텍스를 머리 위로 치켜들었다.

"나는 한 치의 망설임 없이 이걸 바닥에 내동댕이칠 거요.

그럼 안에 든 병이 깨질 테지."

사일러스는 더럭 겁이 났다. 예상치 못한 일이었다. 그는 랭던의 머리에 총을 겨눈 손과 목소리가 떨리는 것을 들키지 않으려고 애썼다.

"당신은 결코 쐐기돌을 깨뜨리지 못해. 나만큼이나 간절하게 성배를 찾고 싶어 하니까."

"잘못 짚었어요. 당신이 훨씬 더 간절하게 원하지요. 살인까지 마다하지 않을 정도이니."

13미터쯤 떨어진 곳, 아치 복도 근처의 별관 신도석에서 상황을 살피는 레미 르갈뤼데크는 점점 더 불안해졌다. 작전이 예상대로 진행되지 않고 있으며, 사일러스가 이제 어떤 행동을 취할지 갈피를 못 잡는 것이 분명했다. 그는 스승의 명령에 따라 사일러스더러 절대로 총을 쏘지 말라고 일러두었었다.

레미는 두려움을 느끼며 생각했다.

'크립텍스를 바닥에 떨어뜨려서는 안 돼!'

만약 랭던이 그것을 떨어뜨리면 모든 것이 물거품이 될 판이었다. 크립텍스는 레미에게 자유와 부를 보장하는 승차권이었다. 일 년여 전만 해도 그는 가장 유명한 성배 전공 역사학자인 리 티빙 경의 변덕스러운 입맛에 맞춰 요리하는 쉰다섯 살 먹은 하인에 지나지 않았다. 그런 그에게 평생 꿈꾸어 온 모든 것을 이루어 줄 엄청난 조건을 제안하며 접근해 온 사람이 있었다. 머지않아 자기 손에 들어올 돈을 생각할 때마다 레미는 현기증이 일 정도였다. **2천만 유로의 3분의 1**. 그는 햇빛

찬란한 코크다쥐르의 해변에서 일광욕을 즐기며 여생을 보낼 계획이었다.

'내가 나서야 할까?'

스승은 절대로 그래서는 안 된다고 당부했었다. 레미는 스승의 정체를 아는 유일한 사람이기 때문이었다.

레미는 약 30분 전에 쐐기돌을 훔치라는 지시를 받자마자 이렇게 말했다.

"정말로 사일러스에게 이 임무를 맡기실 겁니까? 제가 직접 할 수도 있는데요."

스승은 단호했다.

"사일러스는 네 명의 수도회 회원을 훌륭하게 처리했어. 쐐기돌도 되찾아 올 거야. **자네는** 결코 모습을 드러내면 안 돼. 절대로 얼굴을 보이지 마."

"알겠습니다."

"레미, 자네에게 하나 알려 주지. 문제의 무덤은 템플 교회에 없어. 그러니 전혀 걱정하지 마. 저들은 엉뚱한 곳을 뒤지고 있어."

레미는 화들짝 놀랐다.

"그럼 스승님께서는 그 무덤이 어디에 있는지 아십니까?"

"물론이지. 나중에 말해 주지. 지금은 신속하게 움직여야 해. 만약 저들이 무덤의 진짜 위치를 알아내고 네가 크립텍스를 손에 넣기 전에 교회를 빠져나가면, 우리는 영영 성배를 잃어버릴 수도 있어."

레미는 스승이 성배를 찾기 전까지는 돈을 주지 않겠다고

하지만 않았다면, 성배에 대해 아무런 관심이 없었다. 그런
데 지금 랭던이 쐐기돌을 깨뜨리겠다고 협박하고 있으니, 그
의 미래가 위태로워진 것이다. 목표 지점에 이렇게 가까이 와
놓고 그것을 손에 넣지 못한다는 것은 도저히 받아들일 수 없
었다. 결국 레미는 과감하게 행동에 나서기로 결심했다. 그는
어둠에서 나와 둥근 방 안으로 성큼성큼 걸어가 정확히 티빙
의 머리에 총을 겨누었다.

"영감, 나는 오랫동안 이 순간을 기다렸어요."

리 티빙 경은 충격을 받아 식식거리며 말했다.

"레미? 대체 왜 이러는 건가? 나는……."

레미는 티빙의 말허리를 잘랐다.

"내가 간단히 정리하겠소."

그는 티빙의 어깨 너머로 랭던을 빤히 보며 말했다.

"쐐기돌을 내려놓으시오. 안 그러면 방아쇠를 당겨 리 경을
죽이겠소."

랭던이 말했다.

"이 쐐기돌은 당신에게 아무 가치도 없는 물건입니다. 절대
로 열지 못할 테니까."

"교만한 바보들."

레미가 이죽거렸다.

"당신들이 오늘 밤 그 시를 놓고 지껄인 소리를 나는 다 들
었소. 그리고 내가 들은 얘기를 죄다 다른 사람들에게 전했
지. 당신들보다 훨씬 많은 것을 알고 있는 사람들에게 말이
오. 당신들은 심지어 올바른 장소를 뒤지고 있지도 않아. 당

신들이 찾는 무덤은 전혀 다른 곳에 있다고."

티빙은 혼이 나갈 정도로 당혹스러웠다.

'도대체 무슨 말을 하는 거야?'

레미는 수도사를 향해 큰 소리로 외쳤다.

"사일러스, 랭던 씨한테서 쐐기돌을 뺏으시오."

수도사가 다가오자, 랭던은 뒤로 물러서며 쐐기돌을 머리 위로 치켜들었다. 당장에라도 바닥에 내동댕이칠 기세였다.

그가 말했다.

"엉뚱한 사람들의 손에 넘어가는 것을 보느니 차라리 부숴 버리겠소."

이제 티빙은 온몸이 공포의 물결에 휩싸이는 기분이었다. 평생의 노력이 눈앞에서 물거품이 될 상황이었다. 모든 꿈이 산산조각 날 판이었다.

그가 소리쳤다.

"로버트, 안 돼! 하지 마! 자네가 들고 있는 건 성배야! 레미는 **절대로** 자네를 쏘지 못해. 내가 레미를 안 지 10년이……."

레미가 천장을 향해 권총을 발사했다. 작은 권총이라는 게 믿기지 않을 만큼 엄청나게 큰 굉음이 터져 나왔다. 천둥소리 같은 총성이 돌로 만든 방 안에 울려 퍼졌다.

모두들 얼어붙었다.

레미가 말했다.

"다음 총알은 영감의 등짝에 박힐 거요. 쐐기돌을 사일러스에게 넘기시오."

랭던이 마지못해 크립텍스를 앞으로 내밀자 사일러스가 다가와 건네받았다. 그의 빨간 눈이 자족감으로 번뜩였다. 그는 크립텍스를 로브 주머니에 집어넣고는 총을 쥔 채로 천천히 물러섰다.

티빙은 레미의 팔이 목을 힘껏 조여 오는 것을 느꼈다. 레미는 티빙의 등에 총구를 박은 채 그를 질질 끌면서 건물 밖으로 뒷걸음질 치기 시작했다.

랭던이 단호하게 말했다.

"그분을 놓아 주시오."

레미가 계속 뒤로 물러서면서 대꾸했다.

"같이 드라이브나 할까 해서. 만약 경찰에 연락하면 이 사람은 죽을 것이오. 만에 하나 허튼 수작을 부리면, 이 사람은 죽을 거란 말이오. 잘 알아들었소?"

"나를 데려가시오."

랭던이 감정에 북받쳐 갈라진 목소리로 단호하게 말했다.

"리 경은 놔 주시오."

레미는 웃음을 터뜨렸다.

"누구 마음대로? 이 양반과 내가 한두 해 같이 지낸 사이도 아니고. 게다가 여전히 쓸모가 있을 것 같기도 하고."

소피가 담담하게 물었다.

"당신은 누구를 위해 일하죠?"

이 질문에 건물 밖으로 나서는 레미가 히죽거렸다.

"그걸 알면 깜짝 놀랄 거요, 느뵈 양."

66장

　콜레 반장은 잔뜩 의기소침해져 티빙의 냉장고에서 생수 한 병을 꺼내 마셨다. 그러고는 다시 성큼성큼 응접실 밖으로 걸어 나갔다. 그는 지금 파슈가 작전을 벌이고 있는 런던으로 가는 대신 빌레트성을 샅샅이 수색하는 경찰 팀의 뒤치다꺼리나 하고 있었다.

　지금까지 찾아낸 증거들은 별 쓸모가 없었다. 마룻바닥에 박힌 총알 하나, '날'과 '잔'이라는 글과 함께 갈겨 쓴 기호들이 적힌 종이 한 장 그리고 가시 박힌 띠 하나가 고작이었다. 현장 감식반은 그 띠가 보수적인 가톨릭 단체 오푸스 데이의 회원들이 착용하는 것이라고 말해 주었다.

　넓디넓은 무도회장 서재에서 감식반 반장이 지문을 채취하려고 분주하게 솔로 먼지를 털어 냈다.

　콜레가 안으로 들어서면서 물었다.

"뭐 좀 나왔습니까?"

감식반 반장은 고개를 가로저었다.

"새로운 건 없습니다. 집 안 여러 곳에서 채취한 지문과 같은 것뿐입니다."

콜레는 증거 채취용 봉지를 집어 들었다. 봉지 안에 오래된 문서 같은 것을 찍은 큼지막하고 번들번들한 사진이 들어 있었다. 맨 위에 다음과 같은 제목이 적혀 있었다.

'비밀문서 —번호 4° lm1 249.'

"이게 뭐죠?"

"모르겠습니다. 여기저기에 사진들이 있더군요. 그래서 봉지에 담았습니다."

콜레는 문서를 찬찬히 살펴보았다.

시온 수도회 — 뱃사공 / 기사단장	
장 드 지소	1188 - 1220
마리 드 생클레르	1220 - 1266
기욤 드 지소	1266 - 1307
에두아르 드 바	1307 - 1336
잔 드 바	1336 - 1351
장 드 생클레르	1351 - 1366
브랑 데브로	1366 - 1398
니콜라 플라멜	1398 - 1418
르네 당주	1418 - 1480
이오란드 드 바	1480 - 1483

산드로 보티첼리	1483 – 1510
레오나르도 다빈치	1510 – 1519
코네타블 드 부르봉	1519 – 1527
페르디낭 드 곤자크	1527 – 1575
루이 드 느베르	1575 – 1595
로버트 플러드	1595 – 1637
J. 발렌틴 안드레아	1637 – 1654
로버트 보일	1654 – 1691
아이작 뉴턴	1691 – 1727
찰스 래드클리프	1727 – 1746
샤를 드 로렌	1746 – 1780
맥시밀리앙 드 로렌	1780 – 1801
샤를 노디에	1801 – 1844
빅토르 위고	1844 – 1885
클로드 드뷔시	1885 – 1918
장 콕토	1918 – 1963

'시온 수도회?'

콜레는 어리둥절했다.

한 요원이 서재로 고개를 들이밀며 말했다.

"반장님, 교환국에서 파슈 부장님을 급히 찾고 있는데 연락이 안 된답니다. 반장님이 받아 보시겠습니까?"

콜레는 전화를 받았다.

앙드레 베르네였다. 은행원의 세련된 억양도 그의 목소리에 묻어나는 긴장감을 덮지 못했다.

"파슈 부장님이 저에게 전화 주신다고 했는데, 아직 아무런 연락을 못 받아서요."

"부장님이 무척 바쁘십니다. 저한테 말씀하시지요. 저는 콜레 반장입니다."

오랫동안 침묵이 흘렀다.

"반장님, 다른 전화가 오는군요. 실례합니다. 나중에 다시 걸겠습니다."

콜레는 몇 초 동안 수화기를 들고 있었다.

'귀에 익은 목소리야!'

다음 순간, 목소리의 정체를 깨달은 콜레는 흠칫 놀랐다.

'장갑 트럭 운전수. 가짜 롤렉스 시계를 차고 있던 사람이잖아.'

순간 콜레는 깨달았다.

'베르네도 연루되어 있어.'

콜레는 이 뜻밖의 행운이 자신의 진가를 발휘할 기회일 수도 있다고 생각했다. 그는 곧바로 인터폴에 전화를 걸어 취리히 대여 금고 은행과 그곳의 지점장 앙드레 베르네에 대한 정보를 낱낱이 찾아 곧장 보내 달라고 요청했다.

영국 해협의 반대편, 파슈 부장은 비긴 힐 비행장에 착륙한 수송기에서 이제 막 내렸다. 그는 티빙의 격납고에서 벌어진 일을 설명하는 켄트 경찰서장의 말을 미심쩍어하며 들었다.

경찰서장이 힘주어 말했다.

"제가 직접 비행기 안을 수색했습니다. 안에는 아무도 없었습니다."

"조종사를 심문했습니까?"

"물론 안 했지요. 그는 프랑스 사람입니다. 따라서……."

"나를 비행기로 데려다 주시오."

격납고에 도착한 파슈는 비행기로 걸어가서 요란하게 동체를 두드렸다.

"프랑스 사법경찰 부장이다. 문 열어!"

겁에 질린 조종사가 문을 열고 계단을 내렸다.

파슈는 비행기로 올라갔다. 3분 뒤, 파슈는 소지한 무기 덕분에 손발이 묶인 알비노 수도사에 대한 설명을 포함해 모든 것을 자백받았다. 랭던과 소피가 티빙의 금고 속에 나무 상자 같은 것을 남겨 두었다는 사실도 알게 되었다.

파슈는 조종사를 다그쳤다.

"금고를 여시오. 30분 주겠소."

조종사는 발딱 일어나 행동에 나섰다.

파슈는 비행기 뒤쪽으로 성큼성큼 걸어가서 술을 한 잔 따라 들이켰다. 그러고는 눈을 감고 지금 상황을 머릿속으로 정리해 보려 애썼다.

'켄트 경찰의 멍청한 실수 때문에 내 심신이 엄청 더 고달파지겠군.'

그때 갑자기 그의 휴대 전화 벨이 울렸다.

"여보세요?"

"지금 런던으로 가는 길입니다."

아링가로사 주교였다.

"한 시간 안에 도착할 겁니다."

파슈는 허리를 곧추세우고 앉았다.

"파리로 가시는 중인 줄 알았는데요."

"걱정이 이만저만이 아닙니다. 그래서 계획을 바꿨습니다. 사일러스는 찾았습니까?"

"아니요. 제가 착륙하기 전에 그자들이 이곳 경찰을 따돌리고 달아났습니다. 사일러스도 데리고요."

아링가로사는 분노가 치밀었다.

"당신이 그 비행기를 세우겠다고 장담하지 않았습니까!"

파슈는 목소리를 깔며 대꾸했다.

"주교님, 제가 사일러스와 다른 자들을 최대한 빨리 찾아낼 겁니다. 그쪽 조종사에게 이곳 비긴 힐 사설 비행장에 착륙하라고 지시하십시오. 자동차를 대기해 두겠습니다."

"고맙습니다."

"주교님도 분명히 기억하실 줄 압니다만, 자칫 모든 것을 잃을 위기에 처한 사람은 주교님 혼자만이 아닙니다."

빌레트 성 응접실의 벽난로는 이미 싸늘하게 식었지만, 콜레는 그 앞을 서성거리며 인터폴에서 신속하게 보내 준 정보를 읽고 있었다.

공식적인 기록에 따르면, 앙드레 베르네는 모범적인 시민이었다. 전과는커녕 주차 위반 딱지 하나 없었다.

'아무것도 없어.'

콜레는 한숨을 푹 쉬었다.

오늘 밤에 인터폴이 보내온 정보 가운데 유일하게 위험 신호로 여길 만한 것은 티빙의 하인 것으로 보이는 지문들이었다. 감식반 반장은 이렇게 보고했었다.

"지문은 레미 르갈뤼데크 것입니다. 작은 절도 혐의로 수배된 적이 있군요. 무단 침입도 했고요. 응급실에서 기관 절개 수술을 받은 뒤 병원비를 떼먹고 도망친 적도 있고."

감식반 반장은 고개를 들고 키득거리며 덧붙였다.

"땅콩 알레르기가 있네요."

콜레는 한숨을 쉬었다.

"좋아요. 이 정보를 파슈 부장님에게 보내 주십시오."

감식반 반장이 자리를 뜨자마자 다른 요원이 거실로 후다닥 뛰어 들어왔다.

"부장님! 헛간에서 뭘 발견했습니다."

콜레는 요원의 근심스러운 표정을 미루어 짐작했다.

"시신?"

"아닙니다, 부장님. 그보다 더……."

요원은 머뭇거리다 말을 맺었다.

"예상 밖의 것입니다."

콜레는 눈을 비비면서 요원을 따라 헛간으로 갔다. 퀴퀴한 냄새가 나는 휑한 공간 안에 들어서자, 요원이 한복판을 가리켰다. 서까래로 이어지는 나무 사다리가 보였다. 사다리는 바로 머리 위에 있는 건초 다락의 돌출 부분에 걸쳐 있었다.

사다리의 가파른 경사를 따라 눈길을 옮기자 높다란 곳에

둥둥 떠 있는 것 같은 건초 다락이 보였다.

'누가 정기적으로 이 사다리를 타고 오르내린 건가?'

한 고참 요원이 사다리 꼭대기 너머로 고개를 쑥 내밀고는 아래를 보며 말했다.

"반장님, 이건 꼭 보셔야 할 것 같습니다."

그는 라텍스 장갑을 낀 손으로 콜레 반장에게 올라오라고 손짓했다.

콜레는 피곤에 지친 얼굴로 고개를 끄덕이고는 낡은 사다리의 발치로 걸어가서 맨 아래 가로대를 움켜잡았다. 사다리는 위로 오를수록 폭이 좁아지는 구식이었다. 꼭대기에 거의 다 이르렀을 때, 그는 얇은 가로대를 딛으려다 하마터면 미끄러질 뻔했다. 눈 아래로 헛간이 빙빙 도는 듯했다. 콜레는 정신을 바짝 차리고 몸을 움직여 마침내 꼭대기까지 올라갔다. 위에 있는 요원이 팔을 내밀어 손목을 잡아 주었다. 요원의 손을 잡은 콜레는 볼품없는 몸짓으로 평평한 다락 바닥으로 올라섰다.

"저쪽에 있습니다."

고참 요원이 티끌 하나 없이 깔끔한 다락의 깊숙한 안쪽을 가리키며 말했다.

"여기서는 한 사람의 지문만 발견되었습니다. 곧 신원이 확인될 겁니다."

콜레는 침침한 조명 탓에 눈을 가늘게 뜨고 맞은편 벽을 바라보았다.

'저게 무슨……?'

맞은편 벽 바로 앞에 제대로 구색을 갖춘 컴퓨터 작업실이 있었다. 평면 모니터와 스피커처럼 보이는 기계, 다채널 제어반 등이 보였다. 콜레는 컴퓨터 장비 쪽으로 다가갔다.

"이 시스템을 살펴보았나?"

"도청 초소입니다."

콜레가 홱 뒤돌아보며 말했다.

"감시용?"

요원은 고개를 끄덕였다.

"최첨단 감시 장비입니다."

"도청 대상이 누구인지 알아냈나?"

"반장님, 그게, 정말로 희한한 일인데……."

67장

랭던은 소피와 함께 템플 지하철역의 회전식 개찰구를 뛰어넘어 터널과 플랫폼이 미로처럼 얽혀 있는 음침한 지하로 뛰어 내려가는 동안 맥이 풀리는 기분이었다. 죄책감이 물밀듯이 밀려왔다.

'내가 리를 끌어들였어. 그리고 지금 그는 엄청난 위험에 빠졌어.'

레미가 연루된 것은 충격적이었지만, 따지고 보면 납득이 되었다. 성배를 쫓는 자가 누구인지는 몰라도 내부자를 포섭한 것이었다. 랭던은 소피를 따라 서부 지구 순환선 플랫폼으로 갔다. 플랫폼에 다다르자 소피는 레미의 경고를 무시하고 경찰에 신고하기 위해 공중전화로 후다닥 뛰어갔다.

"티빙을 돕는 최선의 방법은……."

소피가 전화를 걸면서 다시 한 번 강조했다.

"당장 런던 경찰을 끌어들이는 거예요. 나만 믿어요."

랭던은 처음에는 그녀의 생각에 동의하지 않았지만, 계획을 세우다 보니 소피의 논리가 이치에 맞다는 생각이 들었다. 지금 당장 티빙은 안전했다. 설사 레미와 다른 사람들이 기사의 무덤 위치를 안다 해도, 둥근 구와 관련된 수수께끼를 풀기 위해서는 티빙의 도움이 필요할 것이기 때문이었다. 다만 성배의 위치를 알려 주는 지도를 발견한 **후에** 일어날 일이 걱정스러웠다.

'리 티빙은 그들에게 더 이상 쓸모없는 존재가 되겠지.'

티빙을 돕기 위해서도, 쐐기돌을 되찾기 위해서도 일단 무덤을 찾아내야 했다.

레미가 신속하게 움직이지 못하도록 막는 일은 소피의 임무였다.

그리고 문제의 무덤을 찾아내는 일은 랭던의 임무였다.

마침내 소피가 런던 경찰과 연결되었다.

"납치 사건을 신고하려고 합니다."

소피는 신속하게 신고하는 법을 알았다.

"성함이 어떻게 되지요?"

소피는 잠시 망설이다 대답했다.

"프랑스 사법경찰 소속의 소피 느뵈 요원입니다."

직함이 바라던 효과를 발휘했다.

"당장 연결하겠습니다. 수사관이 전화를 받을 겁니다."

15초가 흘렀다.

이윽고 남자 목소리가 들려왔다.

"느뵈 요원?"

머리를 한 대 얻어맞은 듯 멍해진 소피는 걸걸한 목소리의 주인공을 바로 알아챘다.

"느뵈 요원! **지금** 어디 있어?"

브쥐 파슈가 다그쳤다.

소피는 말문이 막혔다.

"잘 들어."

파슈가 프랑스어로 곧장 용건을 말했다.

"내가 오늘 밤에 끔찍한 실수를 저질렀어. 로버트 랭던은 아무 죄가 없더군. 그 사람이 뒤집어쓰고 있던 모든 혐의가 풀렸네."

소피의 입이 쩍 벌어졌다. 어떻게 반응해야 할지 몰랐다. 파슈는 어떤 일에도 **절대로** 사과할 사람이 아니었다.

"자크 소니에르가 자네 할아버지인 걸 왜 나한테 말하지 않았나? 자네와 랭던 둘 다 위험에 처했어. 당장 그곳에서 가장 가까운 런던 경찰서로 가게."

'내가 런던에 온 걸 알고 있단 말이야? 도대체 어디까지 아는 걸까?'

파슈의 목소리 뒤로 기계 소리 같은 것이 들리는 한편 통화음에서 뭔가 딸깍거리는 소리가 들렸다.

"부장님, 지금 이 전화를 추적하고 있습니까?"

파슈의 목소리는 이제 단호했다.

"자네와 내가 힘을 합해야 해, 느뵈 요원. 자칫하면 우리 둘

다 많은 것을 잃을 수도……."

"부장님이 찾고 있는 사람은 레미 르갈뤼데크라는 자예요. 티빙의 하인이죠. 그 사람이 조금 전에 템플 교회 안에서 티빙을 납치해서……."

"느뵈 요원!"

파슈가 고함을 쳤다. 그때 전동차가 요란한 소리를 내며 들어왔다.

"그건 전화로 나눌 이야기가 아니야. 당장 랭던과 함께 경찰서로 들어와. 이건 명령이야!"

소피는 전화를 끊고 랭던과 함께 황급히 뛰어가 전동차를 탔다.

68장

티끌 한 점 없던 티빙의 비행기 객실이 지금은 강철 부스러기로 뒤덮였다. 브쥐 파슈는 사람들을 모두 내보내고 티빙의 금고에서 찾아낸 묵직한 나무 상자와 술잔을 든 채 홀로 앉아 있었다.

그는 손가락으로 장미 문양을 어루만지다가 화려하게 장식된 뚜껑을 열었다. 안에는 원형 글자판이 달린 대리석 원통이 들어 있었다. 다섯 개의 글자판은 'SOFIA'라는 단어를 이루도록 정렬되어 있었다. 파슈는 그 단어를 물끄러미 보다가 완충재 위에 놓인 통을 집어 들고는 꼼꼼히 살펴보았다. 뒤이어 양쪽 끝을 천천히 당겨 보니 마개 하나가 빠져나왔다. 통 속은 텅 비어 있었다.

파슈는 통을 도로 상자 속에 넣고 격납고가 보이는 창밖을 멍하니 응시했다. 그때 전화벨이 울려 그의 공상을 깨뜨렸다.

취리히 대여 금고 지점장이 경찰 교환을 통해 건 전화였다.

"베르네 지점장님."

파슈는 상대방이 입을 열 틈도 주지 않고 먼저 말했다.

"진작 전화하지 못해 미안합니다. 좀 바빴습니다. 약속한 대로 은행 이름은 지금까지 한 번도 언론에 나오지 않았습니다. 뭐 특별한 걱정거리라도 있습니까?"

베르네는 초조한 목소리로 랭던과 소피가 은행에서 작은 나무 상자를 빼낸 다음 자신에게 탈출을 도와달라고 설득했다는 이야기를 했다.

"라디오에서 그들이 범죄자라는 뉴스를 듣고는 차를 세우고 상자를 돌려 달라고 했는데, 그들은 오히려 나를 공격하고 트럭까지 빼앗아 갔습니다."

"그 나무 상자가 염려되시나 보군요."

파슈는 다시 한 번 장미 문양을 빤히 보고는 상자 뚜껑을 조심스럽게 열어 하얀 통을 바라보았다.

"그 상자 속에 뭐가 들어 있는지 말해 줄 수 있습니까?"

베르네는 질문에 답하는 대신 이렇게 대꾸했다.

"내용물은 중요하지 않습니다. 나는 우리 은행의 평판이 걱정입니다. 우리는 도난 사고를 당한 적이 없었습니다. **단 한 번도**. 우리의 고객을 위해 그 물건을 되찾지 못한다면 우리는 큰 피해를 입을 겁니다."

"그런데 그들이 열쇠를 가지고 있고 정확한 비밀번호까지 알고 있었는데, 도대체 무슨 근거로 그들이 상자를 훔쳤다고 말하는 거죠?"

"그들은 사람을 **죽였습니다**. 소피 느뵈의 할아버지를 포함해서 말입니다. 그들은 부당한 방법으로 열쇠와 계좌 번호를 손에 넣은 게 틀림없습니다."

"베르네 지점장님."

파슈가 천천히 말했다.

"당신이 명예를 중시하는 사람이라는 점을 인정합니다. 그런데 그건 나도 마찬가지입니다. 이 점을 밝혔으니, 이제 제가 분명히 말씀드리죠. 당신의 상자 그리고 당신 은행의 명성은 더할 나위 없이 안전할 것입니다."

빌레트성의 건초 다락, 콜레가 휘둥그레진 눈으로 컴퓨터 모니터를 들여다보고 있었다.

"이 시스템으로 이 장소들을 **모두** 도청했단 말인가?"

"그렇습니다. 1년 넘도록 그렇게 한 것 같습니다."

요원의 대답에 콜레는 할 말을 잃은 채 명단을 다시 읽어보았다.

> 콜베르 소스타크 ─ 헌법재판소장
> 장 사폐 ─ 죄드폼 박물관 큐레이터
> 에두아르 데스로셰르 ─ 미테랑 도서관 자료 관리 책임자
> 자크 소니에르 ─ 루브르 박물관 큐레이터
> 미셸 브르통 ─ DAS(프랑스 정보기관) 국장

요원이 손가락으로 화면을 가리키며 말했다.

"당연히 네 번째 이름이 관심을 끌지요."

콜레는 고개를 끄덕였다. 그는 컴퓨터 화면을 보자마자 네 번째 이름을 주목했었다.

'자크 소니에르가 도청을 당하고 있었어.'

콜레는 나머지 이름을 다시 훑어보았다.

'도대체 어떤 인간이 이렇게 저명한 인사들을 도청할 수 있단 말인가?'

"음성 파일 들어 봤나?"

"이게 가장 최근 녹음된 파일 중 하나입니다."

요원은 컴퓨터 자판을 몇 개 눌렀다. 스피커가 지지직거리는가 싶더니 소리가 흘러나왔다.

"부장님, 암호 해독 부서에서 요원이 도착했습니다."

콜레는 자신의 귀를 의심했다.

"이건 나잖아! 내 목소리야!"

콜레는 소니에르의 책상에 앉아서 무전으로 대화랑에 있는 파슈에게 소피 느뵈가 도착했다고 알렸던 일을 떠올렸다.

요원은 고개를 끄덕였다.

"만약 누군가 마음만 먹었다면 오늘 밤에 우리가 대화랑에서 수사한 내용을 대부분 엿들었을 겁니다."

"도청 장치를 찾아낼 사람을 루브르로 보냈나?"

"그럴 필요 없습니다. 어디에 설치되어 있는지 정확하게 알고 있으니까요."

요원은 낡은 노트와 설계도가 놓인 작업대로 갔다. 그리고 그중 종이 한 장을 집어 콜레에게 건넸다.

"낯이 익지요?"

콜레는 어안이 벙벙할 정도로 놀랐다. 그의 손에는 간단한 기계 장치를 그린 아주 오래된 설계도 복사본이 쥐여 있었다. 손으로 쓴 글씨가 이탈리아어라서 내용을 알 수는 없었지만, 그것이 무엇인지 한눈에 알아볼 수 있었다. 관절을 갖춘 중세 프랑스 기사상이었다.

'소니에르의 책상에 놓여 있던 기사상이야!'

콜레의 눈길이 종이의 여백으로 옮겨 갔다. 누군가가 붉은 펠트펜으로 쓴 메모가 적혀 있었다. 프랑스어로 기록된 메모 내용은 기사상 안에 도청 장치를 넣는 최적의 방법에 대한 아이디어인 듯했다.

69장

사일러스는 템플 교회 부근에 주차한 재규어 리무진의 조수석에 앉아 있었다. 그는 레미가 차 뒤편에서 일을 끝마치기를 기다렸다. 레미는 트렁크에서 찾아낸 밧줄로 티빙을 묶고입을 틀어막았다. 쐐기돌을 든 사일러스의 손바닥에 땀이 흥건하게 고였다.

이윽고 레미가 운전석에 올라타 사일러스 옆에 앉았다. 레미는 빙그레 웃으면서 빗물을 털어 내고는 열린 칸막이를 통해 뒤쪽에 몸을 구긴 채 처박혀 있는 티빙을 돌아보았다. 뒤쪽이 어둑한 탓에 티빙의 모습이 간신히 보였다.

레미가 말했다.

"독 안에 든 쥐 신세지요."

사일러스는 티빙이 낮은 소리로 웅얼웅얼 내지르는 비명을 듣고서, 레미가 낡은 테이프로 그의 입을 봉한 게 틀림없다고 생각했다.

"입 닥쳐!"

레미는 프랑스어로 어깨 너머 티빙을 향해 소리쳤다. 그러고는 계기판으로 손을 뻗어 버튼 하나를 눌렀다. 불투명 칸막이가 스르르 올라가 뒤쪽이 완전히 차단되었다. 이내 티빙의 모습이 사라지고 목소리도 들리지 않았다.

몇 분 뒤, 기다란 리무진이 도로를 내달리고 있을 때 사일러스의 전화벨이 울렸다.

'스승님이다.'

사일러스는 들뜬 목소리로 전화를 받았다.

"여보세요?"

"사일러스."

스승이 친숙한 프랑스 억양으로 말했다.

"자네 목소리를 들으니 마음이 놓이네. 자네가 무사하다는 뜻일 테니."

사일러스 역시 스승의 목소리를 들으니 마음이 편안해졌다. 몇 시간 만에 듣는 목소리였다. 그동안 작전은 완전히 계획을 벗어나고 있었다. 이제야 작전이 정상 궤도로 올라선 것 같았다.

"쐐기돌을 손에 넣었습니다."

"듣던 중 반가운 소식이로군. 레미도 함께 있나?"

사일러스는 스승의 입에서 레미의 이름이 언급되자 깜짝 놀랐다.

"네. 레미가 저를 구해 주었습니다."

"내가 그렇게 하라고 지시했지. 너무 오래 잡혀 있게 해서 자네에게 미안할 따름이야."

"육체적인 고통은 아무것도 아닙니다. 쐐기돌이 우리 손에 들어왔다는 것만이 중요하죠."

"그래. 그걸 당장 내가 받아야겠다. 시간이 없어."

사일러스는 마침내 스승을 직접 만날 수 있다는 생각에 가슴이 두근거렸다.

"네, 스승님. 저에게 더없이 큰 영광이 될 겁니다."

"사일러스, **레미**가 가져오는 게 좋겠어."

지금까지 스승을 위해 어떤 일도 마다하지 않았던 사일러스는 당연히 자신이 전리품을 전달할 것이라고 믿었다.

"서운한가 보군. 그건 자네가 나의 의도를 헤아리지 못한 것일세."

스승은 목소리를 낮춰 속삭이듯이 말을 이었다.

"물론 나도 **자네**한테서 쐐기돌을 건네받고 싶네. 정말이야. 자네는 범죄자가 아니라 주님의 일꾼이니까. 하지만 나는 레미를 그냥 둘 수가 없어. 그는 내 명령을 어기고 우리의 임무를 송두리째 위험에 빠뜨리는 중대한 실수를 저질렀어."

사일러스는 흠칫하며 레미를 돌아보았다. 티빙의 납치는 계획에 없던 일이라는 것을 그는 잘 알고 있었다.

스승이 속삭였다.

"자네와 나는 주님의 일꾼이야. 절대 우리의 목적을 포기할 수 없지."

수화기에 잠시 불길한 침묵이 흘렀다.

"바로 그 이유 하나 때문에 레미에게 쐐기돌을 가져오라고 하는 거야. 내 말 잘 알아듣겠지?"

사일러스는 스승의 목소리에 깃든 분노를 느끼는 한편, 스승이 레미를 이해하려 하지 않는다는 점에 놀랐다.

'레미는 해야 할 일을 했을 뿐이야. 얼굴을 드러낸 것은 어쩔 수 없었어. 그 덕분에 쐐기돌을 손에 넣은 거야.'

"알겠습니다."

사일러스는 간신히 대답을 뱉었다.

"좋아. 자네는 지금 당장 차에서 내려야 해. 경찰이 그 리무진을 찾고 있네. 나는 자네가 체포되기를 바라지 않아. 런던에도 오푸스 데이의 숙소가 있을 테지?"

"물론 있습니다."

"그곳에서 자네를 환영할까?"

"형제로서 환영할 겁니다."

"그럼 그곳으로 가서 몸을 숨기게. 내가 레미에게 자네를 거기까지 태워 주라고 말할 거야. 내가 쐐기돌을 받는 즉시 연락하지."

스승은 깊은 한숨을 내쉬고는 덧붙였다.

"이제 레미와 이야기할 차례군."

사일러스는 이것이 레미 르갈뤼데크의 마지막 통화가 되리라는 것을 직감하면서 그에게 전화기를 건넸다.

레미는 전화기를 건네받으면서 이제 더는 쓸모없어진 이 가련하고 일그러진 수도사가 자신 앞에 어떤 운명이 기다리고 있는지 전혀 모르고 있다고 생각했다.

'스승은 너를 이용한 거야, 사일러스.'

레미는 스승을 특별히 좋아하지는 않았지만, 그의 신뢰를 얻고 그에게 많은 도움을 주었다는 사실이 뿌듯했다.

'나는 노력의 대가를 얻은 거야.'

스승이 말했다.

"잘 들어라. 사일러스를 오푸스 데이 숙소에서 몇 블록 떨어진 곳에 내려 줘. 그런 다음 버킹엄 궁전으로 가는 길에 있는 세인트제임스 공원으로 가서 근위 기병대가 퍼레이드를 하는 광장에 차를 세워. 거기서 만나 이야기 나누자."

그 말을 끝으로 전화는 끊겼다.

70장

랭던은 여전히 몸을 떨고 있었다. 그는 소피와 함께 비가 내리는 바깥에서 킹스 칼리지의 도서관 안으로 들어가는 참이었다. 이 학교의 신학과와 종교학과는 세계에서 가장 완벽한 종교 연구 데이터베이스를 갖추고 있었다.

도서관 한쪽 끝에서 사서가 차 한 잔을 따르며 하루 일과를 시작할 준비를 했다.

"좋은 아침이죠?"

사서가 찻잔을 내려놓고 다가오면서 밝은 목소리로 인사를 건넸다.

"파멜라 게텀이라고 합니다."

그녀는 악수를 청했다. 사람을 기분 좋게 하는 부드러운 목소리였다. 목에 끈을 걸친 뿔테 안경의 렌즈가 꽤 두꺼워 보였다.

"도움이 필요하신가요?"

"네, 고맙습니다. 제 이름은⋯⋯."

"로버트 랭던 교수님이죠."

사서는 환하게 웃었다.

"교수님을 바로 알아봤어요. 우리 도서관에도 교수님의 책과 논문이 몇 편 있지요."

랭던도 미소 지으며 답했다.

"이쪽은 제 친구, 소피 느뵈입니다. 폐가 되지 않는다면, 어떤 정보를 찾는 데 도움을 받고 싶습니다."

랭던은 잠시 말을 멈추었다가 내처 말했다.

"우리가 사전 예약도 없이 불쑥 찾아온 것 같군요. 제 친구가 그쪽 칭찬을 많이 하던데요. 리 티빙 경이라고 아시죠?"

그 이름을 발음할 때 랭던의 마음은 아리도록 울적했다.

"영국 왕립 역사학자이신데."

게텀이 밝은 얼굴로 웃으며 대꾸했다.

"아, 알다마다요. 별난 분이시죠. 광적이라고 할까! 늘 똑같은 검색어죠. 성배. 성배. 성배. 아마 그분은 그 연구를 끝내기 전에는 눈도 못 감으실 거예요."

소피가 말했다.

"그래서 말인데요, 혹시 우리를 도와주실 수 있나요? 무척 중요한 일이라."

게텀은 텅 빈 도서관 안을 휘 둘러보고는 랭던과 소피를 향해 눈을 찡긋하며 말했다.

"음, 너무 바빠서 안 되겠다는 말은 못 하겠네요. 그렇죠?

어떤 자료를 찾고 계신 거죠?"

"런던에 있는 어떤 무덤을 찾고 있어요."

게텀은 자신 없는 표정을 지었다.

"다 합치면 2만 개가 넘을 걸요. 좀 더 구체적으로 말씀해 주시겠어요?"

"기사의 무덤입니다. 기사 이름은 모르고요."

"기사. 그렇다면 범위가 상당히 좁혀지죠. 훨씬 덜 흔하니 까요."

"찾고 있는 기사에 대해 우리도 별로 아는 정보가 없어요. 하지만 이건 알아요."

소피가 그렇게 말하고는 종이를 꺼냈다.

교황이 매장한 기사가 런던에 잠들어 있도다.
그의 노력의 열매가 거룩한 분노를 유발했도다.

게텀은 흥미롭다는 표정으로 방문객들을 힐끔 보았다.

"이 시에 따르면, 어떤 기사가 하느님의 노여움을 샀는데, 교황이 정에 겨워 그를 런던에 묻어 주었다는 거네요?"

랭던은 고개를 끄덕였다.

"뭐 짚이는 게 있습니까?"

게텀은 컴퓨터 중 하나로 다가갔다.

"딱 떠오르는 게 있는 건 아니에요. 일단 데이터베이스에서 뭘 끄집어낼 수 있는지 한번 보지요."

사서는 소피가 건네준 종이를 보면서 글자를 입력하기 시작했다.

"일단 가장 확실한 검색어 몇 개를 집어넣어서 기본적인 불리언 검색을 돌려 보고 결과를 살펴보지요."

"고맙습니다."

게텀은 단어 몇 개를 입력했다.

런던, 기사, 교황

그러고는 검색 버튼을 클릭하면서 말했다.

"본문에 이 세 개의 키워드가 들어 있는 문서를 모두 찾으라고 명령했어요. 물론 우리가 원하는 것보다 훨씬 더 많은 문서들이 나오겠지만, 출발점으로 삼기에는 좋지요."

화면에는 벌써 검색 결과의 첫 부분이 뜨기 시작했다. 게텀은 화면 하단의 숫자 창을 힐끗 보았다. 검색 예상 정보량을 대략 계산한 수치가 나오는 창이었다. 이 방법으로 검색하면 너무 많은 후보들이 나올 것 같았다.

예상 검색 결과 건수: 2,692

사서가 얼굴을 찌푸리며 검색을 중단시켰다.

"검색해 볼 만한 다른 단어는 없나요?"

게텀은 사람들이 기사를 찾아 런던에 오는 가장 흔한 이유를 잘 알고 있었다. 바로 **성배**였다.

"선생님들은 리 티빙 경의 친구이고, 지금 영국에 와 있고,

기사를 찾고 있어요."

그녀는 팔짱을 끼며 말을 이었다.

"저는 선생님들이 성배를 찾는 중이라고 추측할 수밖에 없네요."

랭던과 소피는 당혹스러운 눈길을 주고받았다.

게텀은 웃으면서 말했다.

"있잖아요, 저는 장미, 마리아 막달레나, 상그레알, 메로빙거왕조, 시온 수도회, 기타 등등을 검색할 때마다 1실링씩만 받았으면 참 좋았겠다고 생각해요. 음모론은 누구나 좋아하죠."

게텀은 안경을 벗고 두 방문객을 똑바로 응시하며 말했다.

"정보가 더 필요합니다."

침묵이 흐르는 가운데, 게텀은 이 방문객들이 비밀을 지키기 원하는 마음과 신속한 결과를 받아 보고 싶은 욕심 사이에서 무게추가 후자로 빠르게 이동하는 것을 눈치챘다.

"좋아요."

소피 느뵈가 불쑥 말했다.

"우리가 아는 건 정말로 이게 다예요."

그녀는 랭던에게서 펜을 빌려 종이에 문장 두 개를 더 써서 게텀에게 건넸다.

그의 무덤에 있어야 할 둥근 구를 찾아라.
그것이 장미의 살과 씨앗을 품은 자궁을 말하도다.

게텀은 옅은 미소를 지었다.

'역시 성배네.'

그녀는 종이에서 눈을 들고는 말했다.

"이 시의 출처를 물어봐도 될까요? 그리고 둥근 구를 찾으려는 이유도."

랭던이 친밀하게 미소 지으며 대답했다.

"당연히 되지요. 하지만 이야기하자면 아주 깁니다. 우린 지금 시간이 별로 없고요."

"'당신 일이나 신경 쓰세요'라는 말을 굉장히 점잖게 하시는 것 같네요."

"파멜라, 이 기사가 누구이고 어디에 묻혀 있는지 알아내 주시면 평생 은혜를 잊지 않겠습니다."

"좋아요."

게텀은 다시 자판을 두드렸다.

검색 대상: 기사, 런던, 교황, 무덤

100단어 이내 근접어: 성배, 장미, 상그레알, 신성한 잔

"얼마나 걸릴까요?"

소피가 물었다.

검색 버튼을 누르는 게텀의 눈동자가 반짝였다.

"15분밖에 안 걸려요."

71장

　런던의 오푸스 데이 센터는 런던 서부 켄싱턴의 오름 코트 5번지에 있는 수수한 벽돌 건물이었다. 사일러스는 그곳에 한 번도 가 보지 않았지만, 그 건물을 향해 걸어가면서 망명과 피난길에 나선 듯한 기분을 느꼈다. 레미는 리무진을 큰길로 끌고 나가면 안 된다는 이유로 건물에서 약간 떨어진 곳에 그를 내려 주었다.

　더욱 굵어진 빗줄기가 사일러스의 무거운 로브를 흠뻑 적셨다. 내리는 비가 마치 죄를 씻기는 물처럼 느껴졌다. 사일러스의 마음이 한결 가뿐해진 또 다른 이유가 있었다. 지문을 잘 닦은 권총을 길가의 하수구에 던져 버린 덕분이었다. 그는 이제 지난 24시간 동안 저지른 죄의 짐을 벗고 영혼을 깨끗이 씻을 준비가 되어 있었다. 그의 임무는 끝났다.

　사일러스는 작은 마당을 가로질러 현관으로 갔다. 현관문이 잠겨 있었지만 놀라지 않았다. 문을 열고 소박한 로비로 들어섰다. 카펫 위로 올라서자 위층에서 자그맣게 초인종 소리가 들려왔다.

망토를 입은 남자가 계단을 내려왔다.

"무엇을 도와드릴까요?"

남자의 눈빛은 다정했고, 사일러스의 남다른 외모를 아예 의식하지도 않는 듯했다.

"고맙습니다. 제 이름은 사일러스입니다. 오푸스 데이 소속 수도사입니다. 하루 일정으로 런던에 들렀습니다. 여기서 하룻밤 묵어도 될까요?"

"여부가 있겠습니까. 3층에 빈 방이 두 개 있습니다. 빵과 차를 좀 가져다 드릴까요?"

"고맙습니다."

사일러스는 무척 배가 고팠다.

그는 계단을 올라 창이 하나 있는 검소한 방으로 들어갔다. 그리고 젖은 로브를 벗은 뒤 무릎 꿇고 기도를 올렸다. 조금 전에 그를 맞이한 남자가 올라와 문 앞에 쟁반을 내려놓는 소리가 들렸다. 사일러스는 기도를 마치고 음식을 먹은 후 누워 잠을 잤다.

1층에서 전화벨이 울렸다. 사일러스를 맞았던 오푸스 데이의 직원이 전화를 받았다.

"런던 경찰입니다. 알비노 수도사를 찾고 있습니다. 그 사람이 거기에 있을지도 모른다는 제보를 받았습니다. 혹시 그 사람 봤습니까?"

오푸스 데이 직원은 화들짝 놀랐다.

"예, 여기 있습니다. 뭐가 잘못되었습니까?"

"**지금** 거기에 있단 말이죠?"

"예, 위층에서 기도하고 있습니다. 무슨 일이지요?"

"아무한테도 이야기하지 마십시오. 지금 당장 경찰관들을 보내겠습니다."

72장

웨스트민스터, 버킹엄, 세인트제임스, 이렇게 세 개의 궁전과 맞닿아 있는 세인트제임스 공원은 런던 한복판에 있는 초록 바다였다. 햇빛 찬란한 오후면 런던 시민들은 버드나무 아래에서 소풍을 즐기며 연못에서 주인 행세를 하는 펠리컨들에게 먹이를 던져 주었다.

오늘 스승의 눈에는 펠리컨이 한 마리도 보이지 않았다. 그 대신 폭풍에 밀려온 갈매기들만 보였다. 잔디밭이 갈매기들로 뒤덮였다. 흰 갈매기 수백 마리가 하나같이 같은 방향을 바라보며 축축한 바람이 지나가기만 참을성 있게 기다리고 있었다. 아침 안개가 끼었음에도 불구하고 공원에서 바라본 의사당과 빅벤은 아름다웠다. 경사진 잔디밭을 가로지르던 스승은 기사의 무덤이 자리 잡고 있는 건물의 첨탑에 시선을 고정했다. 레미에게 이곳으로 오라고 한 이유는 바로 기사의 무덤이 있기 때문이었다.

스승이 주차된 리무진의 조수석 문을 향해 다가가자, 레미가 차 안에서 몸을 기울여 문을 열어 주었다. 스승은 차 문 앞에 멈춰 서서 들고 있던 휴대용 술병을 들어 코냑을 한 모금 들이켰다. 그러고는 입가를 쓱 문지른 다음 레미 옆 조수석에 오른 뒤 차 문을 닫았다.

레미는 마치 트로피처럼 쐐기돌을 높이 쳐들었다.

"하마터면 영영 잃어버릴 뻔했습니다."

"네가 아주 잘해 내었다."

"**우리가** 아주 잘한 거지요."

레미는 어서 쐐기돌을 건네받으려 하는 스승의 손에 쐐기돌을 내려놓았다.

스승은 웃음 띤 얼굴로 쐐기돌을 감상했다.

"그런데 총은? 지문은 다 닦았겠지?"

"차 사물함에 다시 넣어 두었습니다."

"좋아."

스승은 코냑을 또 한 모금 들이켠 뒤 레미에게 병을 건넸다.

"우리의 성공을 위해 축배를 들자고. 고지가 멀지 않았어."

레미는 감사한 마음으로 술병을 받았다. 코냑이 약간 짭짤했지만 개의치 않았다. 술기운에 피가 뜨거워지는 것이 느껴졌다. 그러나 따뜻한 느낌은 금세 불편할 정도로 뜨거운 기운으로 바뀌었다. 레미는 나비넥타이를 느슨하게 풀고는 술병을 스승에게 돌려주었다.

스승은 술병을 주머니에 넣은 다음, 사물함으로 손을 뻗어 작은 권총을 꺼내 바지 주머니에 넣었다.

"레미."

스승의 목소리에서 회한이 묻어났다.

"자네도 잘 알겠지만, 내 얼굴을 아는 사람은 자네가 유일해. 자네를 어마어마하게 신뢰한 거지."

"예."

레미는 몸이 한층 달아오르는 것을 느끼며 넥타이를 조금 더 풀었다.

"저는 스승님의 정체를 무덤까지 가져갈 겁니다."

스승은 한참 아무 말이 없었다.

"나는 자네를 믿어."

마치 지진이 일듯이 갑자기 레미의 목구멍이 퉁퉁 부어올랐다. 그는 휘청거리다 핸들을 들이받고는 목을 움켜쥐었다. 그제야 코냑의 짠맛이 떠올랐다.

레미는 고개를 돌려 옆에 있는 스승을 보았다. 스승은 차분하게 정면만 응시하고 있었다. 레미는 스승에게 몸을 날리려 했지만, 몸이 뻣뻣하게 굳어 가는 터라 손끝 하나 움직일수 없었다. 힘껏 움켜쥔 주먹을 들어 경적이라도 울리고 싶었지만, 결국 옆으로 픽 쓰러져 좌석에서 몸을 굴리다 옆구리를 바닥에 깔고 쓰러졌다. 그렇게 스승 옆에 누운 채로 그는 목을 움켜쥐었고, 그의 세상에 서서히 암흑이 드리워졌다.

리무진에서 내린 스승은 아무도 자기 쪽을 바라보지 않는 것을 확인하고는 흡족해했다.

'나한테는 선택의 여지가 없었어.'

그는 혼잣말을 했다.

'레미는 스스로 자기 명을 재촉한 거야.'

느닷없이 빌레트성을 방문한 로버트 랭던은 스승에게 행운과 고민거리를 동시에 안겨 주었다. 랭던이 쐐기돌을 가져온 것은 놀랍고도 반가웠지만, 그와 동시에 꼬리에 경찰을 달고 왔다. 레미의 지문은 모든 감시 활동을 벌였던 헛간의 도청 장소뿐만 아니라 빌레트성 곳곳에 남아 있었다. 하지만 레미의 활동과 스승 사이에는 아무런 연결 고리가 없었다. 레미가 입을 열지 않는 한 누구도 스승이 연루되었다고 생각할 수 없었다. 그리고 이제 그런 걱정을 할 필요조차 없었다.

몇 분 후, 스승은 세인트제임스 공원을 가로질러 걸었다. 그는 승리감을 만끽하며 목적지를 바라보았다.

'런던에 교황이 매장한 기사가 잠들어 있도다.'

스승은 그 시를 듣자마자 답을 알아차렸다. 몇 달 동안 소니에르의 대화를 도청한 덕분에 기사단장인 소니에르가 이 기사를 언급하는 것을 몇 차례 들었기 때문이었다. 시에 나온 기사의 정체는 일단 알고 나면 가혹하리만치 간단했다. 그렇지만 이 무덤이 어떻게 마지막 암호를 드러내 주는지는 여전히 미스터리였다.

'그의 무덤에 있어야 할 둥근 구를 찾아라.'

스승은 다른 사람들의 눈에 띄지 않게 크립텍스를 상의 오른쪽 주머니에 깊숙이 쑤셔 넣고 작은 권총을 왼쪽 주머니에

찔러 넣었다. 그러고는 런던에서 가장 장엄한 9백 년 된 건물
의 조용한 성소 안으로 들어갔다.

스승이 비를 피해 건물 안으로 들어간 그 순간, 아링가로사
주교는 빗속으로 막 들어서고 있었다. 비좁은 비행기에서 내
린 아링가로사는 비에 젖어 번드르르한 켄트의 비긴 힐 사설
비행장 아스팔트에 서서 축축한 한기를 막으려고 옷자락을
여몄다. 그는 파슈 부장이 마중 나오기를 바랐었다. 그 대신
에 젊은 영국 경찰관이 우산을 들고 다가왔다.

"아링가로사 주교님? 파슈 부장님이 저에게 주교님을 맞이
하라고 하셨습니다. 일단 런던 경찰국으로 모시라고 하셨습
니다. 거기가 가장 안전할 거라고 생각하셨거든요."

'가장 안전하다고?'

주교는 손에 움켜쥔 바티칸 채권이 든 묵직한 가방을 내려
다보았다. 그러고 보니 지금까지 채권을 거의 잊고 있었다.

"그래요, 고맙습니다."

아링가로사는 경찰차에 오르며 사일러스가 어디에 있을지
생각했다. 잠시 후, 경찰 무전기 소리에 그의 의문이 풀렸다.

'오름 코트 5번지.'

아링가로사는 그 주소가 어떤 곳인지 바로 알아차렸다.

'오푸스 데이 런던 센터.'

그는 운전하는 경찰관에게 몸을 홱 돌려 말했다.

"런던 경찰국은 됐습니다. 나를 오름 코트로 데려다주시오.
지금 당장!"

73장

검색이 시작된 뒤로 랭던은 컴퓨터 화면에서 잠시도 눈을 떼지 않았다.

'5분간 두 개의 결과를 얻었고, 두 결과는 서로 무관하다.'

랭던은 슬슬 걱정이 되었다.

이윽고 컴퓨터에서 다시 '띵' 소리가 났다.

게텀이 옆방에서 큰 소리로 말했다.

"또 하나 나온 것 같네요. 제목이 뭐죠?"

랭던은 화면을 들여다보았다.

〈중세 문학의 성배 우화: 가웨인 경과 녹색의 기사에 대한 연구〉

랭던 역시 큰 소리로 말했다.

"녹색의 기사에 관한 논문입니다."

"별로네요."

게텀이 인스턴트커피가 담긴 병을 손에 든 채 문간에 얼굴을 내밀었다.

"신화에 나오는 녹색 거물들 중 런던에 묻힌 이는 별로 없어요. 하지만 인내심을 가지세요. 결국은 숫자 싸움이에요. 기계가 알아서 돌아가도록 내버려 두세요."

다음 몇 분 동안, 컴퓨터는 성배와 관련된 자료를 몇 개 더 찾아냈다.

4분 후, 랭던이 여기까지 찾아온 것이 수포로 돌아갈 것 같은 두려움이 엄습할 즈음, 컴퓨터가 검색 결과를 하나 더 내놓았다.

〈천재의 중력: 한 현대 기사의 전기〉

"천재의 중력?"

랭던이 목청을 높여 게텀에게 말했다.

"한 현대 기사의 전기? 확인해 볼게요."

랭던은 링크를 클릭했다.

······ **훌륭한 기사**, 아이작 뉴턴 경은 ······

······ 1727년 **런던**에 ······

······ 웨스트민스터 사원에 있는 그의 **무덤**은 ······

······ 그의 친구이자 동료인 알렉산더 **포프**(Alexander Pope)가 ······

소피가 큰 소리로 게텀에게 말했다.

"중세 기사에 견주어 '현대'라는 뜻인 것 같아요. 오래전에 쓴 책이에요. 뉴턴 경에 대해서."

게텀이 문간에서 고개를 가로저으며 말했다.

"안 맞아요. 뉴턴은 웨스트민스터 사원에 묻혔어요. 영국 신교도들을 위한 구역에요. 가톨릭 교황이 장례식에 참석했을 리가 없죠. 우유하고 설탕도 넣을까요?"

소피는 고개를 끄덕였다.

게텀은 랭던의 답을 기다렸다.

"로버트?"

랭던은 컴퓨터 화면에서 시선을 거두며 자리를 박차고 일어났다.

"아이작 뉴턴 경이 우리가 찾던 기사예요."

소피가 여전히 자리에 앉은 채로 말했다.

"무슨 뚱딴지같은 소리예요?"

랭던이 소피에게 속삭이듯 말했다.

"뉴턴은 런던에 묻혀 있어요. 그의 노력은 새로운 과학을 낳았고, 그것이 교회의 분노를 불러일으켰죠. 게다가 그는 시온 수도회의 기사단장이었어요. 뭘 더 바랍니까?"

"뭘 더 바라냐고요?"

소피는 시를 가리켰다.

"교황이 매장한 기사(a knight a pope interred)라는 구절은 어떡하고요? 방금 게텀 씨 말 들었잖아요. 가톨릭 교황이 뉴턴을 묻어 줬을 리가 없다고."

랭던은 마우스를 향해 손을 뻗었다.

"누가 **가톨릭 교황**이라고 했어요?"

랭던이 'Pope'라는 단어의 하이퍼링크를 클릭하자, 전체 문장이 나왔다.

왕과 귀족들이 참석한 아이작 뉴턴 경의 장례식은

그의 친구이자 동료인 알렉산더 포프가 주관했다.

그는 가슴 뭉클한 추도사를 낭독한 다음, 그의 무덤에 흙을 뿌렸다.

랭던은 소피를 쳐다보며 말했다.

"알렉산더 포프(Alexander Pope)."

그러고는 잠시 뜸을 들인 뒤 덧붙였다.

"에이 포프(A. Pope)."

'런던에 에이 포프가 매장한 기사가 잠들어 있도다.'

소피가 넋이 나간 표정을 지으며 일어섰다.

이중 의미의 귀재 자크 소니에르가 다시 한 번 자신의 천재성을 입증하는 순간이었다.

74장

사일러스는 화들짝 놀라 잠에서 깼다.

얼마나 잤는지 알 수 없었다.

'꿈을 꾼 걸까?'

그는 지푸라기를 넣은 매트 위에 앉아, 오푸스 데이 숙소의 고요한 숨소리에 귀를 기울였다. 아래층 어느 방에서 누군가 부드럽게 읊조리는 기도 소리가 들려왔다. 그것은 익숙한 소리였고, 사일러스에게 안식을 주어야 마땅했다.

그런데 갑작스럽고 예기치 않게 그는 경계심을 느꼈다.

사일러스는 속옷 차림으로 일어나 창가로 걸어갔다.

'내가 미행당했나?'

마당은 그가 들어왔을 때와 마찬가지로 텅 비어 있었다. 사일러스는 가만히 귀를 기울였다. 정적. 오래전에 사일러스는 자신의 직관을 믿어야 한다는 것을 터득하였다. 그 직관 덕분에 어린 시절 거리에서 살아남을 수 있었다. 아링가로사 주교의 손에 다시 태어나기 훨씬 전에 말이다. 다시 창밖을 내다보니 산울타리 틈새로 어렴풋이 자동차 윤곽이 보였다. 차 지붕에 경찰 사이렌이 붙어 있었다. 복도에서 마룻장 하나가 삐걱거리는 소리가 들렸다. 문의 걸쇠가 움직였다.

사일러스는 본능적으로 반응했다. 쏜살같이 방을 가로질러, 벌컥 문이 열리는 순간 문 뒤에 몸을 숨겼다. 경찰관 한 명이 우당탕 뛰어 들어와 텅 비어 보이는 방을 향해 위쪽, 오른쪽 번갈아 총을 겨누었다. 그가 사일러스의 모습을 발견하기 전에 사일러스는 어깨를 날려 문짝을 들이받아 방 안으로 막 들어서는 두 번째 경찰관을 쓰러뜨렸다. 첫 번째 경찰관이 총을 쏘려고 재빨리 돌아서는 순간, 사일러스는 그의 다리를 향해 몸을 날렸다. 발사된 총알이 머리 위를 스쳐 가는 사이, 사일러스는 경찰관의 정강이를 붙잡아 위로 번쩍 들어 그를 내동댕이쳤다. 경찰관의 머리가 바닥에 부딪쳤다.

사일러스는 하얀 몸뚱이를 굴리듯 정신없이 계단을 내려갔다. 배신자가 있는 게 틀림없었다. 누가 배신했을까? 그가 로비에 다다랐을 때, 더 많은 경찰관들이 현관문으로 들이닥쳤다. 그는 방향을 틀어 숙소의 더 깊숙한 곳으로 달음질쳤다.

'여성용 출입구. 모든 오푸스 데이 건물에는 여성용 출입구가 따로 있어.'

사일러스는 사방으로 굽은 좁다란 복도를 내달린 끝에 주방으로 들어갔다. 겁에 질린 일꾼들을 지나쳐 보일러실 옆에 있는 어두컴컴한 복도로 뛰어들었다. 드디어 찾아 헤매던 문이 보였다. 한쪽 끝에 비상등이 켜 있었다.

사일러스는 전속력으로 문을 통과한 뒤 비가 쏟아지는 바깥으로 나가 낮은 층계참에서 훌쩍 뛰어내렸다. 하지만 다른 쪽에서 다가오는 경찰관을 미처 보지 못했다. 두 사람은 충돌했고, 사일러스의 넓은 어깨가 무시무시한 힘으로 경찰관의 가슴팍을 파고들었다. 경찰관이 시멘트 바닥 위로 등을 부딪치며 쓰러지자 사일러스의 전신이 경찰관 몸 위를 거세게 덮쳤다. 경찰관의 총이 털커덕거리는 소리를 내며 굴러갔다. 사일러스가 몸을 굴려 총을 집는 순간, 경찰관들이 우르르 몰려왔다. 계단 위에서 총성이 울렸고, 사일러스의 갈비뼈 아래쪽에서 이글이글 타는 듯한 통증이 느껴졌다. 분노에 찬 사일러스는 세 경찰관을 향해 총을 쏘았다.

어디에서 나타났는지 검은 그림자 하나가 사일러스의 등 뒤에서 어른거리는가 싶더니, 성난 손길이 그의 발가벗은 어깨를 움켜잡았다. 그는 사일러스의 귀에 대고 고함을 질렀다.

"사일러스, 안 돼!"

사일러스는 몸을 홱 돌려 방아쇠를 당겼다. 두 사람의 눈이 마주쳤다. 사일러스는 공포에 질려 비명을 내질렀고, 아링가로사 주교는 쓰러졌다.

75장

웨스트민스터 사원의 거대한 석조 건물 내부에는 3천 명 넘는 사람들의 시신이 매장되거나 그들의 기념물이 안치되어 있다. 왕, 정치인, 과학자, 시인, 음악가 등 수많은 사람들의 무덤이 구석구석 빼곡히 들어차 있다. 캐노피가 쳐진 석관 하나가 작은 예배당 전체를 독차지하는 엘리자베스 1세의 무덤부터 글씨를 새긴 수수한 석조 바닥에 이르기까지 묘지의 등급도 다양했다.

'런던에 A. 포프가 매장한 기사가 잠들어 있도다.'

최근에 설치된 금속 탐지기를 지나 웨스트민스터 사원의 문턱을 넘는 순간, 랭던은 바깥세상이 갑자기 쉿 소리와 함께 수증기로 증발해 버린 것 같은 느낌에 사로잡혔다. 자동차 소리도, 빗소리도 들리지 않았다. 마치 건물이 혼잣말로 소곤거리는 것처럼 귀가 먹먹해질 정도의 정적만이 이리저리 퍼져

나갈 뿐이었다.

대부분의 관광객이 그렇듯이 랭던과 소피 역시 곧바로 위를 향해 눈길을 돌렸다. 회색 돌기둥들이 삼나무처럼 위로 곧게 뻗어 어둠 속으로 잠시 사라졌다가 아찔할 정도로 드넓은 공간 위로 아치 모양을 만들고는 다시 석조 바닥으로 내리꽂혔다. 북쪽 트랜셉트의 널따란 복도가 깊은 계곡처럼 뻗어 있었고, 양 측면에는 스테인드글라스가 깎아지른 절벽처럼 서 있었다.

소피가 속삭였다.

"텅 빈 거나 다름없네요."

비 내리는 4월의 아침, 북적거리는 사람들과 은은하게 빛나는 스테인드글라스 대신 랭던의 눈에는 휑한 복도와 어둑하고 텅 빈 벽감들만 보였다.

소피가 랭던의 불안한 마음을 눈치채고는 말했다.

"금속 탐지기를 통과했잖아요. 여기 있는 누구도 무기를 갖고 있지는 않을 거예요."

랭던은 고개를 끄덕였지만 여전히 걱정이 가시지 않았다. 그는 런던 경찰과 함께 오고 싶어 했지만, 소피는 누가 연루되어 있는지 모르는 상황에서 경찰과 다시 접촉하는 것은 조심해야 한다고 생각했다.

"크립텍스를 되찾아야 해요. 그게 모든 것을 위한 열쇠이니까요.'

소피는 그렇게 주장했었다.

물론 맞는 말이었다.

'티빙을 안전하게 구할 열쇠.'

'성배를 찾을 열쇠.'

'이 사건의 배후를 밝힐 열쇠.'

불행하게도 바로 지금 여기가…… 아이작 뉴턴의 묘소가 쐐기돌을 되찾을 유일한 기회가 있는 곳인 셈이었다. 누가 크립텍스를 가지고 있든 그 사람은 이 무덤을 찾아와 마지막 단서를 해독해야 했다. 만약 그 사람이 이미 다녀간 것이 아니라면, 소피와 랭던이 먼저 단서를 찾을 터였다.

소피가 주위를 두리번거리며 물었다.

"어느 쪽이죠?"

'뉴턴의 무덤.'

랭던이 대꾸했다.

"안내인을 찾아서 물어봐야겠어요."

사당과 별실, 벽감 등이 이리저리 뒤엉켜 있는 웨스트민스터 사원은 마치 복잡한 토끼 굴 같았다. 건물은 전통에 따라 거대한 십자가 형태를 이루었다. 하지만 대부분의 교회와 달리, 입구가 교회 뒤쪽이 아니라 옆쪽에 있었다. 더구나 제멋대로 뻗은 듯한 회랑들이 딸려 있었다. 방문객이 아치 길을 한 걸음만 잘못 들어섰다가는 높다란 벽으로 둘러싸인 미로 같은 복도에서 길을 잃기 십상이었다. 입구가 하나뿐인 루브르 박물관처럼 들어오기는 쉬워도 나가는 길을 찾기는 불가능했다.

랭던이 예배당 한복판으로 다가가며 말했다.

"안내인들은 진홍색 로브를 입고 있어요."

"근처에 한 명도 안 보여요. 그냥 우리끼리 무덤을 찾을 수 있지 않을까요?"

랭던은 아무 말 없이 소피의 손을 잡아끌고 사원 한복판을 향해 몇 발짝 걸어가 오른쪽을 가리켰다.

소피가 놀라며 말했다.

"저 안내인한테 가면 되겠네요."

그 순간 100미터 남짓 떨어진 곳, 랭던과 소피가 선 곳에서는 성가대 칸막이에 가려 보이지 않는 아이작 뉴턴 경의 장엄한 무덤 앞에 한 남자가 홀로 서 있었다. 스승은 지금 10분째 무덤을 꼼꼼히 살펴보고 있었다.

뉴턴의 무덤은 검은 대리석 석관 위에 아이작 뉴턴 경의 조각상이 서 있었다. 조각상은 전통적인 옷을 입고 저서들―《신학》,《연대기》,《광학》,《자연 철학의 수학적 원리》―을 쌓아 올린 책 더미에 자랑스럽게 팔을 기댄 채 앉아 있었다. 뉴턴의 발치에는 날개 달린 소년 두 명이 두루마리를 들고 서 있었으며 뉴턴 뒤에는 소박한 피라미드가 하나 솟아 있었다. 피라미드 자체도 기이해 보였지만, 스승이 가장 흥미를 느낀 것은 피라미드 중간쯤에 얹혀 있는 커다란 물체였다.

'둥근 구.'

스승은 소니에르의 알쏭달쏭한 수수께끼를 떠올렸다.

'그의 무덤에 있어야 할 둥근 구를 찾아라.'

피라미드의 앞면에 돌출된 큼지막한 구에는 별자리, 황도, 혜성, 항성, 행성 등 온갖 종류의 천체가 보였다.

'둥근 구가 수없이 많아.'

스승은 일단 무덤만 찾으면 수수께끼의 답을 찾기가 쉬울 것이라고 생각했었다. 그런데 이제 자신이 없어졌다. 그는 복잡한 천체 지도를 물끄러미 바라보았다. 저 지도에 빠진 행성이 있는 것일까? 알 수 없었다. 하지만 해답이 교묘할 정도로 간단할 것이라는 믿음은 여전했다. 성배를 찾는 사람에게 천문학에 대한 고도의 지식을 요구하는 것은 왠지 이치에 어긋나는 일 같았다.

'그것이 장미의 살과 씨앗을 품은 자궁을 말하도다.'

스승은 무덤을 향해 좀 더 다가가 밑바닥에서 꼭대기까지 훑어보았다.

'여기에 반드시 있어야 할…… 하지만 사라진 둥근 구가 무엇일까?'

스승은 소니에르의 정교한 대리석이 답을 알려 주기라도 할 것처럼 주머니에 손을 넣어 크립텍스를 만졌다.

'성배와 나 사이에 이제 딱 다섯 글자만 남았는데.'

성가대 칸막이의 모퉁이 부근에서 서성이던 스승은 크게 숨을 내쉬며 멀리 보이는 본당 제단으로 이어지는 긴 회랑을 힐끔 보았다. 그의 눈길이 금박 입힌 제단에서 사원 안내인이 입고 있는 진홍색 로브로 내려갔다. 무척 낯익은 두 사람이 보였다.

랭던과 느뵈.

스승은 침착하게 성가대 칸막이 뒤로 두어 걸음 물러섰다.

'벌써 오다니.'

스승의 예상보다 더 빨랐다. 그는 심호흡을 하며 자신이 선택할 수 있는 방법들을 생각해 보았다.

'크립텍스는 내 손 안에 있어.'

스승은 옷 주머니로 손을 뻗어 자신감을 불어넣어 주는 두 번째 물건을 만졌다. 작은 권총. 총을 숨긴 채 금속 탐지기를 통과하는 순간 예상대로 경보가 울렸다. 하지만 성난 표정으로 노려보며 신분증을 슬쩍 보여 주자, 경비원들은 뒤로 물러섰다. 이것 역시 예상대로였다. 그처럼 높은 지위에 있는 사람은 그에 걸맞은 대접이 따르기 마련이다.

스승은 원래 혼자 힘으로 크립텍스 수수께끼를 풀고 싶었지만, 랭던과 느뵈의 등장은 사실 반길 만한 일이었다. 랭던의 전문 지식을 이용할 수 있을 테니 말이다. 아닌 게 아니라 랭던이 시를 해독해 이 무덤을 발견했다면, 둥근 구에 대해서도 뭔가를 알고 있을 가능성이 컸다. 이제는 적절한 압력을 가하는 것이 관건이었다.

'물론 여기서는 안 되지.'

'은밀한 장소가 필요해.'

스승은 사원으로 들어오는 길에 보았던 조그만 안내문을 떠올렸다. 곧바로 그는 그들을 유인하기에 안성맞춤인 장소를 생각해 냈다.

남은 유일한 문제는…… 어떤 미끼를 사용할 것인지였다.

76장

랭던과 소피는 북쪽 복도를 천천히 걸어갔다. 뉴턴의 무덤
은 아직 제대로 보이지 않았다. 석관은 움푹 들어간 벽감 속
에 자리한 까닭에 각도가 안 맞으면 눈에 띄지 않았다.

소피가 속삭였다.

"적어도 저쪽에는 아무도 없는 것 같아요."

랭던도 안도하며 고개를 끄덕였다. 뉴턴의 무덤 근처의 신
도석 구역 어디에도 사람은 보이지 않았다.

랭던이 속삭였다.

"내가 가 볼게요. 당신은 여기 숨어 있어요. 혹시 누가……."

그러나 소피는 이미 어둑한 곳에서 나와 탁 트인 바닥을 가
로질러 걸어가고 있었다.

"…… 우리를 보고 있을지도 모르니까요."

랭던은 한숨을 쉬고는 서둘러 그녀의 뒤를 쫓아갔다.

랭던과 소피가 침묵 속에서 넓은 신도석을 모로 가로지르는 동안, 공들여 만든 무덤이 서서히 모습을 드러냈다. 검은 대리석 석관…… 비스듬히 기댄 뉴턴의 조각상…… 날개 달린 두 소년…… 피라미드…… 그리고…… **큼지막한 구**.

소피가 놀란 목소리로 물었다.

"당신은 알고 있었어요?"

랭던 역시 놀라며 고개를 가로저었다.

소피가 말했다.

"표면에 별자리가 새겨져 있는 것 같아요."

벽감을 향해 다가갈수록 랭던은 맥이 풀렸다. 뉴턴의 무덤은 둥근 구로 뒤덮여 있었다. 항성, 혜성, 행성.

'그의 무덤에 있어야 할 둥근 구를 찾으라고?'

그것은 마치 골프장에서 사라진 풀잎을 찾는 것과 다름없었다. 랭던은 얼굴을 찡그렸다. 그가 상상할 수 있는 행성과 성배의 유일한 연결 고리는 금성을 상징하는 오각별뿐이었다. 하지만 금성을 뜻하는 영어인 'Venus'는 이미 템플 교회로 가는 길에 암호로 시도해 보았다가 실패했었다.

소피는 곧장 석관으로 다가갔다.

"《신학》."

소피가 고개를 갸웃거리며 뉴턴이 기대고 있는 책들의 제목을 읽었다.

"《연대기》《광학》《자연 철학의 수학적 원리》."

소피는 랭던을 쳐다보며 물었다.

"뭐 짚이는 것 없어요?"

랭던은 한 걸음 더 다가서며 생각해 보았다.

《자연 철학의 수학적 원리》는 행성의 중력과 관련된 책이에요. 행성도 따지고 보면 일종의 둥근 구라고 할 수 있겠지만, 그건 조금 설득력이 떨어지는 것 같아요."

소피가 구에 새겨진 별자리들을 가리키며 말했다.

"황도 12궁 이미지는 어때요? 전에 당신과 티빙이 물고기자리와 물병자리에 대해 얘기했잖아요. 그렇죠?"

'종말의 날들.'

랭던은 그 생각을 떠올리며 말했다.

"물고기자리가 끝나고 물병자리가 시작되는 시점이 시온 수도회가 상그레알 문서를 세상에 공개하기로 예정한 시기일 수 있다고……."

소피가 말했다.

"어쩌면 시온 수도회가 진실을 밝히기로 계획한 시점과 시의 마지막 행 가운데 어떤 연관이 있지 않을까요?"

'그것이 장미의 살과 씨앗을 품은 자궁을 말하도다.'

소피가 갑자기 헉하고 놀랐다.

"저것 봐요!"

그녀는 랭던의 팔을 움켜잡고는 겁에 질린 채로 검은 대리석 석관 뚜껑을 바라보았다.

"누가 여기를 다녀갔어요."

그녀는 석관 안에서 쭉 뻗은 뉴턴의 오른발 근처를 가리키며 속삭였다.

랭던은 소피가 왜 호들갑을 떠는지 이해할 수 없었다. 어느 정신없는 관광객이 석관 뚜껑에 탁본용 목탄 연필을 놓고 갔다고 생각했기 때문이다.

'아무것도 아니잖아.'

랭던은 연필을 집으려고 손을 뻗었다. 그런데 석관 쪽으로 몸을 기울이는 순간, 조명 각도가 바뀌면서 윤이 나는 대리석을 비추었다. 랭던은 온몸이 얼어붙었다. 그제야 소피가 두려워한 이유를 알 수 있었다.

뉴턴 발치의 석관 뚜껑 위에 목탄 연필로 쓴 글자들이 희미하게 보였다.

내가 티빙을 데리고 있다.

사제단 회의장을 지나 남쪽 출구를 통해 정원으로 나오라.

랭던은 또 한 번 읽었다. 그러고는 거세게 고동치는 심장 박동을 느끼며 긍정적인 메시지라고 스스로를 다독였다.

'리가 아직 살아 있어.'

암시하는 바가 또 하나 있었다.

"그들도 암호를 알아내지 못했어요."

랭던이 속삭이자 소피는 고개를 끄덕였다.

랭던이 말했다.

"어쩌면 티빙과 암호를 교환하려는 것인지도 모르겠어요."

"아니면 함정이거나."

랭던은 고개를 가로저었다.

"그건 아닐 거예요. 정원은 사원 담장 **바깥**에 있어요. 완전히 공개된 곳이죠."

랭던은 이 사원의 유명한 정원인 칼리지 가든에 한 번 가 본 적이 있었다. 한때는 수도사들이 약초를 재배하던 곳인데, 지금은 작은 과수원과 허브 밭으로 남아 있었다. 영국에서 가장 오래된 과일나무들을 뽐내는 칼리지 가든은 사원에 진입하지 않고도 둘러볼 수 있어서 관광객들에게 인기가 많았다.

"우리더러 바깥으로 나오라는 것은 일종의 신뢰 표시인 것 같아요. 우리를 안심시키려고."

소피가 미심쩍다는 표정을 지었다.

"바깥은…… 금속 탐지기가 없는데요?"

소피의 말이 일리가 있었다. 랭던은 둥근 구가 가득한 무덤을 돌아보면서 크립텍스의 암호에 대한 어떤 아이디어가 떠오르기를 간절히 바랐다. 협상을 시도할 밑천이 될 아이디어가 필요했다.

'티빙을 이 일에 끌어들인 건 나야. 그를 도울 수만 있다면 무슨 일이든 해야 해.'

소피가 말했다.

"메시지에는 사제단 회의장을 통해 남쪽 출구로 나오라고 되어 있어요. 그 출구에서 정원이 보이지 않을까요? 그러면 정원으로 나갔다가 어떤 위험에 처할지 미리 점검할 수 있을 텐데요."

좋은 생각이었다. 랭던이 어렴풋이 기억하는 사제단 회의장은 현재의 의사당 건물이 세워지기 전에 원래 영국 의회가 소집되었던 팔각형의 넓은 홀이었다. 여러 해 전에 가 보았지만, 근처의 어느 복도를 통해 밖으로 나왔던 것이 생각났다. 랭던은 무덤에서 몇 걸음 물러서서 오른편 칸막이 너머를 살펴보았다.

가까이에 쩍 벌어진 입 같은 아치형 복도가 보였고, 거기에 큼지막한 표지판이 있었다.

가는 길:

회랑

사제관

칼리지 홀

박물관

성체실

세인트페이스 예배당

사제단 회의장

랭던과 소피는 그 복도로 뛰어 들어갔다. 그런데 너무 빨리 지나가는 바람에 내부 수리로 일부 구역이 폐쇄되었다는 조그만 사과문을 보지 못했다.

두 사람은 사제단 회의장을 가리키는 표지판을 따라 부리나케 움직였다.

40미터가량 나아가니, 왼편에 또 다른 복도로 이어지는 아치 길이 나왔다. 이곳이 바로 그들이 찾던 통로였다. 하지만 입구에 출입을 막는 줄이 쳐져 있고 안내문이 걸려 있었다.

내부 수리로 폐쇄함
성체실

세인트페이스 예배당

사제단 회의장

줄 너머로 보이는 기다란 복도에는 비계와 천막이 널브러져 있었다. 복도 끝에 사제단 회의장으로 들어가는 출입구가 보였다. 먼 거리에서도 활짝 열려 있는 사제단 회의장의 묵직한 나무문이 보였다. 그 너머로는 칼리지 가든을 마주한 커다란 창문들을 통해 희끄무레한 햇빛이 들이치는 널따란 팔각형 실내 공간이 보였다.

'사제단 회의장을 지나 남쪽 출구를 통해 정원으로 나오라.'

소피는 이미 줄을 넘어가 앞으로 나아가고 있었다.

두 사람이 어두컴컴한 복도를 서둘러 걸어가는 동안, 확 트인 회랑의 비바람 소리가 등 뒤로 멀어져 갔다.

사제단 회의장이 가까워 오자 소피가 속삭였다.

"엄청 넓은 것 같네요."

입구로 들어서기도 전에, 드넓은 바닥 너머로 팔각형의 가장 먼 벽에 자리한 아찔하도록 아름다운 창문들이 랭던의 시야에 들어왔다. 아치 모양 천장까지 닿아 있는 창문들은 5층 건물 높이였다. 안으로 들어가면 정원이 훤히 내다보일 것이었다.

방 안으로 들어와 남쪽 벽을 찾아 열 걸음 정도 걸었을 때,

랭던과 소피는 찾고 있는 출구가 아예 존재하지 않는다는 사실을 깨달았다. 두 사람은 거대한 막다른 길에 서 있는 꼴이었다.

등 뒤에서 묵직한 문이 삐걱거리는 소리가 들렸다. 두 사람은 획 뒤를 돌아보았다. 문이 쿵 울리며 닫혔고, 빗장이 철커덕 채워졌다. 문 뒤에 숨어 있던 한 남자가 차분한 표정으로 두 사람을 향해 작은 권총을 겨누었다.

남자는 다소 뚱뚱한 몸집에 알루미늄 목발을 짚고 있었다.

순간 랭던은 자신이 꿈을 꾸고 있다고 생각했다.

그 사람은 바로 리 티빙이었다.

77장

리 티빙 경은 총구 너머로 로버트 랭던과 소피 느뵈를 보면서 그들의 얼굴에 드리워지는 당혹감과 배신감을 엿보았다.

"친구들, 자네들이 지난밤에 내 집으로 걸어들어 온 순간부터 나는 자네들에게 해를 입히지 않으려고 전력을 다했어. 자네들을 끌어들일 생각은 전혀 없었지. 하지만 **자네들이** 제 발로 내 집으로 왔어. **자네들이 나를** 찾아온 거야."

랭던이 간신히 입을 열었다.

"리? 뭐 하시는 겁니까? 우리는 경이 위험에 처했다고 생각했습니다. 경을 **돕기** 위해 여기 온 거라고요!"

"그랬으리라고 믿네. 의논할 일이 무척 많아."

티빙은 그렇게 말하면서 마음속으로 생각했다.

'자네 둘에게 할 이야기가 아주 많지. 자네들이 아직 이해하지 못하는 것들이 아주 많거든.'

랭던과 소피는 망연자실한 눈길을 영원히 거두지 않을 듯이 자신들을 겨누고 있는 총을 바라보았다.

"이건 그저 확실하게 자네들의 관심을 끌기 위한 것일 뿐이야. 내가 자네들을 해칠 생각이었다면, 자네들은 이미 죽은 목숨이겠지. 나는 명예를 중시하는 사람이고, 내 가슴속 가장 깊숙한 곳에 있는 양심을 걸고 상그레알을 배신한 자들만 제물로 삼기로 맹세했네."

랭던이 물었다.

"도대체 무슨 소리입니까? 상그레알을 배신하다니요?"

티빙이 한숨을 쉬고는 말했다.

"난 아주 끔찍한 진실을 알아냈어. 상그레알 문서가 **왜** 세상에 공개되지 않았는지 알게 되었지. 알고 보니, 시온 수도회는 결국 진실을 공개하지 않기로 결정했더군……. 그래서 '종말의 날들'로 들어섰는데도 아무 일도 일어나지 않았던 거야."

랭던이 반론을 펼치려고 숨을 들이마셨다.

하지만 티빙이 먼저 말을 이었다.

"시온 수도회는 진실을 공유해야 한다는 성스러운 책무를 부여받았어. **종말의 날들이 도래했을 때 상그레알 문서를 공개하는 것.** 몇 세기 동안 다빈치, 보티첼리, 뉴턴 같은 사람들은 문서를 보호하고 그 책무를 다하기 위해 **모든 위험**을 감수했어. 그런데 마침내 찾아온 결정적인 진실의 순간, 자크 소니에르는 **마음을 바꾸어** 버렸어. 기독교 역사상 가장 중대한 책임을 부여받은 영광을 누린 사람이 그 의무를 저버린 거야. 지금이 올바른 때가 아니라고 결정해 버렸지."

티빙은 소피에게 눈길을 돌렸다.

"그는 성배를 배신했네. 수도회를 배신했어. 그리고 그 순간이 가능하도록 만들기 위해 노력했던 모든 세대의 기억을 배신했어."

"당신이?"

소피가 눈을 부릅뜨고 단호하게 말했다. 분노와 깨달음이 서린 그녀의 초록색 눈이 티빙을 뚫어지게 응시했다.

"할아버지가 살해된 배후에 바로 당신이 있었군요."

티빙이 냉소를 머금은 채 차디찬 목소리로 대꾸했다.

"자네 할아버지와 청지기들은 성배를 배신한 사람들이야. 자네 할아버지는 교회에 무릎을 꿇었어. 보나마나 교회는 진실을 잠재우기 위해 그에게 엄청난 압력을 가했겠지."

소피는 고개를 가로저었다.

"교회는 우리 할아버지에게 어떤 영향도 미치지 못했어요."

티빙은 차갑게 웃었다.

"아가씨, 교회는 2천 년 동안 자신의 거짓을 드러내겠다고 위협하는 사람들에게 압력을 행사해 온 역사가 있소. 기독교가 탄생한 시기인 콘스탄티누스 대제 시대 이후, 교회는 마리아 막달레나와 예수에 대한 진실을 성공적으로 숨겨 왔지. 그들이 이 세상을 암흑 속에 묶어 둘 방법을 또다시 찾아냈다는 것은 새삼스레 놀랄 일이 아니지."

티빙은 뒤이을 말을 강조하려는 듯 잠시 뜸을 들였다.

"느뵈 양, 자네 할아버지가 이런 이야기를 한 적이 있을 거야. 자네 가족에 대한 진실을 말해 주고 싶다고."

"그걸 당신이 어떻게 알죠?"

"어떻게 알았느냐는 중요하지 않지. 자네가 알아야 할 중요한 사실은 바로 이거야."

티빙은 숨을 깊이 들이마셨다가 내쉬고는 말을 이었다.

"자네 어머니와 아버지, 할머니, 남동생의 죽음은 사고가 **아니었어.**"

이 말에 소피의 마음이 덜컥였다. 뭐라고 말하려고 입을 뗐지만 아무 말도 할 수가 없었다.

랭던이 물었다.

"그게 무슨 소리입니까?"

"로버트, 그게 모든 걸 설명해 주지. 모든 조각이 딱딱 들어맞아. 역사는 되풀이되는 법. 교회는 상그레알을 침묵시켜야 할 때가 되면 살인자로 변하지. 종말의 날들이 임박했을 때, 교회는 기사단장이 사랑한 사람들을 살해함으로써 뚜렷한 메시지를 전달했던 거야. 입을 다물라. 그렇지 않으면 다음은 당신과 소피의 차례다."

"그건 자동차 사고였어요."

소피가 어린 시절의 고통이 되살아나는 것을 느끼며 간신히 말했다.

"**사고였다고요!**"

"자네를 보호하기 위해 지어낸 이야기일 뿐이야. 가족 중 딱 두 명, 즉 시온 수도회의 기사단장과 그의 손녀만 건드리지 않았다는 사실을 생각해 봐. 교회가 시온 수도회 조직을 통제할 수 있도록 도울 완벽한 두 사람이지. 교회가 자네 할아버지를 얼마나 공포에 빠뜨렸을지 나는 상상이 되네. 만약 상그레알의 비밀을 폭로하면 손녀를 살해하겠다고 위협했겠지. 또는 소니에르가 시온 수도회의 오랜 서약을 재고하도록 영향력을 행사하지 않는다면 자신들의 일을 마무리 짓겠다고 위협했을 거야."

랭던이 반박했다.

"리, 교회가 그분들의 죽음과 관계가 있다거나 또는 침묵을 지키기로 한 시온 수도회의 결정에 교회가 영향력을 미쳤다는 증거가 당신에게는 없습니다."

티빙이 맞받아쳤다.

"증거? 증거를 원하나? 새로운 천 년이 시작되었어. 하지만 세상은 여전히 무지해. 이 정도면 증거가 충분하지 않나?"

소피는 메아리처럼 울리는 티빙의 목소리 사이로 또 다른 목소리를 들었다.

'소피, 너한테 너의 가족에 대한 진실을 말해야 한단다.'

소피는 자신도 모르게 떨고 있었다. 바로 **이것이** 할아버지가 말하고자 했던 진실일까? 가족이 **살해당했다는** 사실? 가족을 앗아 간 교통사고에 대해 정작 소피 자신은 얼마나 알고 있는 것일까? 대략적인 개요만 알고 있을 뿐이었다. 신문 기사마저 모호하기는 마찬가지였다. 소피는 문득 할아버지가 자신을 과잉보호했다는 사실을 떠올렸다. 소피가 어렸을 때 할아버지는 손녀를 혼자 내버려 두지 않았다. 대학에 갔을 때조차 소피는 할아버지가 자신을 지켜보고 있다는 느낌을 받곤 했다.

랭던은 믿기지 않는다는 듯이 티빙을 노려보며 말했다.

"당신은 소니에르가 압력을 받고 있었다고 생각하는군요. 그래서 그를 **죽였습니까?**"

"방아쇠를 당긴 건 내가 아닐세. 소니에르는 이제 자유로운 몸이 되었어. 자신의 신성한 임무를 수행하지 못한 수치심에서 벗어났으니까. 그리고 이제 소니에르가 못다 한 과업을 우리가 이루어야 하네. 끔찍할 정도로 잘못된 일들을 바로잡아야 해."

티빙은 말을 멈추었다가 이렇게 덧붙였다.

"우리 셋이. 함께."

소피가 말했다.

"어떻게 **감히** 우리가 당신을 도울 거라고 생각하는 거죠?"

"왜냐하면 말일세, 시온 수도회가 문서를 공개하지 못한 이유가 바로 **자네**이기 때문이야. 자네 할아버지는 자네에 대한 사랑 때문에 교회에 맞서지 못했어. 그 사랑 때문에 불구자가 되어 버린 셈이지. 그는 자네에게 진실을 설명할 기회를 찾지 못했어. 자네가 그에게서 등 돌리고, 그의 손을 묶고, 그를 마냥 기다리게 만들었기 때문이지. 그러니 자네는 이 세상에 진실을 빚지고 있어. 자네 할아버지를 기리기 위해서라도 그 빚을 갚아야 해."

랭던의 마음속에 여러 의문이 격류처럼 요동쳤지만, 지금 중요한 일은 딱 하나라는 사실을 잘 알고 있었다. 소피를 무사히 이곳에서 **빠져나가게** 하는 것. 충격을 받은 소피의 얼굴에 동요하는 기색이 역력했다.

'교회가 시온 수도회의 입을 막기 위해 소피의 가족을 살해했다고?'

랭던은 현대에도 교회가 계속 살인을 자행한다는 것을 믿을 수가 없었다. 무언가 다른 설명이 필요했다.

랭던은 티빙을 똑바로 보며 단호하게 말했다.

"소피는 내보냅시다. 당신과 나 둘이서 이 문제를 해결해야 합니다."

티빙은 부자연스럽게 웃었다.

"그건 신뢰의 증거로서 내가 감당할 수 있는 수준을 넘어서는 것 같네. 하지만 자네한테 **이렇게** 제안할 수는 있지."

티빙은 목발에 몸을 완전히 기댄 자세로 소피에게 총을 겨눈 채 주머니에서 쐐기돌을 꺼냈다. 그러고는 몸을 약간 휘청거리면서 랭던에게 쐐기돌을 내밀었다.

"신뢰의 표시네, 로버트."

로버트는 움직이지 않았다.

'리가 우리에게 쐐기돌을 돌려준다고?'

"받게나."

티빙이 몸을 부자연스럽게 움직여 랭던 쪽으로 다가서며 말했다.

랭던은 티빙이 쐐기돌을 돌려주는 이유는 단 하나뿐이라고 생각했다.

"이미 쐐기돌을 열었군요. 지도를 꺼낸 겁니까?"

티빙은 고개를 가로저었다.

"로버트, 내가 쐐기돌을 열었다면 혼자 성배를 찾으러 사라졌지, 이렇게 자네를 계속 끌어들이지 않았을 것이네. 아니, 나는 아직 해답을 몰라. 그렇다고 기꺼이 인정할 수 있어. 참된 기사는 성배 앞에서 겸손을 배우니까. 자신 앞에 놓인 계시에 복종하는 법을 배우게 되지. 이 사원 안에서 자네를 본 순간, 나는 깨달았네. 자네가 이곳에 온 이유가 있을 것이라고. 그건 바로 도움을 주기 위해서야. 나는 개인적인 영광을 추구하지 않아. 개인적인 자부심보다 훨씬 더 큰 주인을 섬기고 있지. 진실 말일세. 인류는 그 진실을 알 자격이 있어. 성배가 우리 세 사람을 찾아냈고, 자신의 비밀을 드러내 달라고 애원하고 있어. 우리는 함께 일해야 해."

티빙은 협조와 신뢰를 당부하면서도 랭던이 앞으로 나아가 차가운 대리석 통을 받을 때조차 여전히 소피에게 총구를 겨누고 있었다. 랭던이 통을 쥐고 뒤로 물러설 때 안에 든 식초가 출렁거렸다. 글자판은 여전히 무작위로 배열되어 있었고, 크립텍스는 굳게 잠겨 있었다.

랭던이 티빙을 쳐다보며 말했다.

"내가 지금 당장 이걸 부숴 버리지 않으리라는 보장이 있습니까?"

티빙은 기이한 느낌이 들 정도로 깔깔 웃었다.

"템플 교회에서 자네가 그것을 부숴 버리겠다고 협박했을 때, 나는 그게 빈말이라는 걸 알아차렸어야 했어. 로버트 랭던은 절대로 쐐기돌을 부수지 못해. 자네는 역사학자야, 로버트. 자네는 2천 년에 걸친 역사 속으로 들어가는 열쇠를 손에 쥐고 있어. 상그레알로 들어가는 잃어버린 열쇠를 쥐고 있단 말일세. 그 비밀을 지키기 위해 말뚝에 묶여 불타 죽은 수 많은 기사들의 영혼이 느껴지지 않나? 그들의 죽음을 헛되게 만들 참인가? 아니, 자네는 그들의 희생이 가치 있다는 것을 증명할 거야. 자네는 존경하는 다빈치나 보티첼리, 뉴턴과 같 이 위대한 인물의 반열에 오를 거야. 그들은 지금 자네와 같 은 입장에 처한다면 하나같이 큰 영광으로 생각했을 것이네. 쐐기돌 안에 있는 것이 지금 우리에게 울부짖고 있어. 자유를 달라고. 이제 때가 되었네. 운명이 우리를 이 순간으로 이끈 거야."

"나는 당신을 도울 수 없습니다, 리. 이걸 어떻게 열어야 할 지 모르니까요. 뉴턴의 무덤을 아주 잠깐 봤을 뿐입니다. 그 리고 설사 암호를 안다 해도……."

랭던은 입을 다물었다. 너무 많은 말을 했다는 것을 깨달았 기 때문이다.

"나한테 말하지 않을 작정인가?"

티빙은 한숨을 쉬고는 내처 말했다.

"로버트, 실망스럽고도 놀랍군. 나한테 얼마나 큰 빚을 지 고 있는지 모르다니. 자네들이 빌레트성으로 걸어 들어왔을 때 레미와 내가 그냥 자네들을 없애 버렸다면 일이 훨씬 간 단해졌을 거야. 하지만 나는 더 고상한 방법을 택하느라 온갖 위험을 무릅썼네."

"이게 **고상한** 겁니까?"

랭던은 티빙의 총을 빤히 보며 다그쳤다.

"소니에르 탓이지. 그 양반과 청지기들은 사일러스에게 거짓말을 했어. 그래, 그 알비노 수도사가 그들에게 방아쇠를 당겼지. 하지만 기사단장이 나를 속이고 아예 만나지도 않는 손녀에게 쐐기돌을 물려줄 거라고 내가 어찌 상상이나 했겠는가?"

티빙은 업신여기는 눈빛으로 소피를 할끗 훑고는 눈길을 다시 랭던에게 돌렸다.

"다행스럽게도, 로버트, 그 때문에 좋은 일이 하나 생겼지. 바로 자네가 끼어든 거야. 쐐기돌이 은행에 영원히 처박혀 있을 뻔했는데, 자네가 그걸 찾아 제 발로 내 집을 찾아왔으니 말일세."

티빙은 이제 의기양양한 표정을 짓고 있었다.

"소니에르가 죽어 가면서 자네에게 메시지를 남겼다는 사실을 알게 되었을 때, 자네가 내 집 문간으로 찾아올지도 모른다는 생각이 들더군. 자네가 내 집으로 와서 쐐기돌을 내 손에 전해 준 것이야말로 내 대의명분의 정당성을 입증하는 증거야."

"뭐라고요?"

랭던은 소름이 돋았다.

"원래는 사일러스가 빌레트성으로 들어와 자네에게서 쐐기돌을 훔치도록 할 계획이었네. 자네를 다치게 하거나 나와의 연관성을 드러내지 않은 채로 말이야. 그런데 소니에르의 암호가 복잡하다는 사실을 알게 되었을 때 자네 둘을 나의 여정에 좀 더 참여시키기로 결심했지. 쐐기돌이야 어차피 나중에 나 혼자 계속할 수 있게 되었을 때 사일러스를 시켜서 되찾으면 되니까.”

소피가 배신감에 젖은 목소리로 말했다.

“그럼 템플 교회에서……”

티빙은 생각했다.

‘이제야 뭐가 뭔지 아는군.’

템플 교회는 완벽한 장소였고, 레미에게 내린 명령은 명확했다. 사일러스가 쐐기돌을 손에 넣는 동안 절대로 모습을 드러내지 말라는 것. 불행하게도 랭던이 교회 바닥에 쐐기돌을 던져 깨뜨려 버리겠다고 위협하는 바람에 레미는 공황 상태가 되고 말았다.

‘레미가 모습을 드러내지만 않았더라도.’

티빙은 안타까운 마음으로 생각했다.

‘레미는 나와 이어진 유일한 연결 고리였어. 그런데 자신의 얼굴을 내보였으니!’

다행히 수도사 사일러스는 티빙의 정체를 전혀 눈치채지 못했다. 쉽게 속아 넘어간 그는 레미가 티빙을 ‘납치’해 교회 밖으로 데려가도록 도왔다. 그리고 레미가 재규어 리무진 뒤쪽에서 티빙을 묶는 연기를 할 때에도 순진하게 리무진 앞좌석에 앉아 있었다. 방음 칸막이가 올라간 뒤에 티빙은 앞좌석에 앉은 사일러스에게 전화를 걸어 스승의 가짜 프랑스 억양으로 오푸스 데이 숙소로 곧장 가라고 지시했다. 그런 다음 익명으로 경찰에 전화해 사일러스를 전체 그림에서 사라지게 만들었다.

‘한쪽 끝은 매듭을 지었고.’

다른 쪽 끝은 매듭짓기가 더 어려웠다. **레미.**

레미는 스스로 자기 무덤을 팠다.

'성배를 찾는 모험에는 늘 희생이 따르는 법.'

하지만 결국 휴대용 술병 하나, 약간의 코냑, 치명적인 알레르기를 유발하는 땅콩 한 캔 덕분에 그 일도 간단히 처리되었다.

웨스트민스터 사원은 걸어서 금방 갈 만큼 가까웠다. 티빙의 다리 보조기와 철제 목발 그리고 권총 때문에 금속 탐지기에서 경보가 울렸지만, 경비원들은 마땅한 대처법을 몰랐다. '장애자에게 보조기를 떼고 기어서 탐지기를 통과하라고 해야 하나?'라고 생각하며 당혹스러워했다.

티빙은 경비원들에게 훨씬 더 간단한 해결책을 제시했다. 세공으로 장식된 영국 기사 작위 카드를 내밀었던 것이다. 가엾은 경비원들은 서로 그를 안으로 모시겠다며 밀치락달치락했다.

"친구들, 네가 성배를 찾는 것이 아니라, 성배가 너를 찾을 것이다."

티빙이 유창한 프랑스어로 말하고는 덧붙였다.

"우리가 함께 가야 할 길은 더할 나위 없이 명확하네. 성배가 우리를 찾아온 거야."

침묵이 흘렀다.

이제 티빙은 랭던과 소피에게 속삭였다.

"잘 들어 보게. 들리지 않나? 성배가 몇백 년의 세월을 건너 우리에게 말하고 있네. 시온 수도회의 어리석은 행동으로

부터 자신을 구해 달라고 애원하고 있어. 두 사람에게 제발 이 기회를 놓치지 말라고 간청하고 싶네. 지금 이 순간 마지막 암호를 풀고 크립텍스를 여는 데는 우리 셋보다 더 유능한 적임자는 없어."

티빙은 눈을 번뜩이며 말을 이었다.

"우리는 함께 맹세해야 하네. 서로에 대한 믿음의 맹세. 진실을 밝혀내 세상에 알리겠다는 기사의 충성 맹세."

소피가 강인한 목소리로 말했다.

"나는 할아버지를 죽인 살인자하고는 **결코** 어떤 맹세도 하지 않을 겁니다. 당신을 감옥에 보내고 말겠다는 맹세가 아니라면."

"그런 식으로 느끼다니 유감이오, 아가씨."

티빙은 몸을 돌려 랭던에게 총을 겨누었다.

"자네는 어떤가, 로버트? 나와 함께할 텐가……, 나의 적이 될 텐가?"

78

마누엘 아링가로사 주교의 육체는 이제껏 다양한 종류의 고통을 견뎌 보았지만, 가슴팍에 박힌 총알에서 타는 듯이 뜨거운 기운은 너무도 깊고 무겁게 느껴졌다. 그것은 육신의 상처보다는…… 영혼의 상처에 가까웠다.

아링가로사는 눈을 뜨고 앞을 보려 했지만, 빗물이 얼굴을 덮어 시야가 흐렸다.

'여기가 어디지?'

그는 헝겊 인형처럼 축 늘어진 자신의 몸을 번쩍 들어 옮기는 억센 팔을 느낄 수 있었다. 그의 검은색 사제복이 바람에 펄럭거렸다.

힘없는 팔을 간신히 들어 눈가를 훔치자, 자신을 안고 있는 사일러스가 보였다. 거구의 알비노 수도사는 뿌연 거리를 비틀비틀 걸으며 고통스러운 목소리로 병원이 어디냐고 울부짖었다.

아링가로사가 속삭였다.

'어린 양, 다쳤군요.'

사일러스는 고통스럽게 일그러진 얼굴로 내려다보았다.

"정말 너무나 죄송합니다. 신부님."

그는 몹시 고통스러워 말조차 할 수 없는 지경인 듯했다.

"아닙니다, 사일러스. 미안한 사람은 나예요. 다 내 잘못이
에요. 당신과 나는 속아서⋯⋯."

아링가로사의 마음이 과거로 줄달음쳤다. 스페인으로. 사
일러스와 함께 오비에도에 자그마한 가톨릭교회를 세웠던 소
박했던 초창기로. 그다음, 웅장한 오푸스 데이 건물로. 하느님
의 영광을 선포했던 뉴욕으로.

다섯 달 전, 아링가로사는 참담한 소식을 들었다. 그는 지
금도 자신의 인생을 바꿔 놓은 카스텔간돌포에서의 회의를
생생하고 자세하게 기억하고 있었다.

그는 미국에서 가톨릭을 옹호하고 선교 활동을 벌인 자신
의 업적을 칭찬받으리라 기대하며 고개를 꼿꼿이 세운 채로
천문학 도서관으로 들어섰다.

그러나 세 사람만이 그를 기다리고 있었다.

교황의 법적 문제들을 책임지는 뚱뚱하고 무뚝뚝한 바티칸
의 사무총장.

온갖 성스러운 척을 하며 으스대는 서열 높은 이탈리아 추
기경 두 명.

"사무총장님?"

아링가로사는 어리둥절했다.

사무총장은 아링가로사와 악수를 하고는 자신의 맞은편에 있는 의자를 가리켰다.

"편하게 앉으십시오."

아링가로사는 무언가 잘못되었음을 직감하면서 의자에 앉았다.

사무총장이 말했다.

"저는 인사치레 식의 한담에는 소질이 없습니다, 주교님. 그러니 주교님이 여기에 오게 된 이유를 단도직입적으로 말하겠습니다."

"좋습니다. 솔직하게 말씀하십시오."

"잘 아시겠지만, 성하와 로마의 관계자들은 최근 언론에 보도된 대로, 상당히 **논란이 있는** 오푸스 데이의 수행이 교회에 미칠 영향에 대해 부쩍 우려하고 있습니다."

아링가로사는 발끈 분노가 치밀었다.

사무총장이 재빨리 말을 이었다.

"분명히 말씀드리지만, 성하께서는 주교님이 성직자로서 직분을 수행하는 방식에 대해 어떤 변화를 요구할 생각은 전혀 없으십니다."

'당연히 그래야지!'

"그런데 왜 저를 부르신 겁니까?"

비대한 사무총장은 한숨을 내쉬었다.

"주교님, 어떻게 고상하게 말해야 할지 모르겠습니다. 그래서 그냥 직설적으로 말하겠습니다. 이틀 전, 사무국 회의에서 무기명 투표를 실시한 결과, 오푸스 데이에 대한 바티칸의 인가 철회가 결정되었습니다."

아링가로사는 자신의 귀를 의심했다.

"뭐라고 하셨죠?"

'교황청의 여러 일을 책임지는 바티칸의 모임인 사무국 회의에서 오푸스 데이 지지를 중단하기로 투표했다고?'

"간단히 말하면 오늘부터 6개월 후 오푸스 데이는 더 이상 인증된 가톨릭교회가 아니라는 말입니다. 주교님은 독자적으로 교회를 꾸려 가야 합니다. 교황청은 주교님과의 공식적인 관계를 단절할 것입니다. 성하께서도 동의하셨고, 우리는 이미 법적 서류들을 준비하고 있습니다."

"하지만…… 그건 불가능한 일입니다!"

"아니, 반대로 아주 가능한 일이지요. 그리고 필요한 일이기도 하고요. 성하께서는 오푸스 데이의 종교 수행 일부를 불편해하십니다."

사무총장은 잠시 말을 멈추었다가 다시 이어 갔다.

"그리고 여성에 대한 정책도 마찬가지입니다. 솔직히 말하면, 오푸스 데이는 골칫거리가 되었습니다."

아링가로사 주교는 망연자실했다.

"골칫거리라고요? 오푸스 데이는 가톨릭 조직 중 유일하게 신도 수가 증가하고 있습니다! 이제 사제만 해도 천백 명이 넘습니다!"

"맞는 말씀입니다. 그것 또한 골치 아픈 문제입니다."

아링가로사는 자리를 박차고 일어났다.

"우리가 바티칸 은행을 도와준 1982년에도 오푸스 데이가 골칫거리였는지 성하께 여쭤 보십시오!"

"바티칸은 언제까지나 그 점에 대해 고마움을 잊지 않을 겁니다."

사무총장이 어르듯이 대꾸하고는 말을 이었다.

"그러나 주교님이 애초에 공식적인 지지를 받은 유일한 이유가 바로 그…… 자애로운 행동…… 때문이라고 생각하는 사람들이 여전히 많습니다."

"그건 사실이 아닙니다!"

아링가로사는 화가 치밀었다.

"어쨌든 우리는 호의적인 신뢰를 바탕으로 행동할 계획입니다. 우리의 결별 조건에는 그 돈을 상환하는 것까지 포함될 것입니다. 다섯 차례에 걸쳐 분할 상환할 예정입니다."

아링가로사가 따지고 들었다.

"나를 매수하겠다는 겁니까? 돈을 돌려줄 테니 조용히 물러가라?"

아링가로사는 테이블 앞으로 몸을 내민 채 추기경 중 한 명을 노려보며 날카로운 말투로 말했다.

"가톨릭 교인들이 왜 성당을 떠나는지 정말로 궁금하십니까? 주위를 한번 둘러보십시오. 사람들은 존경심을 잃고 있습니다. 신앙의 경건함은 사라졌지요. 뷔페처럼 되어 버린 겁니다. 금욕, 고해, 성찬식, 세례, 미사…… 입맛에 맞는 것만 선택하죠. 도대체 교회가 어떤 종류의 영적인 인도를 제시하고 있지요?"

추기경이 대꾸했다.

"3세기 법률을 현대에 그리스도를 따르는 이들에게 적용할 수는 없지요. 그 규칙들은 오늘날 사회에서 통용되지 않았습니다."

"글쎄요, 오푸스 데이에서는 잘만 통용되던데요!"

사무총장이 결연한 어투로 말했다.

"아링가로사 주교님, 성하께서는 주교님과 선대 교황님의 관계를 존중하는 마음으로 오푸스 데이가 바티칸과의 관계를 **자발적으로** 청산할 수 있도록 6개월의 시한을 허락하셨습니다. 우리는 주교님이 독자적인 기독교 조직으로 새롭게 출발하겠다는 의지를 공개적으로 표명할 것을 권고합니다."

아링가로사가 단호하게 말했다.

"거부합니다! 그분과 직접 대화해 보겠습니다!"

"성하께서는 더 이상 당신을 만나시지 않을 것 같군요."

사무총장은 눈 한 번 깜빡하지 않고 말을 이었다.

"주시는 분도, 가져가시는 분도 모두 주님이십니다."

아링가로사는 기독교의 미래에 대한 염려 가운데 당혹감과 두려움에 휩싸여 비틀거리며 그 자리를 떠났다. 그러나 몇 주 뒤, 모든 것을 바꿔 놓을 전화 한 통이 그에게 걸려 왔다.

전화를 건 사람은 말투로 보아 프랑스 사람 같았고, 스스로를 '스승'이라고 소개했다. 그는 오푸스 데이에 대한 지지를 철회하려는 바티칸의 계획을 알고 있다고 했다. 그러면서 속삭이듯 이렇게 말했다.

"주교, 내 귀는 사방팔방에 뻗어 있지요. 나는 그 귀들을 통해 어떤 사실을 알게 되었소. 당신이 나를 도와준다면, 나는 당신에게 어마어마한 힘을…… 바티칸이 당신 앞에 고개를 숙일 정도로 막강한 힘을 가져다줄 신성한 유물이 숨겨진 장소를 찾아낼 수 있소. 당신은 믿음을 구원하기에 부족함이 없는 힘을 갖게 될 것이오."

그는 뜸을 들였다가 이렇게 덧붙였다.

"오푸스 데이를 위해서뿐만 아니라, 우리 모두를 위해서 말이오."

'주시는 분도…… 가져가시는 분도 주님이다.'

아링가로사는 찬란한 한 줄기 빛 같은 희망을 느꼈다.

"당신의 계획을 말해 보십시오."

세인트마리아 병원의 출입문이 벌컥 열렸을 때, 아링가로사 주교는 혼수상태였다. 사일러스를 도와 의식을 잃은 주교를 바퀴 달린 들것에 올린 의사는 그의 맥박을 짚어 보고는 침울한 표정으로 말했다.

"피를 너무 많이 흘렸어요. 희망적이지 않습니다."

아링가로사의 눈이 실룩거렸다. 그는 일순간 남은 힘을 모두 끌어 모아 사일러스에게 시선을 고정했다.

"어린 양……."

사일러스의 영혼이 분노로 요동쳤다.

"신부님, 우리를 속인 자를 찾아내어 제 손으로 죽이고 말겠습니다."

아링가로사는 슬픈 얼굴로 고개를 가로저었다.

"사일러스……, 나에게서 아무것도 배우지 못했다면……이것 하나만은 꼭 배우세요."

그는 사일러스의 한 손을 잡더니 쥐어짜듯이 움켜잡았다.

"용서는 주님의 가장 큰 선물입니다."

"하지만 신부님……."

아링가로사는 눈을 감았다.

"사일러스, 꼭 기도하세요."

79장

'로버트? 나와 함께할 텐가……, 나의 적이 될 텐가?'

왕립 역사학자의 말이 적막한 랭던의 마음속에 메아리쳤다.

적합한 답이 없다는 것을 랭던은 알았다. 함께하겠다고 답하면 소피를 저버리게 된다. 적이 되겠다고 답하면 티빙은 둘 다 죽이는 것 말고는 달리 선택할 길이 없다.

랭던은 긍정과 부정 사이의 회색 지대에 서기로 결심했다.

침묵.

랭던은 손에 쥔 크립텍스를 물끄러미 보면서 그냥 걷기로 했다. 조금도 눈을 들지 않은 채 천천히 뒷걸음질을 쳐서 드넓은 방의 빈 공간으로 갔다. 말하자면 **중립 지대**로 이동하는 셈이었다. 랭던은 크립텍스에 집중하는 모습이 티빙에게 협조할 신호로 보이기를 바랐고, 동시에 침묵을 지키는 모습이 소피를 버리지 않았다는 신호로 그녀에게 전해지기를 바랐다.

랭던은 생각에 몰두하는 행동이야말로 티빙이 바라는 바일 것이라고 생각했다.

'나에게 크립텍스를 건네준 이유가 바로 그거야. 내 결정의 무게를 스스로 느낄 수 있도록 한 거지. 내가 지도를 찾을 수 있다면, 티빙은 협상을 할 거야.'

랭던은 방을 천천히 가로지르며 그런 생각을 했다. 뉴턴의 무덤에서 본 수많은 천문학적 이미지가 그의 뇌리를 가득 채우고 있었다.

그의 무덤에 있어야 할 둥근 구를 찾아라.
그것이 장미의 살과 씨앗을 품은 자궁을 말하도다.

랭던은 스테인드글라스의 모자이크를 보면 혹시 어떤 영감이 떠오를까 하는 생각에 높이 치솟은 창문으로 다가갔다. 하지만 어떤 영감도 떠오르지 않았다.

'소니에르의 입장이 되어야 해.'

랭던은 창밖에 있는 칼리지 가든을 물끄러미 보며 정신을 집중한 채로 오랫동안 생각에 잠겼다.

'소니에르가 뉴턴의 무덤에 있어야 한다고 믿었던 동그란 구가 무엇일까?'

소니에르는 과학자가 아니었다. 인문학과 예술과 역사를 공부한 사람이었다.

'신성한 여성성…… 성스러운 잔…… 장미…… 추방당한 마리아 막달레나…… 여신의 몰락…… 성배.'

전설 속에서 성배는 늘 보이지 않는 어둠 속에서 춤추며 한 걸음만 더 다가오라고 귓속말을 속삭이고는 안개 속으로 사라져 버리는 잔인한 여인으로 묘사되었다.

랭던은 칼리지 가든의 바스락거리는 나무들을 우두커니 바라보면서 지금도 성배가 짓궂은 장난을 치고 있다고 생각했다. 암시는 도처에 널려 있었다. 안개 속에서 어슴푸레 흔들리며 조롱하는 듯한 그림자처럼, 영국에서 가장 오래된 사과나무 가지에 다섯 장의 꽃잎을 가진 꽃들이 활짝 피어 있었다. 꽃들은 마치 비너스(금성)처럼 반짝였다. 비너스 여신이 지금 이 정원에 와 있었다. 빗속에서 춤을 추고 세월의 노래를 부르며 꽃봉오리가 가득한 나뭇가지들 뒤에서 슬며시 고개를 내밀고 있었다. 마치 랭던에게 지식의 열매는 손길이 닿지 않는 곳에서 자라고 있음을 깨우쳐 주려는 듯이 말이다.

방 건너편에서 리 티빙 경이 마치 주문에라도 걸린 듯이 창 밖을 우두커니 내다보는 랭던을 확신에 찬 눈으로 지켜보고 있었다.

'역시 기대했던 대로야. 저 친구는 생각을 바꿀 거야.'

한동안 티빙은 랭던이 성배를 찾는 열쇠를 쥐고 있을지도 모른다고 생각했었다. 랭던이 파리로 와서 자크 소니에르와 만나기로 한 날 밤에 티빙이 자신의 계획을 실행한 것은 결코 우연이 아니었다. 소니에르를 도청한 티빙은 그가 그토록 간절하게 랭던을 직접 만나려고 하는 것을 보고 한 가지 해석을 할 수밖에 없었다.

'랭던이 어쩌다 보니 진실에 발을 담그게 되었고, 소니에르는 그 진실이 공개될까 봐 두려운 거야.'

티빙은 일이 일사천리로 풀리는 듯한 느낌이 들었던 것을 떠올렸다.

'나는 소니에르가 가장 두려워하는 것에 대한 내부 정보를 가지고 있었지.'

어제 오후, 사일러스는 소니에르에게 전화를 걸어 한 신도로부터 끔찍한 고백을 듣고 번뇌에 빠진 성직자 행세를 했다. 물론 사제는 고해성사에서 들은 말은 무조건 비밀로 지켜야 했다. 그것은 사제의 신성한 의무였다. 그러나 이번 경우에는……

"소니에르 씨, 죄송하지만 지금 당장 당신께 이 말을 해야 할 것 같습니다. 조금 전에 당신의 가족을 살해했다고 주장하는 남자의 고해성사를 받았습니다."

소니에르는 놀랐지만 경계심을 드러냈다.

"내 가족은 사고로 죽었습니다. 경찰 보고서에 명백하게 나와 있습니다."

"네, **자동차** 사고였지요."

사일러스는 그렇게 미끼를 던졌다.

"저에게 고백한 남자는 자기가 그 자동차를 강으로 밀어넣었다고 했습니다."

소니에르는 그저 침묵을 지켰다.

"소니에르 씨, 만약 그것뿐이었다면 저는 고해성사의 비밀을 깨뜨리면서까지 이렇게 당신에게 직접 연락하지 않았을 겁니다. 하지만 그 사람이 당신의 안위가 염려되는 말을 하더군요."

사일러스는 잠시 뜸을 들였다가 말을 이었다.

"당신의 손녀에 대해서도 말했습니다. 소피인가요?"

소피의 이름을 언급한 것이 결정타였다. 큐레이터는 당장 행동에 나섰다. 그는 사일러스에게 자신이 알고 있는 가장 안전한 장소, 즉 루브르의 자기 사무실로 당장 오라고 했다. 이어 그는 소피에게 전화해서 위험이 닥칠지도 모른다고 경고했다. 로버트 랭던과의 약속은 그 즉시 잊고 말았다.

"저 사람은 절대로 당신을 위해 크립텍스를 열지 않을 거예요. 설령 할 수 있다 하더라도."

소피가 차가운 목소리로 말했다.

바로 그때, 랭던이 창가에서 돌아섰다. 그리고 두 사람을 마주보며 불쑥 말했다.

"무덤……. 뉴턴의 무덤에서 어디를 살펴봐야 하는지 알아냈습니다. 그래요, 암호를 찾아낼 수 있을 것 같습니다."

티빙의 심장이 쿵쾅거렸다.

"어디인가, 로버트? 말해 보게!"

소피가 겁에 질린 목소리로 말했다.

"로버트, **안 돼요**! 설마 이자를 도우려는 건 아니죠?"

랭던은 크립텍스를 손에 든 채 단호한 걸음으로 소피에게 다가갔다.

"물론입니다."

랭던은 냉랭한 눈빛으로 티빙을 보며 말했다.

"리가 당신을 풀어 주기 전까지는."

티빙은 불길한 느낌이 들었다.

"로버트, 우린 이제 거의 다 왔어. 나하고 게임을 시작하려는 건 아니겠지?"

"게임이 아닙니다. 소피를 풀어 주십시오. 그런 다음 나와 함께 뉴턴의 무덤으로 가서 크립텍스를 열면 됩니다."

소피가 단호하게 대꾸했다.

"난 아무 데도 안 가요. 크립텍스는 할아버지가 나한테 주신 거예요. 당신들이 마음대로 열 수 있는 물건이 아니라고요."

그녀의 눈은 분노로 이글거렸다.

랭던은 걱정스러운 표정으로 그녀를 돌아보았다.

"소피, 제발요! 당신은 위험에 처해 있어요. 나는 지금 당신을 도우려고 애쓰고 있습니다"

"어떻게 돕겠다는 거죠? 할아버지가 목숨을 버리면서까지 지키려 했던 비밀을 드러내서요? 할아버지는 당신을 믿었어요, 로버트. **나도** 당신을 믿었고요!"

"소피. 제발…… 당신은 여기에서 나가야 합니다."

랭던의 애원에도 소피는 고개를 가로저었다.

"당신이 크립텍스를 나에게 건네주거나, 아니면 바닥에 던져 깨뜨려 버리기 전에는 꼼짝도 하지 않겠어요."

랭던은 흠칫 놀랐다.

"뭐라고요?"

"로버트, 할아버지도 자신을 죽인 살인자의 손에 비밀이 들어가는 것을 보느니 차라리 영원히 묻혀 버리는 쪽이 낫다고 생각하실 거예요."

소피는 티빙을 똑바로 쳐다보며 말했다.

"쏠 테면 쏘세요. 나는 절대로 할아버지의 유산이 당신 손에 들어가도록 하지 않을 테니까."

'그렇다면야.'

티빙은 총을 겨누었다.

"안 돼!"

랭던이 소리쳤다. 그는 크립텍스를 당장에라도 떨어뜨릴 듯이 단단한 돌바닥 위로 높이 쳐들었다.

"리, 꿈도 꾸지 마세요. 진짜로 떨어뜨릴 겁니다."

티빙은 웃음을 터뜨렸다.

"그 협박이 레미한테는 통했지. 하지만 나에게는 어림없어. 나는 자네를 잘 알거든."

"과연 그럴까요?"

"정말인가, 로버트? 그 무덤에서 어디를 살펴봐야 하는지 정말로 알고 있나?"

"그렇습니다."

순간 랭던의 눈에 동요의 빛이 비쳤다. 티빙은 그것을 놓치지 않고 포착했다.

'네가 거짓말하는 게 빤히 보여. 뉴턴의 무덤 어디에 해답이 있는지 너는 몰라. 나는 쓸모없는 인간들에 둘러싸인 외로운 기사야.'

티빙은 소피를 겨누고 있던 총을 아래로 내리면서 말했다.

"신뢰의 표시로 쐐기돌을 내려놓게. 그런 다음 이야기를 계속하세."

랭던은 자신의 거짓말이 들통난 것을 눈치챘다. 마지막 순간이 온 것이었다.

'내가 쐐기돌을 내려놓으면 티빙은 우리 둘 다 죽일 거야.'

랭던은 굳이 소피를 보지 않고도 그녀가 무슨 생각을 하고 있는지 분명히 알 수 있었다.

'로버트, 이 사람은 성배를 차지할 자격이 없어요. 부디 쐐기돌을 그의 손에 넘기지 마세요. 어떤 대가를 치르더라도.'

랭던은 이미 몇 분 전 창가에 혼자 서 있을 때 이렇게 결심했었다.

'소피를 지켜야 한다.'

'성배를 지켜야 한다.'

랭던은 너무나 절망스러워 하마터면 소리를 내지를 뻔했다. 그런데 바로 그 암담한 순간에 명료한 생각이 동시에 찾아왔다.

'로버트, 진실이 바로 네 눈앞에 있어. 성배는 너를 조롱하지 않아. 성배는 자격을 갖춘 영혼을 부르고 있어.'

랭던은 바닥에서 10센티미터 남짓 떨어지는 지점까지 크립텍스를 낮추었다.

티빙이 랭던에게 총을 겨누며 속삭였다.

"그렇지, 로버트. 그걸 내려놓게."

랭던은 눈을 치켰다. 입을 쩍 벌리고 있는 것 같은 사제단 회의장의 둥근 천장에 그의 눈길이 닿았다. 그는 몸을 더 낮게 웅크리면서 시선을 떨구어 자신을 똑바로 겨누고 있는 티빙의 총을 바라보았다.

"미안합니다, 리."

랭던은 점프를 하면서 단 한 번의 부드러운 몸짓으로 팔을 위쪽으로 돌려 크립텍스를 천장을 향해 던졌다.

리 티빙은 자신의 손가락이 방아쇠를 당기는 것을 감지하지 못했지만, 천둥소리 같은 굉음과 함께 총알이 발사되었다. 그러나 잔뜩 웅크렸던 랭던의 몸이 이제 수직으로 펴지며 공중에 떠 있다시피 했기 때문에, 총알은 그의 발 근처 바닥을 때렸다. 티빙의 반쪽 뇌는 분노에 사로잡혀 총을 다시 조준해 발사하라고 명령했지만, 그보다 더욱 강력한 나머지 반쪽 뇌가 시선을 위쪽으로 끌어당겼다.

'쐐기돌!'

마치 시간이 얼어붙은 듯, 허공에 떠 있는 쐐기돌 이외의 모든 것이 티빙의 세상에서 사라졌다. 티빙은 쐐기돌이 정점까지 치솟고…… 잠시 허공에 머무는 듯하다…… 빙글빙글 돌면서 돌바닥을 향해 낙하하는 모습을 지켜보았다.

티빙의 모든 희망과 꿈이 땅을 향해 추락하고 있었다.

'바닥에 떨어지면 안 돼! 내가 손으로 잡을 수 있어!'

티빙의 몸은 본능적으로 반응했다. 총을 던져 버리고 목발까지 팽개친 채 몸을 앞으로 날려 말끔히 손질된 부드러운 두 손을 쭉 뻗었다. 그리고 공중에서 쐐기돌을 낚아챘다.

쐐기돌을 손에 움켜쥔 채 승리감을 만끽하던 티빙은 매우 빠른 속도로 아래로 떨어지고 있었다. 몸을 지탱할 것이 아무것도 없는 터라 티빙은 할 수 없이 두 팔을 쭉 뻗어 바닥을 짚었다. 그 바람에 크립텍스가 바닥에 세게 부딪혔다.

크립텍스 속에서 소름 끼치는 소리가 들렸다. 유리 같은 것이 깨지는 소리였다.

티빙은 꼬박 1초 동안 숨을 멈추었다. 차가운 바닥에 쓰러진 채 앞으로 쭉 뻗은 팔을 따라 시선을 옮기자 손에 들린 대리석 통이 보였다. 티빙은 통 속의 유리병이 제발 완전히 박살 나지 않았기만을 애타게 바랐다. 하지만 다음 순간, 시큼한 식초 냄새가 공기 중에 확 퍼지며 차가운 액체가 글자판 사이로 새어 나와 손바닥으로 흘러내렸다.

티빙은 걷잡을 수 없는 두려움에 휩싸였다.

'안 돼!'

티빙은 안에 든 파피루스가 녹아내리는 모습을 머릿속에 그려 보았다.

'로버트, 이 멍청한 녀석! 진실이 사라졌어! 성배가 사라졌어. 모든 것이 파괴되어 버렸어.'

티빙은 아직도 믿기지 않는다는 듯이 몸서리를 치면서 크립텍스 통을 힘으로 열려고 했다. 역사가 녹아 영원히 사라지기 전에 잠시 그 뒷모습이라도 보고 싶은 간절한 마음이었다. 그런데 놀랍게도, 쐐기돌의 양쪽 끝을 잡아당기자 통이 활짝 열렸다.

티빙은 숨을 헉 들이마시고는 통 안을 들여다보았다. 젖은 유리 파편들만 보일 뿐, 속이 텅 비어 있었다. 녹아내린 파피루스는 흔적도 없었다. 티빙은 몸을 빙글 돌려 랭던을 쳐다보고는 다시 쐐기돌을 보았다. 글자판은 이제 무작위로 배열되어 있지 않았다. 다섯 개 알파벳으로 정렬된 단어가 눈에 들어왔다. 그 단어는 APPLE(사과)이었다.

랭던이 차분하게 말했다.

"이브가 훔쳐 먹은, 그래서 하느님의 신성한 분노를 불러일으킨 둥근 구. 원죄. 몰락한 성스러운 여성성의 상징."

티빙은 진실이 고통스러울 만큼 엄한 모습으로 자신을 향해 내리꽂히는 듯한 느낌이 들었다. '뉴턴의 무덤에 있어야 할 둥근 구'는 하늘에서 떨어져 뉴턴의 머리를 때린, 그리하여 그의 일생의 연구인 중력에 영감을 불어넣은 장밋빛 사과였다.

'그의 노력의 열매! 장미의 살과 씨앗을 품은 자궁!'

"로버트."

티빙은 진실에 압도된 듯 말을 더듬었다.

"자네가 이걸 열었군. 지도는…… 어디에 있지?"

랭던은 눈 하나 깜짝하지 않고 코트 가슴팍에 있는 주머니에 손을 넣어 정성스럽게 말아 놓은 파피루스를 조심조심 꺼내 들었다.

티빙이 누워 있는 곳에서 불과 몇 미터 떨어지지 않은 자리에서 랭던은 두루마리를 펼쳐 내용을 들여다보았다. 뭔가 알 것 같다는 미소가 그의 얼굴에 번졌다.

'로버트가 알아냈어!'

티빙은 그 내용이 궁금해 가슴이 터질 것만 같았다. 평생 품어 온 꿈이 바로 눈앞에 있었다.

"말해 보게. 제발 부탁이네! 오, 하느님, 제발! 아직 늦지 않았어!"

복도에서 쿵쾅거리며 사제단 회의장으로 다가오는 묵직한 발소리가 들렸다. 랭던은 말없이 파피루스를 말아 다시 주머니 속에 넣었다.

"안 돼!"

티빙은 울부짖으면서 몸을 일으키려고 바동거렸지만 헛수고였다.

그때 문이 벌컥 열리더니 브쥐 파슈가 투우장에 뛰어드는 황소처럼 들이닥쳤다. 그의 성난 눈에 바닥에 널브러져 있는 목표물, 리 티빙이 보였다. 파슈는 권총을 총집에 넣고는 소피에게 눈길을 돌렸다.

"느뵈 요원, 자네와 랭던 씨가 무사해 다행이야."

파슈를 뒤따라온 영국 경찰이 분노에 떠는 티빙을 붙잡아 수갑을 채웠다.

소피는 어리둥절했다.

"우리를 어떻게 찾았지요?"

파슈는 티빙을 가리켰다.

"저 양반이 이 사원에 들어올 때 신분증을 보여 줬어. 경비원들이 나중에 그를 찾고 있다는 경찰의 수배령을 듣고 우리한테 알려 주었네."

티빙이 미친 사람처럼 소리를 내질렀다.

"랭던 주머니 속에 있어! 성배를 찾는 지도 말이야!"

티빙은 경찰관들에게 끌려 나가면서도 고개를 뒤로 젖혀 고함을 질렀다.

"로버트! 어디에 숨겨져 있는지 말해 봐!"

랭던은 티빙을 지나쳐 가면서 그의 눈을 빤히 보며 말했다.

"자격 있는 사람만이 성배를 찾을 수 있지요, 리. 당신이 내게 가르쳐 주지 않았습니까."

80장

안개가 낮게 깔린 켄싱턴 가든스, 사일러스는 절뚝거리며 사람들 눈에 띄지 않는 후미진 곳으로 들어갔다. 젖은 풀잎 위에 무릎을 꿇자, 갈비뼈 아래 총상에서 미지근한 피가 흘러나오는 것이 느껴졌다.

안개 때문에 마치 천국에 있는 것만 같았다. 기도를 드리기 위해 피 묻은 두 손을 올리자, 빗방울이 손가락을 어루만져 다시 하얘지도록 씻어 주었다. 사일러스는 그 모습을 가만히 지켜보았다. 등과 어깨를 때리는 빗줄기가 점점 굵어졌다. 몸뚱이가 조금씩조금씩 안개 속으로 사라지는 듯했다.

'나는 유령이다.'

축축한 흙냄새를 실은 산들바람이 휙 불어와 그를 스쳐 지나갔다. 흙냄새는 새 생명의 냄새였다. 사일러스는 망가진 육신 속에 살아 있는 세포를 모두 끌어모아 기도했다. 용서를 구하는, 자비를 구하는 기도였다. 그리고 무엇보다도 자신의 멘토인 아링가로사 주교를 위해 기도했다. 정해진 때가 오기 전에 아링가로사 주교를 데려가지 마시라고 기도했다.

'그에게는 아직 할 일이 너무도 많이 있습니다.'

이제 주위에서 안개가 소용돌이쳤다. 사일러스는 자신의 몸이 너무나 가볍게 느껴졌다. 바람이 한 번 휙 불면 날아갈 것만 같았다. 그는 두 눈을 감고 마지막 기도를 올렸다.

안개 속 어딘가로부터 마누엘 아링가로사의 속삭임이 들려왔다.

'우리의 주님은 선하고 자비로운 하느님이십니다.'

마침내 사일러스의 고통이 잦아들기 시작했다. 그는 주교의 말이 옳다는 것을 깨달았다.

81장

늦은 오후가 되어서야 해가 나면서 런던의 습기가 마르기 시작했다. 브쥐 파슈는 조사실에서 나와 소리쳐 택시를 잡는 동안 피로를 느꼈다. 리 티빙 경은 고래고래 소리치며 결백을 주장했다. 성배니, 비밀문서니, 비밀 조직이니 하는 것들을 떠들어 대는 티빙의 모습을 보면서, 파슈는 이 교활한 역사학자가 자신의 변호사들로 하여금 정신 이상을 방어책으로 제시하도록 하려고 준비 작업을 하는 건 아닌지 의심스러웠다.

'그래, 정신 이상자라고 우기겠지.'

티빙은 모든 상황마다 자신의 결백을 주장할 수 있는 근거를 기발하고 치밀하게 남겨 놓았다.

그는 바티칸과 오푸스 데이를 이용했다. 하지만 수사 결과 이 두 조직은 완전히 결백한 것으로 판명되었다.

티빙의 꿍꿍이는 광신도 수도사와 절망의 늪에서 필사적으로 몸부림치는 주교를 통해 은밀하게 실행되었다.

더욱더 교활한 행동 하나. 티빙은 소아마비를 앓는 사람으로서는 결코 접근할 수 없는 장소에 도청 본부를 설치했다. 가파른 사다리로만 오르내릴 수 있는 높은 건초 다락 말이다. 실질적인 도청 작업을 수행한 사람은 그의 하인 레미였다. 티빙의 정체를 아는 유일한 인물이었던 레미는 편리하게도 알레르기 반응으로 사망한 상태였다.

빌레트성에서 콜레가 보낸 정보에 따르면, 티빙의 치밀함은 파슈가 한 수 배워야 할 정도로 대단했다. 파리에서 가장 막강한 힘을 가진 관청과 사무실에 도청 장치를 성공적으로 숨기기 위해 이 영국인 역사학자는 그리스 신화에 나오는 트로이의 목마를 응용했다.

티빙의 목표 대상이 된 인물 중에는 그가 선물한 호화로운 예술품을 받은 사람도 있었고, 자신도 모르는 사이에 경매를 통해 티빙이 내놓은 물건을 낙찰받은 사람도 있었다.

소니에르의 경우, 빌레트성의 만찬에 초대받은 것이 문제였다. 티빙은 루브르에 다빈치관을 새로 짓는 데 자신이 기금을 지원할 수 있는지 의논하자며 그를 초대했다. 초대장에는 소니에르가 다빈치의 스케치를 따라 조립하는 데 성공한 것으로 알려진 기사상을 찬양하는 내용이 추신으로 덧붙여져 있었다. 티빙은 그 기사상을 '만찬 자리에 가져오세요'라고 제안했다. 소니에르는 그 제안을 따랐고, 그가 주의를 기울이지 않는 사이 레미 르갈뤼데크가 기사상에 작은 물건 하나, 곧 도청 장치를 추가할 충분한 시간이 있었다.

택시 뒷좌석에 앉은 파슈는 이제 눈을 감았다.

'파리로 돌아가기 전에 해결할 일이 하나 더 있어.'

세인트마리아 병원의 회복실에 환한 햇빛이 들어찼다.

간호사가 그를 내려다보며 미소를 지었다.

"정말 놀라워요. 기적이라고 할 수밖에 없을 정도로요."

아링가로사 주교는 희미한 미소를 머금었다.

"늘 은총에 힘입어 살아갑니다."

간호사가 나가고 홀로 남자 주교는 침통한 마음으로 사일러스를 떠올렸다. 그의 시신이 공원에서 발견되었다.

'부디 나를 용서하세요, 어린 양.'

아링가로사는 자신의 영광스러운 계획에 사일러스를 참여시키기를 갈망했었다. 그러나 어젯밤에 그는 브쥐 파슈 부장으로부터 전화를 받았고, 부장은 상드린이라는 수녀가 살해되었다고 말했다. 사일러스가 생쉴피스 성당을 찾아가도록 주도한 것이 본인이었기 때문에, 아링가로사는 사태가 두려운 방향으로 굴러가고 있다는 것을 깨달았다. 그리고 네 명이 추가 피살되었다는 이야기를 들었을 때, 두려움은 괴로움으로 바뀌었다.

'사일러스, 도대체 무슨 짓을 한 겁니까?'

스승에게 연락이 닿지 않자, 주교는 자신이 이번 일에서 배제되었음을 알았다.

'이용당한 거야.'

자신이 실행에 가담하기도 한 이 끔찍한 일련의 사태를 멈출 유일한 방법은 파슈에게 모든 것을 이실직고하는 것뿐이 었다. 아링가로사는 파슈가 사랑하는 교회를 보호하기 위해 전력을 다하기로 약속한 독실한 가톨릭 신자라는 사실을 알 게 되었다. 그 순간부터 주교와 경찰 부장은 약점 있는 알비 노 수도사가 스승에게 설득되어 다시 살인을 저지르기 전에 그를 찾아내고자 백방으로 뛰었다.

아링가로사는 뼛속까지 스며드는 피로감에 두 눈을 감은 채로 영국의 저명한 기사 리 티빙 경이 체포되었다는 텔레비 전 뉴스에 귀를 기울였다. 바티칸이 오푸스 데이와 결별할 계 획을 세우고 있다는 낌새를 알아챈 티빙은 장기판 졸처럼 자 기 계획에 써먹을 사람으로 아링가로사를 선택했다.

'맹목적으로 성배를 쫓아 뛰어다니기에 나보다 더 적합한 사람이 어디에 있겠는가? 나는 모든 것을 잃을 위기에 처해 있었으니. 그리고 성배를 가진 사람은 어마어마한 권력을 손 에 넣을 수 있는데.'

아링가로사는 스승을 의심하기에는 너무나 절박한 상태였 다. 스승이 제시한 2천만 유로짜리 가격표는 성배를 획득하 는 공로에 비하면 쥐꼬리만 한 금액이었다. 돈을 마련하는 것 은 문제없었다. 어제 카스텔간돌포에서 바티칸이 오푸스 데 이에 상환한 돈으로 해결된 것이다. 물론 티빙이 안겨 준 최 악의 모욕은 바티칸 채권 형태로 지불을 요구한 것이었다. 만 약 일이 꼬이면 경찰 수사가 로마로 향하게 하기 위한 계략이 었다.

"무사하시니 다행입니다, 신부님."

아링가로사는 병실 문간에서 들려오는 걸걸한 목소리의 주인이 누구인지 알아차렸다. 하지만 그의 얼굴은 예상 밖이었다. 근엄하고 강인해 보이는 이목구비, 번드르르한 검은색 머리카락, 검은 양복에 꼭 끼인 굵은 목.

"파슈 부장님?"

아링가로사는 훨씬 더 부드러운 외모를 기대했었다.

부장은 침대로 다가와 묵직한 검은색 서류 가방을 의자 위에 내려놓았다. 낯익은 가방이었다.

"주교님 가방인 것 같아서 가져왔습니다."

아링가로사는 채권이 가득 든 가방을 흘긋 보고는 수치심을 느끼며 곧바로 눈길을 돌려 버렸다.

"예…… 고맙습니다."

아링가로사는 손가락으로 침대 시트의 솔기를 어루만지면서 뜸을 들이다가 말을 이었다.

"부장님, 이 문제를 깊이 고민해 봤습니다만, 한 가지 부탁이 있습니다. 파리의 유가족 말입니다. 사일러스가……."

아링가로사는 북받쳐 오르는 감정을 삼키느라 잠시 말을 멈추었다.

"물론 그들의 상실감을 돈으로 보상할 수는 없다는 건 잘 알지만, 그래도 혹시 그 가방에 든 것을 부장님이 그분들에게…… 피살된 분들의 유가족에게 나누어 주실 수 있을까 해서요."

파슈의 검은 눈동자가 아링가로사를 찬찬히 살폈다.

"주교님의 바람대로 할 수 있는지 알아보겠습니다."

두 사람 사이에 무거운 침묵이 깔렸다.

텔레비전에서는 호리호리한 프랑스 경찰관이 거대한 저택 앞에서 기자회견을 하고 있었다. 파슈는 그 사람이 누구인지 보고는 화면을 유심히 지켜보았다.

BBC 기자가 힐난하는 투로 말했다.

"콜레 반장님, 어젯밤에 사법경찰국 부장은 공개적으로 무고한 두 사람에게 살인 혐의를 씌웠습니다. 로버트 랭던과 소피 느뵈가 경찰에 책임을 묻지 않을까요? 이번 일로 파슈 부장은 자리에서 물러나야 하지 않나요?"

콜레는 다소 피곤해하면서도 침착한 미소를 지었다.

"브쥐 파슈 부장님은 좀처럼 실수하지 않는 분입니다. 아직 이 문제에 대해 직접 대화해 보지는 못했지만, 평소 그분이 어떻게 작전을 수행하는지를 감안하면, 느뵈 요원과 랭던 씨에 대한 공개 수배령도 진짜 살인자를 유인하기 위한 책략이 아니었나 싶습니다."

기자들은 놀란 표정으로 서로를 바라보았다.

콜레가 말을 이었다.

"이 시점에서 제가 확실하게 얘기할 수 있는 것은, 부장님은 끔찍한 살인 사건들의 배후에 있는 사람을 체포하는 데 성공했다는 사실입니다. 그리고 랭던 씨와 느뵈 요원은 모두 결백할 뿐 아니라 무사하다는 점입니다."

파슈는 입가에 희미한 미소를 머금고는 아링가로사를 보며 말했다.

"괜찮은 친구예요. 저 콜레 반장."

그는 이마를 훑어 머리칼을 뒤로 쓸어 넘기고는 아링가로사를 내려다보았다.

"신부님, 제가 파리로 돌아가기 전에 마지막으로 한 가지 상의할 문제가 있습니다. 다름이 아니라, 즉흥적으로 행선지를 런던으로 바꾸신 일 말입니다. 조종사에게 항로를 변경하라고 뇌물까지 주셨더군요."

아링가로사는 힘이 쭉 빠졌다.

"너무 다급한 상황이었습니다."

"그래요. 제 부하들이 심문했을 때, 그 친구도 다급했던 모양입니다."

파슈는 주머니에 손을 넣더니 자줏빛 자수정 반지를 꺼냈다. 수공으로 주교의 모자와 지팡이 문양을 새긴 낯익은 반지였다.

아링가로사는 자신도 모르게 눈물을 글썽였다. 그리고 반지를 받아 다시 손가락에 끼웠다.

"정말 친절하시군요."

아링가로사는 가만히 손을 뻗어 파슈의 손을 꼭 잡고는 프랑스어로 말했다.

"고맙습니다."

82장

로슬린 교회는 에든버러에서 남쪽으로 약 11킬로미터 떨어진 곳, 미트라 신을 기리는 고대 신전 부지에 자리하고 있다. 1446년에 템플 기사단이 건설한 이 교회의 벽과 천장에는 유대교와 기독교, 이집트 종교, 프리메이슨, 이교도 등 놀라울 정도로 다양한 상징이 새겨져 있다.

이 교회는 글래스턴버리를 통과하는 남북 자오선과 일치한다. 글래스턴버리는 예로부터 아서 왕이 잠들어 있다는 전설 속의 섬 아발론이 있는 곳으로 알려졌다. 그리고 이곳을 지나는 로즈 라인은 영국의 종교 기하학에서 가장 핵심적인 개념으로 간주되었다. 로슬린이라는 이름도 이 신성한 로즈 라인에서 유래한 것이었다(원래 로슬린은 지금처럼 Rosslyn이 아니라 Roslin으로 표기되었다).

로버트 랭던과 소피 느뵈는 로슬린 교회가 서 있는 언덕 아래쪽의 잔디 주차장에 렌터카를 세웠다. 시간은 들쑥날쑥한 첨탑들이 긴 그림자를 드리우는 해 질 녘이었다. 구름 걷힌 하늘을 배경으로 우뚝 솟은 삭막한 건물을 올려다보면서, 랭던은 루이스 캐럴의 《이상한 나라의 앨리스》에서 머리부터 거꾸로 토끼 굴로 떨어지는 앨리스가 된 기분이 들었다.

'이건 꿈이야.'

그러나 소니에르의 마지막 메시지가 더할 나위 없이 구체적이었다.

성배가 고대의 로슬린 밑에서 기다리고 있다.

시온 수도회의 마지막 비밀을 드러내는 방식은 소니에르가 처음부터 줄곧 랭던과 소피에게 전달한 방식 그대로였다. **간단한 운문**. 명시적인 문장 네 줄은 의심할 나위 없이 이곳을 가리켰다. 로슬린이라는 이름을 직접 특정했을 뿐만 아니라, 이 교회의 유명한 특징 몇 가지도 언급하고 있었다.

랭던이 보기에 로슬린 교회는 너무나도 쉽고 뻔한 장소 같았다. 몇 세기 동안, 이 석조 교회가 성배가 있는 곳이라고 소곤대는 소리가 끊이지 않았다. 최근 몇십 년 동안은 소곤거림이 외침으로 바뀌었다. 땅을 투시하는 레이더로 이 교회 지하에 놀라운 구조물이 있다는 사실이 밝혀졌기 때문이다. 그것은 거대한 지하 방이었다. 이 지하 공간은 위에 있는 교회를 왜소하게 만들 정도로 규모가 컸을 뿐만 아니라, 입구나 출구도 없는 것 같았다. 고고학자들은 암반을 굴착해서 이 신비한 공간에 들어갈 수 있도록 허가해 달라고 요구했다. 하지만 로슬린 재단은 이 신성한 땅에 대한 어떤 발굴도 금지한다는 입장을 명확하게 밝혔다.

로슬린은 이제 미스터리를 쫓는 사람들의 순례지가 되었다. 로슬린 재단은 무엇을 숨기려는 것일까? 그러나 진짜 성배 전공 학자들은 로슬린이 일종의 미끼라는 주장에 동의했다. 시온 수도회가 속임수로 만들어 놓은 여러 막다른 길 중 하나라는 이야기였다.

그러나 오늘 밤 시온 수도회의 쐐기돌에서 바로 이곳을 가리키는 글귀가 나왔다. 이제 랭던도 학자로서의 우쭐한 태도를 고집할 수만은 없었다. 풀리지 않는 의문 하나가 온종일 그의 머릿속에서 맴돌았다.

'왜 소니에르는 이토록 쉽고 뻔한 장소로 우리를 안내하기 위해 그토록 애썼을까?'

논리적인 답은 하나뿐이었다.

'로슬린에는 우리가 아직 이해하지 못하는 무엇이 있다.'

"로버트?"

소피가 차에서 내려 그를 돌아보며 말했다.

"안 갈 거예요?"

소피는 파슈 부장에게서 돌려받은 자단 상자를 들고 있었다. 상자 속에는 두 개의 크립텍스가 다시 조립되어 처음 발견되었을 때와 같은 모양새로 놓여 있었다. 단서가 적힌 파피루스는 크립텍스 한복판에 안전하게 고정되어 있었다.

교회 입구는 랭던이 예상했던 것보다 더 수수했다. 금속 경첩 두 개가 달린 조그만 나무 문과 참나무로 만든 소박한 간판이 있었다.

로슬린(ROSLIN)

곧 교회 문을 닫을 시간이었다. 랭던이 나무 문을 열자, 안쪽에서 따뜻한 공기가 훅 뿜어 나왔다. 마치 고대 건축물이 하루를 마감하며 고단한 한숨을 내쉬는 것 같았다. 문 위 아치에는 장미 무늬가 새겨져 있었다.

'장미, 여신의 자궁.'

랭던은 소피와 함께 건물 안으로 들어섰다. 그는 자신도 모르게 이 유명한 성소를 눈으로 살피며 모든 것을 음미하고 있었다. 로슬린의 섬세한 석조 공예에 대해서는 이미 많은 글을 읽었지만, 눈으로 직접 보니 벅찬 감동이 밀려왔다.

'기호학의 천국.'

랭던의 동료 중 한 사람은 이 교회를 그렇게 표현했다. 기독교의 십자가, 유대교의 별, 프리메이슨의 문장, 템플 기사단의 십자가, 풍요의 뿔, 피라미드, 점성술의 기호, 식물, 채소, 오각별 그리고 장미 등 이 교회의 모든 벽과 천장에는 수많은 상징이 새겨져 있었다. 숙련된 석공인 템플 기사단은 유럽 전역에 템플 교회를 세웠지만, 단연 로슬린은 그들이 사랑과 존경심을 품고 가장 숭고한 노력을 쏟아부은 결과물로 여겨졌다. 석공 장인이 조각을 새기지 않고 그냥 둔 돌은 단 하나도 없었다. 로슬린 교회는 모든 신앙에…… 모든 전통에…… 그리고 무엇보다도 자연과 여신에게 바치는 성소였다.

오늘의 마지막 관광 투어를 안내하는 청년의 설명에 귀 기울이는 관광객 몇 명을 제외하면 교회 안은 텅 비어 있었다. 청년은 바닥에 있는 유명한 경로를 따라 한 줄로 늘어선 관광객들을 인솔하고 있었다. 이 교회 건축물에서 핵심이 되는 지점 여섯 곳을 연결하는 눈에 보이지 않는 경로였다. 여러 세대에 걸쳐 관광객이 이 선을 따라 걸었고, 그들의 수없는 발자국이 바닥에 거대한 또 하나의 상징을 새겨 놓았다.

'다윗의 별.'

랭던은 생각했다.

'절대 우연이 아니야.'

꼭짓점이 여섯 개인 이 별은 솔로몬의 문양으로도 알려졌으며, 한때 천문학을 공부한 성직자들의 비밀스러운 상징으로 사용되었다.

안내인은 랭던과 소피가 들어오는 것을 보고는 유쾌한 미소로 그들을 맞이하며 마음 놓고 둘러보라는 몸짓을 했다.

랭던은 고개를 끄덕여 고마움을 표한 뒤, 예배당 안쪽으로 발걸음을 옮겼다. 그런데 소피는 마치 붙박인 듯이 문간에 서서 당혹스러운 표정을 지었다.

소피가 느릿느릿 말했다.

"여기에…… 와 본 적이 있는 것 같아요."

랭던은 놀랐다.

"하지만 로슬린이라는 이름조차 들어 보지 못했다고 했잖아요."

"못 들어 봤어요……."

소피는 자신 없는 표정으로 교회 안을 둘러보았다.

"내가 아주 어렸을 때 할아버지가 이곳에 데려왔나 봐요. 모르겠어요. 왠지 낯익은 곳처럼 느껴져요."

실내를 찬찬히 살펴보던 소피는 좀 더 확신이 드는 듯 고개를 끄덕였다.

"맞아요."

소피는 예배당 정면의 두 기둥을 가리켰다.

"저 두 기둥…… 틀림없이 본 적이 있어요."

랭던은 예배당 안쪽 끝에 있는, 섬세하게 조각된 기둥 한 쌍을 바라보았다. 하얀 레이스 모양의 조각이 서쪽 창문에 드리운 하루의 마지막 햇빛을 받아 불그스름하게 타오르는 듯했다. 보통은 제단이 있어야 할 자리를 차지한 두 기둥은 특이하게 한 쌍의 짝을 이루었다. 왼쪽 기둥은 수직선들이 단순하게 새겨져 있었고, 오른쪽 기둥은 꾸밈이 많은 나선형의 꽃무늬로 화려하게 장식되어 있었다.

소피는 어느새 기둥을 향해 다가가며 고개를 끄덕였다.

"그래요, 본 적이 있는 게 틀림없어요!"

"본 적이 있다는 것은 의심하지 않지만, 반드시 **여기**서 봤으리라는 보장은 없어요."

소피는 랭던을 돌아보았다.

"무슨 뜻이죠?"

"이 기둥 두 개는 온 세상에 복제품이 널려 있거든요."

"로슬린의 복제품이 있다고요?"

소피는 믿기지 않는다는 표정을 지었다.

"아니, 기둥 말입니다. 아까 로슬린 교회 자체가 솔로몬 성전의 복제품이라고 내가 말했던 것 기억하지요? 이 두 기둥은 솔로몬 성전 입구에 서 있던 기둥 두 개를 똑같이 복제한 거예요."

랭던은 왼쪽 기둥을 가리켰다.

"저건 '보아즈(Boaz)' 또는 '석공의 기둥'이라고 부르지요. 반대쪽은 '야킨(Jachin)' 또는 '도제의 기둥'이라고 하고요."

랭던은 말을 멈추었다가 내처 말했다.

"사실 전 세계에 있는 프리메이슨 사원치고 이 두 기둥이 없는 곳은 드물어요."

랭던은 템플 기사단과 현대의 프리메이슨 사이에 얽힌 밀접한 역사적 연관성에 대해 이미 소피에게 설명해 준 적이 있었다. 그리고 소피의 할아버지가 남긴 마지막 시에도 로슬린 교회에 조각을 한 '장인(master)'들이 직접 언급되어 있었다. '장인 석공(Master Mason)'은 프리메이슨의 회원 등급 중 하나를 지칭했다.

소피가 여전히 기둥을 살펴보면서 말했다.

"프리메이슨의 사원에는 한 번도 가 본 적이 없어요. 여기에서 본 게 거의 확실해요."

소피는 기억을 불러일으킬 무언가를 찾기라도 하듯 뒤를

획 돌아보았다.

이제 다른 방문객들은 교회 밖으로 나가고 있었고, 안내하던 젊은 관리인이 밝게 웃음 지으며 교회를 가로질러 소피와 랭던에게 다가왔다. 나이는 이십 대 후반 정도로 보이고, 말투에서는 스코틀랜드 억양이 묻어났으며, 딸기나무 빛깔이 섞인 금발의 잘생긴 청년이었다.

"막 문을 닫으려던 참입니다. 특별히 찾는 게 있으신지요?"

'성배를 찾는데요.'

랭던은 그렇게 말하고 싶었다.

"암호요."

소피가 불현듯 떠올랐는지 불쑥 말을 뱉었다.

"여기에 암호가 있잖아요!"

관리인은 소피의 열정적인 태도가 마음에 드는 듯했다.

"네, 있습니다."

"천장에 있을 텐데요."

소피는 눈길을 오른쪽 벽으로 돌리고는 말을 이었다.

"저쪽…… 위 어딘가에."

청년은 미소를 지었다.

"로슬린을 처음 방문하신 게 아니군요."

'암호.'

랭던은 이제야 로슬린에 대해 전해 내려오는 이야기 중 깜빡 잊고 있던 부분이 생각났다. 로슬린의 수많은 미스터리 중 하나는 돌출된 수백 개의 벽돌로 이루어진 아치 천장이었다. 각각의 벽돌에는 얼핏 봐서는 무의미해 보이는 상징이 새겨져 있었는데, 그 전체가 놀랍고 거대한 하나의 암호를 이루고 있었다. 어떤 사람들은 이 암호가 교회 아래 지하 공간으로 이어지는 입구를 알려 준다고 믿었다. 또 어떤 사람들은 이 암호가 참된 성배의 전설을 이야기하고 있다고 믿었다. 어쨌든 중요한 것은, 수백 년 동안 사람들은 이 암호를 해독하기 위해 노력해 왔다는 사실이었다. 오늘날에도 로슬린 재단은 그 암호를 푸는 사람에게 후한 상금을 내걸고 있지만, 암호는 여전히 미스터리로 남아 있었다.

"기꺼이 안내해 드리겠……."

관리인은 말끝을 흐렸다. 소피가 자단 상자를 랭던에게 건네고는 최면이라도 걸린 사람처럼 암호로 덮인 아치 길을 홀로 향하고 있었기 때문이었다.

'나의 첫 암호.'

순간 소피는 성배도 시온 수도회도 과거의 모든 미스터리도 자신의 뇌리에서 사라지는 것을 느꼈다. 기억이 홍수처럼 밀려왔다. 처음 이곳에 왔던 일이 떠올랐고, 이상하게도 예기치 못한 슬픔이 찾아들었다.

소피가 아주 어렸을 때였다. 가족이 세상을 떠난 지 1년쯤 되었을 때였다. 할아버지가 짧은 휴가를 보내기 위해 소피를 데리고 스코틀랜드를 찾았다. 파리로 돌아가기 전, 두 사람은 로슬린 교회를 보러 왔다. 늦저녁이라 예배당은 문이 닫혀 있었다. 하지만 두 사람은 안으로 들어갔다.

"집에 가면 안 돼요, 할아버지?"

소피는 너무 피곤해서 할아버지에게 보챘다.

"애야, 금방 갈 거야."

할아버지의 목소리에는 왠지 슬픔이 깃들어 있었다.

"여기에서 마지막으로 꼭 해야 할 일이 하나 있어. 차에서 기다리겠니?"

"또 아이들은 몰라도 되는 일을 하시려는 거예요?"

할아버지는 고개를 끄덕였다.

"금방 끝낼게. 약속하마."

"그럼 아치 길 암호 푸는 걸 또 해도 돼요? 재미있었어요."

"너 혼자 무섭지 않겠니?"

"무섭긴 뭐가 무서워요! 아직 어두워지지도 않았잖아요!"

소피는 씩씩거리며 대꾸했다.

할아버지는 빙그레 웃었다.

"그럼 좋다."

그는 조금 전에 보여 주었던 정교한 아치가 있는 곳에 손녀를 데려다주었다.

소피는 곧바로 돌바닥에 털썩 앉더니 바닥에 등을 대고 누워 머리 위의 퍼즐 조각을 물끄러미 보았다.

"할아버지가 돌아오시기 전에 이 암호를 전부 풀고 말 거예요."

"그럼 누가 빨리 끝내나 시합하자꾸나."

할아버지는 허리를 숙여 소피의 이마에 입을 맞춘 다음, 가까이에 있는 옆문으로 걸어갔다.

"바로 이 문 바깥에 있을 거야. 문은 그냥 열어 두마. 무슨 일 있으면 불러라."

할아버지는 석양빛이 은은히 퍼지는 밖으로 나갔다.

소피는 바닥에 누워 암호를 쳐다보았다. 이내 눈꺼풀이 무거워졌다. 잠시 후 암호가 흐릿해지는가 싶더니 완전히 사라져 버렸다.

잠에서 깼을 때 차가운 바닥이 느껴졌다.

"할아버지?"

대답이 없었다. 소피는 일어서서 옷을 털었다. 옆문은 여전히 열려 있었다. 소피는 밖으로 나갔다. 교회 바로 뒤의 돌집 현관에 서 있는 할아버지가 보였다. 할아버지는 문 안에 있는 누군가와 조용히 이야기를 나누고 있었다. 얇은 가리개가 있는 문이라 안쪽 사람은 소피의 눈에 제대로 보이지 않았다.

"할아버지?"

소피가 다시 큰 소리로 불렀다.

할아버지는 뒤돌아 손을 흔들며 잠깐만 기다리라는 시늉을 했다. 그러고는 집 안에 있는 사람에게 마지막으로 몇 마디 말을 건네고는 가리개가 있는 문을 향해 손으로 키스를 보냈다. 소피에게 다가온 할아버지의 눈에서 눈물이 흘러내리고 있었다.

"왜 울어요, 할아버지?"

할아버지는 소피를 번쩍 들어 꼭 안았다.

"아, 소피, 너와 내가 올해는 많은 사람들과 작별 인사를 하는구나. 너무 힘든 일이야."

소피는 자동차 사고로 떠난 엄마와 아빠, 할머니, 어린 남동생에게 작별 인사를 했던 일을 떠올렸다.

"또 **다른** 사람에게 작별 인사를 했던 거예요?"

"내가 아주 많이 사랑하는 친구에게."

할아버지가 슬픔에 젖은 무거운 목소리로 말했다.

"그리고 앞으로 아주 오랫동안 그 사람을 다시 만날 수 없을 것 같아 두렵구나."

랭던은 교회 벽을 둘러보면서 또다시 막다른 길이 눈앞에 어른거리는 것 같아 걱정이 되었다. 소니에르의 시가 분명히 로슬린을 가리키고 있었음에도 불구하고, 막상 이곳에 도착해 보니 랭던은 무엇을 해야 할지 감을 잡을 수 없었다. 시에는 '칼날과 잔'이라는 표현이 나왔지만, 랭던의 눈에는 칼날과 잔이 어디에도 보이지 않았다.

고대의 로슬린 밑에 성배가 기다리고 있다.

칼날과 잔이 그녀의 대문을 지키고 있다.

교회 관리인 청년이 랭던의 손에 들린 자단 상자를 물끄러미 보며 말했다.

"주제넘다고 생각하실 수도 있지만, 그 상자 말입니다……, 어디에서 구하셨는지 여쭤 봐도 될까요?"

랭던은 피곤한 기색이 역력한 얼굴로 웃음을 지었다.

"얘기하자면 아주 길어요."

청년은 잠시 머뭇거리다 상자를 다시 보고는 말했다.

"아주 이상해서요. 우리 할머니도 그것과 똑같이 생긴 보석 상자를 가지고 계시거든요. 윤이 나는 자단도 같고, 조각으로 새긴 장미 장식도 같고, 심지어 경첩까지 똑같아 보여요."

랭던은 청년이 착각을 하고 있다고 생각했다.

"두 상자가 비슷할 수는 있어도……."

그때 요란한 소리와 함께 옆문이 열리는 바람에 두 사람의 시선이 그쪽으로 쏠렸다. 소피가 말없이 문밖으로 나가 근처에 있는 돌집을 향해 걸어가고 있었다. 랭던은 그녀의 뒷모습을 물끄러미 바라보았다.

'어디로 가는 거지?'

소피는 이 건물에 들어온 다음부터 줄곧 이상하게 행동했다. 랭던은 안내인을 돌아보며 물었다.

"저 집이 뭐하는 곳인지 알아요?"

청년은 고개를 끄덕였다.

"이 교회의 목사관입니다. 지금은 이 교회의 전시 책임자가 살고 있죠. 그분은 로슬린 재단의 대표이기도 합니다."

청년은 뜸을 들이다가 이렇게 덧붙였다.

"저의 할머니이시기도 하고요."

"당신의 할머니가 로슬린 재단의 대표라고요?"

청년은 고개를 끄덕였다.

"저도 할머니와 함께 저 집에 살아요. 교회 관리 업무를 돕고 관광 안내도 하고요."

청년은 어깨를 으쓱이고는 덧붙였다.

"전 평생 이곳에서 살았습니다. 저 집에서 할머니가 저를 키워 주셨지요.”

‘할머니가 저를 키워 주셨지요.’

랭던은 청년의 말을 속으로 되뇌면서 언덕을 가로질러 가는 소피를 바라보았다. 그러고는 자신이 들고 있는 자단 상자를 내려다보았다.

‘말도 안 돼.’

랭던은 천천히 청년에게로 눈길을 돌렸다.

“할머니가 이것과 똑같은 상자를 가지고 있다고 했지요?”

“거의 똑같은 것 같아요.”

“할머니는 그걸 어디에서 구했을까요?”

“할아버지가 만들어 주셨대요. 할아버지는 제가 아기였을 때 돌아가셨지만, 할머니는 지금도 할아버지 이야기를 하세요. 할머니가 말씀하시길, 할아버지는 아주 천재적인 손재주가 있으셨대요. 못 만드는 물건이 없으셨다고 해요.”

랭던의 머릿속에서 하나의 연결망이 서서히 모습을 드러내기 시작했다.

“혹시 부모님은 어떻게 되셨는지 물어봐도 될까요?”

청년은 놀란 표정을 지었다.

“제가 어렸을 때 돌아가셨어요.”

잠시 뒤 그는 한마디를 덧붙였다.

“할아버지하고 같은 날에요.”

랭던의 심장이 쿵쾅거렸다.

“자동차 사고였나요?”

청년은 흠칫 놀랐다. 그의 황록색 눈동자에 당혹감이 드리워졌다.

"네, 그날 온 가족이 세상을 떠났어요. 할아버지, 부모님 그리고……."

청년은 바닥을 내려다보며 머뭇거렸다.

랭던이 말했다.

"그리고 누나도."

언덕 위에 있는 돌집은 소피가 기억하는 모습 그대로였다. 이제 땅거미가 졌고, 그 집에서는 누구라도 반갑게 맞이할 듯한 따스한 기운이 풍겼다. 열린 덧문 틈으로 빵 굽는 냄새가 솔솔 흘러나왔고 창문에서는 황금색 불빛이 새어 나왔다. 소피가 조금 더 다가가자 집 안에서 조용히 흐느끼는 소리가 들려왔다.

소피는 덧문으로 복도에 앉아 있는 나이 많은 여인을 보았다. 여인은 현관문을 등지고 앉아 있었지만, 소피는 여인이 울고 있음을 알 수 있었다. 여인의 길고 탐스러운 은발이 마치 마술처럼 아련한 과거의 조각을 불현듯이 끄집어냈다. 소피는 어느새 발걸음을 옮겨 현관 앞 계단을 딛고 있었다. 여인은 한 남자의 사진이 든 액자를 움켜쥔 채 손끝에 슬픔 어린 사랑의 감정을 담아 남자의 얼굴을 어루만지고 있었다.

사진 속 남자는 소피가 아주 잘 아는 얼굴이었다.

'할아버지.'

여인은 자크 소니에르가 살해되었다는 슬픈 소식을 들은 게 틀림없었다.

소피가 딛고 선 널빤지가 삐걱댔다. 여인은 천천히 몸을 돌려 슬픔에 젖은 눈으로 소피를 바라보았다. 소피는 달아나고 싶었지만 꼼짝할 수가 없었다. 여인은 사진을 내려놓고 문 쪽으로 다가왔다. 그러는 동안 소피를 바라보는 그녀의 간절한 시선은 한 치의 흔들림도 없었다. 덧문의 얇은 그물망을 사이에 두고, 두 여인은 영원처럼 느껴질 만큼 오랫동안 서로를 바라보았다. 서서히 부푸는 바다의 파도처럼, 여인의 표정이 의심에서…… 불신으로…… 희망으로…… 그리고 마침내 기쁨으로 바뀌었다.

여인은 문을 확 열어젖히고 밖으로 나왔다. 그리고 부드러운 두 손을 뻗어 벼락이라도 맞은 듯이 놀란 소피의 얼굴을 감쌌다.

"오, 아가……. 이게 누구야!"

소피는 이 여인의 얼굴을 알아보지 못했지만, 그녀가 누구인지는 알았다. 무슨 말이든 해 보려고 했지만, 숨조차 제대로 쉴 수가 없었다.

"소피."

여인이 소피의 이마에 입을 맞추며 흐느꼈다.

소피는 목멘 소리로 간신히 속삭였다.

"하지만…… 할아버지가 말씀하시길……."

"그래, 나도 안다."

여인은 두 손으로 소피의 어깨를 부드럽게 감싸 안으며 친숙한 눈길로 그녀를 내려다보았다.

"네 할아버지와 나는 아주 많은 거짓말을 할 수밖에 없었

어. 그게 옳은 길이라고 생각했기 때문이란다. 미안하구나. 다
너의 안전을 위해서였어, 프린세스."

마지막 말을 듣자마자 소피는 여러 해 동안 자기를 공주라
고 불렀던 할아버지를 떠올렸다. 할아버지의 목소리가 지금
로슬린의 아득히 오랜 돌들 사이에서 메아리쳐 그 아래 땅속
미지의 공간으로까지 울려 퍼지는 것 같았다.

여인은 두 팔을 활짝 벌려 소피를 껴안았다. 눈에서는 하염
없이 눈물이 흘러내렸다.

"네 할아버지는 너에게 모든 것을 털어놓기를 아주 간절히
원하셨어. 하지만 할아버지와 너의 사이가 멀어지고 말았지.
할아버지는 정말 열심히 노력하셨단다. 설명할 게 아주 많아.
너무너무 많아."

여인은 다시 한 번 소피의 이마에 입을 맞추고는 귓가에 속
삭였다.

"더 이상 비밀은 없단다, 프린세스. 이제 네가 우리 가족에
대한 진실을 알아야 할 때가 됐어."

소피와 할머니가 현관 앞 계단에 앉아 눈물을 흘리며 부둥
켜안고 있는 동안, 안내인 청년이 잔디밭을 가로질러 뛰어왔
다. 그의 눈은 믿기지 않는 듯한 듯한 당혹감과 설레는 희망
이 뒤섞여 반짝였다.

"소피 누나?"

소피는 눈물을 흘리며 일어나서 고개를 끄덕였다. 그러고
는 얼굴도 몰랐던 청년과 포옹을 했다. 소피는 청년의 혈관을

타고 흐르는 혈육의 힘을 느낄 수 있었다. 그 피가 자신의 피와 같은 핏줄에서 비롯되었음을 그녀는 이제 알았다.

랭던이 잔디밭을 가로질러 걸어오고 있었다. 소피는 랭던을 바라보면서, 어제만 해도 자신이 이 세상의 외톨이로 느껴졌다는 것이 믿기지 않았다. 낯선 장소에서 잘 알지도 못하는 세 사람과 함께 있는 지금, 그녀는 마침내 집으로 돌아온 것 같은 기분이었다.

83장

로슬린에 밤이 깃들었다.

로버트 랭던은 돌집 현관에 홀로 서서 노곤한 몸을 가누며 등 뒤의 덧문 사이로 흘러나오는 웃음과 재회의 기쁨을 나누는 소리를 흐뭇한 마음으로 즐겼다. 몸의 피로가 뼛속까지 파고드는 것 같았다.

"조용히 혼자 빠져나왔군요."

등 뒤에서 목소리가 들렸다.

랭던은 뒤를 돌아보았다. 소피의 할머니였다. 밤의 불빛에 그녀의 은발이 은은하게 빛났다. 지난 28년 동안 그녀의 이름은 적어도 마리 쇼벨이었다.

랭던의 미소에 피로가 묻어났다.

"모처럼 가족이 함께 시간을 보내셔야 할 듯해서요."

남동생과 이야기를 나누는 소피의 모습이 창문에 비쳤다.

마리가 다가와서 랭던 옆에 섰다.

"랭던 씨, 자크가 살해되었다는 소식을 처음 들었을 때, 소피의 안전이 걱정되어 겁에 질렸었지요. 오늘 밤 우리 집 문간에 서 있는 그 아이를 보는 순간 내 인생에서 가장 큰 안도감을 느꼈어요. 어떻게 고마움을 표해야 할지 모르겠네요."

랭던은 대꾸할 말이 떠오르지 않았다.

사실 랭던은 소피와 그녀의 할머니에게 단둘이 이야기를 나눌 시간을 주어야겠다고 생각했었다. 하지만 마리는 함께 있어 달라며 그를 이 집에 머물게 했었다.

"내 남편은 당신을 믿었어요, 랭던 씨. 그러니 나도 마땅히 그리해야지요."

결국 랭던은 이 집에서 묵기로 했다. 마리가 소피의 돌아가신 부모님의 이야기를 들려주었을 때, 그는 내심 놀라며 가만히 귀 기울여 들었다. 놀랍게도 소피의 부모는 둘 다 마리아 막달레나와 예수 그리스도의 후손인 메로빙거 가문 출신이었다. 소피의 부모와 선조는 안전을 위해 원래 성인 플랑타르와 생클레르를 다른 성으로 바꾸었다. 그리고 왕족의 혈통을 이어받은 그들의 살아 있는 자손들은 시온 수도회의 철저한 보호를 받았다. 그런데 의문의 자동차 사고로 소피의 부모가 살해당하자, 시온 수도회는 왕손의 신분이 노출되는 것을 걱정하지 않을 수 없었다.

"너희 할아버지와 나는······."

마리는 괴로움에 목이 메어 힘겹게 설명을 이어갔다.

"전화를 받자마자 중대한 결정을 내려야 했어. 너희 부모의 차가 강물 속에서 발견되었다는 전화였어."

마리는 눈물을 훔치고는 소피와 그녀의 남동생을 보며 말을 이었다.

"원래는 그날 밤에 너희 둘을 데리고 **우리 식구 여섯 명이 모두** 그 차로 함께 여행을 떠날 계획이었어. 다행히 우리는 마지막 순간에 계획을 바꾸었고, 너희 부모 둘만 떠나게 됐지. 자크와 나는 진짜로 무슨 일이 일어났는지 알 길이 없었어…… 정말로 **사고**인지 아닌지 몰랐지."

마리는 소피를 보며 말을 이었다.

"우리는 손주들을 보호해야 한다고 생각했어. 그래서 우리가 최선이라고 생각한 방법대로 행동했어. 자크는 네 동생과 내가 그 차에 함께 타고 있었다고 경찰에 신고했고, 우리 둘의 시신은 강물에 떠내려간 것으로 되었단다. 그런 다음, 네 동생과 나는 시온 수도회와 함께 지하로 숨어들었어. 자크는 유명한 사람이어서 쉽게 사라질 수 없는 처지였고, 장녀인 너는 시온 수도회의 심장부와 보호망에서 가까운 파리에 남아 자크 곁에 있는 것이 합당하다고 생각했어."

마리의 목소리는 속삭임에 가까울 정도로 작아졌다.

"가족을 찢어 놓는 것은 우리에게 가장 고통스러운 일이었단다. 자크와 나는 아주 가끔씩만 만났어. 그것도 가장 비밀스러운 장소에서만."

마리는 잠시 말을 끊었다가 내처 말했다.

"회원들이 목숨처럼 비밀을 지키는 어떤 의식이 있지."

랭던은 이때 자리에서 일어나 밖으로 나갔다. 이제 랭던은 로슬린의 첨탑들을 올려다보고 있었다. 아직도 풀리지 않은 로슬린의 미스터리가 그의 머릿속을 떠나지 않았다.

'정말 성배가 이곳 로슬린에 숨겨져 있을까? 만약 그렇다 면 소니에르가 시에서 언급한 칼날과 잔은 어디에 있을까?'

소니에르의 파피루스. 랭던은 뭔가 놓친 게 있을지도 모른 다는 기대를 품으며 크립텍스를 다시 꺼냈었다.

"그거 이리 줘 봐요."

마리가 랭던의 손을 가리키며 말했다.

파피루스를 건네받은 마리는 재미있다는 표정을 지었다.

"파리에 있는 은행원 한 명을 알고 있지요. 아마도 그 양반 은 지금 이 자단 상자를 되찾기 위해 전전긍긍하고 있을 거 예요. 앙드레 베르네는 자크의 절친한 친구였고, 자크는 그를 전적으로 신뢰했어요. 앙드레는 이 상자를 잘 보관해 달라는 자크의 부탁을 저버리지 않기 위해서라면 무슨 짓이든 할 사 람이에요."

'나한테 총을 쏘는 것까지 포함해서.'

랭던은 그 일을 떠올렸지만, 자신이 그 사람의 코뼈를 부러 뜨렸을지도 모른다는 사실은 말하지 않기로 마음먹었다. 파 리를 생각하자, 문득 전날 밤에 살해된 세 청지기가 생각났다.

"시온 수도회는요? 이제 어떻게 되나요?"

"이미 일이 잘 진행되고 있어요, 랭던 씨. 수백 년을 견딘 조직이니 이번 위기도 견뎌 낼 거예요. 재건할 사람들은 언제 나 있기 마련이지요."

저녁 내내 랭던은 소피의 할머니가 시온 수도회의 운영에 깊숙이 관여하는 듯한 인상을 받았다. 사실 이 조직에는 늘 여성 회원이 있었다. 수호자 역할을 하는 청지기는 전통적으로 남자가 맡았지만, 지금까지 기사단장을 맡은 여자가 네 명이나 있었다.

랭던은 티빙이 웨스트민스터 사원에서 한 말을 떠올렸다. 그 일이 마치 엄청 오래전 일처럼 아득하게 느껴졌다.

"종말의 날들이 와도 상그레알 문서를 공개하지 못하도록 부인의 남편이 교회로부터 압력을 받은 게 사실입니까?"

"맙소사, 아니에요. 종말의 날들은 전설일 뿐이에요. 시온 수도회의 교리에는 성배가 공개되어야 할 날짜 같은 것은 아예 없어요. 사실 시온 수도회는 늘 성배가 절대 공개되어서는 **안 된다는** 입장이었어요."

랭던은 망연자실했다.

"영원히요?"

"우리의 영혼에 힘을 주는 것은 성배 그 자체가 아니라 신비로움과 경이로움이에요. 성배가 아름다운 까닭은 그것이 지상의 물건이 아니기 때문이지요."

마리 쇼벨은 이제 로슬린 교회를 바라보고 있었다.

"어떤 사람들에게는 성배가 영생을 가져다줄 술잔이에요. 또 다른 사람들에게는 성배가 사라진 문서와 역사의 비밀을 찾기 위한 모험의 목표물이지요. 하지만 내 생각에 대부분의 사람들에게 성배는 영광스럽지만 영원히 손에 넣을 수 없는, 그래서 오늘날과 같은 혼돈의 세계에서도 우리에게 영감을 불어넣는 보물이에요."

"하지만 상그레알 문서가 공개되지 않으면 마리아 막달레나의 이야기도 영원히 묻히게 될 텐데요."

"그럴까요? 주위를 둘러보세요. 그분의 이야기는 미술과 음악 그리고 수많은 책 속에서 존재하고 있어요. 추는 지금도 흔들리고 있지요. 우리는 역사로부터 위험을 감지하기 시작했어요……. 우리는 신성한 여성성을 회복해야 할 필요를 느끼기 시작했어요."

마리는 잠시 멈추었다가 말을 이었다.

"신성한 여성성에 대한 책을 쓰고 있다고 하셨지요?"

"네, 그렇습니다."

마리는 미소를 지었다.

"그 책을 잘 마무리하세요, 랭던 씨. 그분의 노래를 부르세요. 세상에는 현대판 음유 시인이 필요해요."

랭던은 침묵을 지켰다.

'묻지 말자.'

랭던은 스스로를 타일렀다.

'지금은 때가 아니야.'

랭던은 마리의 손에 들린 파피루스를 힐끔 보고는 로슬린 교회로 눈길을 돌렸다.

마리가 재미있다는 표정으로 말했다.

"물어보세요, 랭던 씨. 그럴 자격이 충분히 있으시잖아요."

랭던은 얼굴이 달아오르는 것을 느꼈다.

"성배가 이곳 로슬린에 있는지 알고 싶은 거지요?"

"말씀해 주실 수 있겠습니까?"

마리는 짐짓 굳은 표정으로 한숨을 쉬었다.

"왜 사람들은 성배를 편안히 쉬도록 가만두지 **못할**까요?"

마리는 웃음을 터뜨렸다. 자신의 이야기를 재미있어 하는 눈치였다.

"왜 그게 여기 있을 거라고 생각하지요?"

랭던은 마리가 들고 있는 파피루스를 가리켰다.

"소니에르의 시에 로슬린이 구체적으로 언급되어 있습니다. 그런데 칼날과 잔이 성배를 지키고 있다는 말도 있지요. 하지만 저는 이곳에서 칼날과 잔을 의미하는 어떤 상징도 발견하지 못했습니다."

"칼날과 잔? 그게 정확히 어떻게 생긴 거죠?"

랭던은 그녀가 장난 치는 듯한 느낌이 들었지만 같이 맞장구치는 기분으로 얼른 그 상징을 설명했다.

희미한 기억을 더듬는 듯한 표정이 마리의 얼굴에 번졌다.

"아, 그렇죠, 당연히. 날은 모든 남성적인 것을 상징하지요. 이런 그림인 것 같은데. 맞아요?"

마리는 집게손가락으로 손바닥에 그림을 그렸다.

"네."

마리가 그린 '닫힌' 형태의 날은 덜 보편적이었지만, 랭던은 그런 식으로 그리는 경우도 본 적이 있었다.

"그리고 이걸 거꾸로 그리면……."

마리는 다시 손바닥에 그림을 그렸다.

"여성을 상징하는 잔이 되겠네요."

"맞습니다."

"그런데 여기 로슬린에 있는 수많은 상징 중에 이 두 형태를 어디서도 못 보았다는 말이지요?"

"저는 못 봤습니다."

"그럼 내가 그것들을 보여 주면, 잠을 좀 잘래요?"

랭던이 뭐라고 대답도 하기 전에 마리 쇼벨은 현관을 내려가 교회 쪽으로 향했다. 랭던은 서둘러 뒤쫓아 갔다. 오래된 교회 건물 안으로 들어선 마리는 불을 켜고 성소의 바닥 한가운데를 가리켰다.

"저기 있네요, 랭던 씨. 칼날과 잔."

랭던은 흠집 난 돌바닥을 물끄러미 바라보았다. 아무것도 없었다.

"제 눈에는 아무것도 안 보이는데요……."

마리는 한숨을 쉬고는 수많은 이들의 발길에 반들반들하게 길이 난 예배당 바닥을 걸었다. 아까 초저녁에 관광객들이 걸어가는 모습을 보았던 바로 그 경로였다. 이제 거대한 상징이 눈에 들어왔지만, 랭던은 여전히 전혀 감을 잡지 못했다.

"하지만 이건 다윗의 별……."

랭던은 뚝 말을 멈추었다. 뒤늦은 깨달음에 너무나 놀라 말문이 막힌 것이었다.

'칼날과 잔.

두 개가 하나로 합쳐진 것이었다.

다윗의 별…… 남성과 여성의 완벽한 결합…… 솔로몬의 문양…… 남신과 여신이 머무는 지성소의 표지.'

1분 정도 흘렀을까. 랭던이 다시 말문을 열었다.

"그 시가 정말로 이곳을 가리켰군요. 정확하고 완벽하게."

마리는 미소를 지었다.

"표면적으로는 그렇죠."

이 대답이 암시하는 바를 생각하자 랭던은 소름이 돋았다.

"그럼 성배가 이 아래 지하실에 있다는 겁니까?"

마리는 웃음을 터뜨렸다.

"영적으로는 그렇지요. 시온 수도회의 가장 오래된 임무 중 하나는 언젠가 성배를 프랑스의 고향 땅으로 가져와 영원한 안식을 취할 수 있도록 하는 거예요. 여러 세기에 걸쳐 안전한 곳을 찾아 이리저리 끌려다녔으니까요. 몹시도 품위 없게 말이죠. 자크가 기사단장이 되었을 때, 그이의 임무는 성배를 프랑스로 다시 가져와 여왕의 지위에 걸맞은 안식처를 마련함으로써 그녀의 명예를 회복하는 일이었어요."

"그래서 성공하셨습니까?"

마리의 얼굴이 심각해졌다.

"랭던 씨, 로슬린 재단의 대표로서 당신에게 이 사실만은 확실히 말씀드리지요. 성배는 이제 이곳 로슬린에 없어요."

랭던은 좀 더 밀어붙이기로 마음먹었다.

"하지만 쐐기돌은 **현재** 성배가 숨겨진 곳을 가리키도록 되어 있습니다. 그런데 어째서 쐐기돌이 로슬린을 가리키고 있지요?"

"아마도 당신이 의미를 잘못 짚은 것 같네요."

"하지만 어떻게 이보다 더 명확할 수가 있지요? 우리는 지금 칼날과 잔이 새겨진 지하실 위에 서 있고, 위에는 별들의 천장이 있으며, 장인 석공들의 작품에 둘러싸여 있습니다. 이 모든 것이 로슬린을 가리키고 있지 않습니까."

"좋아요. 그 수수께끼 같은 시를 내가 한번 봐도 되겠죠?"

마리는 파피루스를 펼쳐서 어조를 가다듬으며 큰 소리로 읽었다.

성배는 고대의 로슬린 밑에서 기다리고 있다.
칼날과 잔이 그녀의 대문을 지킨다.
장인들의 아름다운 예술로 치장한 그녀가 누워 있다.
마침내 그녀는 별이 총총한 하늘 아래 안식을 취한다.

마리는 시를 다 읽은 뒤 잠시 가만히 있었다. 이윽고 그녀의 입술에 깨달음의 미소가 번졌다.

"아, 자크."

랭던은 기대에 찬 눈빛으로 그녀를 바라보았다.

"무슨 뜻인지 **이해**하셨습니까?"

마리는 피곤한 듯 하품을 했다.

"랭던 씨, 고백할 게 하나 있어요. 나는 공식적으로는 성배의 현재 위치를 관여하는 자격을 갖춘 적이 한 번도 없었어요. 하지만 알다시피 엄청난 영향력을 지닌 사람과 결혼했고…… 여자로서의 직감도 강한 편이죠. 제 느낌에 당신은 결국 당신이 찾고자 하는 것을 발견할 것 같군요. 어느 날 문득 깨닫게 될 거예요."

마리는 미소를 지었다.

누군가 문간으로 다가오는 소리가 들렸다.

"두 분이 안 보여서……."

소피가 교회 안으로 들어오면서 중얼거렸다.

"막 나가려던 참이었어."

소피의 할머니는 그렇게 대꾸하고는 문 앞에 서 있는 소피에게 걸어갔다.

"잘 자렴, 프린세스."

그녀는 소피의 이마에 입을 맞추었다.

"랭던 씨를 너무 늦게까지 붙잡고 있지는 말고."

랭던과 소피는 자연석으로 만든 집으로 걸어가는 마리의 모습을 지켜보았다. 소피가 랭던에게 눈길을 돌렸을 때, 가슴 깊숙이 감정이 북받치는지 그녀의 눈에 눈물이 고였다.

"내가 기대했던 결말과는 살짝 거리가 있네요."

랭던은 속으로 생각했다.

'동감입니다.'

랭던은 소피가 큰 충격에 압도되었다는 것을 알아차렸다. 오늘 밤에 그녀의 삶이 송두리째 바뀌었다.

"괜찮아요? 새로이 받아들여야 할 게 아주 많잖아요."

소피는 조용히 미소 지었다.

"나한테는 가족이 있잖아요. 거기서부터 출발할 생각이에요. 우리가 누구인지, 우리가 어디에서 왔는지, 그런 문제는 시간이 좀 걸리겠죠."

랭던은 말없이 가만히 있었다.

소피가 물었다.

"우리랑 좀 더 오래 있을 수 없나요? 며칠만이라도?"

랭던은 그럴 수만 있다면 더 바랄 나위가 없겠다는 생각에 한숨을 내쉬었다.

"당신은 여기에서 가족과 함께 좀 더 시간을 보내야 해요, 소피. 나는 내일 아침에 파리로 돌아가려고요."

두 사람 다 말이 없었다. 잠시 뒤, 소피가 팔을 뻗어 랭던의 손을 잡고 교회 밖으로 나갔다. 두 사람은 작은 언덕으로 걸어갔다. 갈라지는 구름 사이로 옅은 달빛이 쏟아지며 스코틀랜드의 시골 풍경을 물들였다.

별들이 이제 막 얼굴을 내밀었다. 서쪽 하늘에 유난히 밝게 빛나는 별 하나가 있었다.

금성이었다. 비너스. 변함없이 꾸준히 빛나는 고대의 여신.

에필로그

로버트 랭던은 화들짝 놀라 잠에서 깼다. 꿈을 꾸었다. 침대 옆에 놓인 목욕 가운에는 '호텔 리츠 파리'의 로고가 새겨져 있었다. 블라인드 사이로 희미한 빛이 새어 들었다.

'저녁이야, 새벽이야?'

따스하고 깊은 만족감이 온몸에 차올랐다. 거의 이틀 내내 잠에 빠져 있었다. 천천히 침대 위에 일어나 앉은 랭던은 자신이 무엇 때문에 잠에서 깼는지 깨달았다. 아주 이상한 생각이 들었기 때문이다.

'가능한 일일까?'

랭던은 한동안 꼼짝도 하지 않았다.

'불가능해.'

20분 뒤, 랭던은 서둘러 샤워를 하고는 점점 흥분이 고조되는 것을 느끼면서 호텔 밖으로 나갔다. 그러고는 동쪽으로 걸

다가 남쪽으로 방향을 틀어 계속 걸었다. 이윽고 찾던 장소가 나왔다. 반짝이는 검은색 대리석 건물이 길게 뻗어 있는 유명한 로열 아케이드였다. 아케이드에 들어선 랭던은 발밑의 바닥을 살펴보았다. 몇 초 만에 그는 거기에 있을 것이라고 예상했던 것을 찾아냈다. 동메달 몇 개가 완벽한 직선을 이루며 바닥에 박혀 있었다. **메달**은 지름이 13센티미터 정도이고, 가운데에 N 또는 S라는 글자가 쓰여 있었다.

'북쪽. 남쪽.'

랭던은 정남쪽으로 돌아서서 메달이 이어지는 가상의 직선을 눈으로 쫓으며 움직이기 시작했다.

그가 몇 년 전에 알게 된 바에 따르면, 파리의 길거리에는 남북을 잇는 축을 따라 이런 동메달 표지가 모두 135개 박혀 있었다. 인도와 차도는 물론이고 심지어 건물 안뜰에 있는 경우도 있었다. 한번은 센강 북단의 사크레쾨르에서 출발해 고색창연한 파리 천문대까지 이 선을 따라가 본 적이 있었다. 거기서 그는 이 신성한 경로의 중요성을 알게 되었다.

지구 최초의 본초 자오선.

세계 최초의 경도 0도.

파리의 고대 로즈 라인.

혼잡한 거리를 서둘러 가로지르던 랭던은 목적지에 거의 다다랐음을 알았다. 이제 채 한 블록도 남지 않았다.

성배는 고대의 로슬린 밑에서 기다리고 있다.

깨달음이 파도처럼 밀려왔다. 소니에르가 굳이 로슬린 (Roslin)이라는 옛날식 표기를 사용한 이유…… 칼날과 잔…… 장인들의 예술로 장식된 무덤.

'이것 때문에 소니에르가 나와 이야기 나누려 했던 것일까? 나도 모르는 사이에 나는 어림짐작으로 진실을 알아 버린 것일까?'

랭던은 뛰기 시작했다. 발밑의 로즈 라인이 자신을 목적지 쪽으로 끌어당기는 듯한 느낌이 들었다. 길다란 리슐리외 터널로 들어서자 기대감으로 목덜미의 털이 곤두섰다. 이 터널 끝에 파리에서 가장 신비로운 기념물이 서 있다는 사실을 그는 알고 있었다.

'루브르의 피라미드.'

유리 피라미드가 어둠 속에서 어슴푸레 빛나고 있었다.

하지만 그것을 오래도록 감상할 여유는 없었다. 랭던은 몸을 돌려 또다시 보이지 않는 고대의 로즈 라인을 따라 움직였다. 그러자 거대한 로터리 안에 말끔히 손질된 산울타리에 둘러싸인 원형 풀밭이 나왔다. 루브르 광장의 안뜰인 이곳은 한때 파리의 원시적인 자연 숭배 축제, 즉 다산과 여신을 경배하는 즐거운 의식이 거행되던 곳이었다.

랭던은 덤불을 넘어 풀밭으로 들어서면서 마치 다른 세계로 건너가는 듯한 기분에 사로잡혔다. 이 신성한 대지에는 파리에서 가장 특이한 기념물 하나가 서 있었다. 한복판에 거꾸로 뒤집어진 거대한 유리 피라미드가 마치 땅속으로 곧장 곤두박질치는 수정 골짜기처럼 입을 쩍 벌리고 있었다. 랭던이 며칠 전 밤에 루브르에 들어갔을 때에도 보았던 바로 그 구조물이었다.

'역피라미드.'

랭던은 살짝 몸을 떨며 발걸음을 떼어 가장자리까지 걸어 갔다. 그리고 호박색 조명이 환히 빛나는 루브르의 복잡한 지하 세계를 들여다보았다. 그의 눈길은 거대한 역피라미드뿐만 아니라 바로 그 아래에 있는 구조물로도 향했다. 거기에는 랭던이 자신의 원고에서도 언급한 적이 있는 아주 작은 구조물이 있었다.

랭던은 이제 정신이 바짝 깨어나는 것을 느끼면서 새로운 발견에 대한 기대감으로 전율했다. 다시 눈을 들어 루브르를 바라보면서, 그는 거대한 날개처럼 양쪽으로 펼쳐진 박물관 건물이…… 세계 최고의 미술품들이 즐비한 복도들이 자신을 감싸는 듯한 느낌이 들었다.

다빈치…… 보티첼리…….

장인들의 아름다운 예술로 치장한 그녀가 누워 있다.

랭던은 생기로운 경이감에 사로잡히면서 다시 한 번 유리 너머 아래에 자리한 작은 구조물을 말끄러미 보았다.

'저기로 내려가야 해.'

랭던은 풀밭을 가로질러 루브르 입구의 거대한 피라미드로 향했다. 오늘의 마지막 방문객들이 박물관에서 천천히 몰려나오고 있었다. 랭던은 회전문을 밀고 안으로 들어가 곡선형 계단을 후다닥 내려갔다. 지하로 내려온 그는 루브르의 안뜰 지하를 관통하는 기다란 터널로 들어가 역피라미드가 있는 곳으로 향했다.

터널 끝은 널찍한 방으로 이어졌다. 바로 눈앞에 어슴푸레 빛나며 공중에 떠 있는 역피라미드가 보였다. 숨이 멎을 듯 아름다운 V자 유리가 보였다.

'잔.'

아래로 내려올수록 점점 좁아지는 피라미드를 따라 랭던의 눈길이 움직였다. 피라미드의 끝은 바닥에서 겨우 2미터가 채되지 않는 높이에 떠 있었고, 바로 그 아래에는 작은 구조물이 서 있었다.

미니 피라미드. 높이가 90센티미터에 불과한 이 구조물은 모든 것이 거대한 이 박물관에서 유일하게 축소판으로 만든 것이었다.

랭던은 원고에서 루브르 박물관이 공들여 수집해 소장하고 있는 여신과 관련된 미술품에 대해 논하면서, 이 수수한 피라미드에 대해 간략히 언급했었다.

'이 극소형 구조물은 마치 빙산의 일각처럼 바다 위로 돌출되어 있다. 그 밑에 숨어 있을지도 모르는 피라미드 모양의 거대한 지하 공간의 꼭대기인 셈이다.'

피라미드와 역피라미드. 두 구조물은 끝이 거의 맞닿을 정도로 가까운 거리에서 서로를 향하고 있었으며, 두 피라미드의 몸체는 서로 잘 맞게 정렬되어 있었다.

위에는 잔. 아래에는 칼날.

칼날과 잔이 그녀의 대문을 지킨다.

랭던의 귓가에 마리 쇼벨의 음성이 들려왔다.

'어느 날 문득 깨달을 거예요.'

랭던은 장인들의 작품에 에워싸인 채로 고대의 로즈 라인 아래에 서 있었다.

'소니에르가 계속 지켜보기에 이보다 더 좋은 장소가 있었을까?'

마침내 랭던은 기사단장이 마지막으로 남긴 시의 참된 의미를 이해했다. 그는 눈을 들어 유리 피라미드 너머로 별들이 가득한 장엄한 밤하늘을 올려다보았다.

마침내 그녀는 별이 총총한 하늘 아래 안식을 취한다.

마치 어둠 속에서 혼령들이 웅얼거리는 소리처럼 그동안 잊고 있던 말들이 메아리쳤다.

'성배를 찾기 위한 모험은 마리아 막달레나의 유골 앞에 무릎을 꿇기 위한 모험이다. 추방당한 영혼의 발 앞에서 기도를 드리기 위한 여정이다.'

불현듯 북받치는 경외심에 압도된 랭던은 그 자리에 무릎을 꿇었다.

순간 그는 어떤 여인의 목소리를…… 땅속 깊이 갈라진 틈 속에서 속삭이는…… 유구한 세월의 지혜를 들은 것 같았다.

사진 저작권

i 쪽: © 2004, 데이비드 헨리

ii 쪽: **위:** 프랑스 파리 루브르 박물관의 기로동/브릿지먼 미술 도서관
아래 왼쪽: 에리히 레싱/뉴욕 아트 리소스
아래 오른쪽: 뉴욕 아트 리소스

iii 쪽: **위 왼쪽과 가운데 그림:** 에리히 레싱/뉴욕 아트 리소스
위 오른쪽 그림: 스칼라/뉴욕 아트 리소스
가운데와 아래 오른쪽 사진: 펭귄 랜덤하우스의 자회사 크라운 퍼블리싱 그룹의 임프린트 출판사인 브로드웨이 북스 제공

iv 쪽: **위:** 팻 덴턴의 작품으로, 사진 소유자인 올리비아 흐수 데커가 제공. 빌레트성에 관한 정보와 임대 가능 여부를 확인하려면 웹사이트 Frenchvacation.com를 방문하거나 Villette@Frenchvacation.com.으로 이메일을 보내 주세요.

iv~v쪽: **아래:** 스칼라/뉴욕 아트 리소스

v 쪽: **위 왼쪽:** 사이먼 브라이턴의 작품
오른쪽: 펭귄 랜덤하우스의 자회사 크라운 퍼블리싱 그룹의 임프린트 출판사인 브로드웨이 북스 제공

vi 쪽: © 2004 데이비드 헨리

vii 쪽: **위 왼쪽:** 안젤로 호나크/CORBIS
위 오른쪽: 워너 포먼/CORBIS
아래: 안토니아 리브/로슬린 교회 재단

viii 쪽: **위:** 산드로 바니니/CORBIS
아래: © 브래드 브라운

감사의 글

이 청소년 판을 위해 애써 준 빌 스콧-커, 바버라 마커스, 베벌리 호로비츠, 섀넌 컬런, 수 쿡 그리고 미국과 영국의 펭귄 랜덤하우스 아동팀에서 일하는 모든 재능 있는 사람들에게 특별히 감사드린다.

이 책에서 말하고자 하는 바를 진정으로 이해하고 이 프로젝트를 위해 열심히 노력해 준 내 친구이자 편집자 제이슨 코프먼에게 고마움을 전한다. 그리고 그 누구와도 비교할 수 없는 하이디 랭어에게 감사한다. 그녀는 뛰어난 에이전트이자 믿음직한 친구이며 《다빈치 코드》를 위해 지칠 줄 모르고 싸운 전사였다.

너그럽고 믿음직스럽게 책의 방향을 잘 제시해 준 더블데이 출판사의 담당 팀에는 어떤 감사의 말도 부족할 것이다. 특히 처음부터 이 책에 믿음을 보여 준 빌 토머스와 스티브

루빈에게 감사한다. 마이클 팔컨과 수잰 헤르츠, 저넬 모버그, 재키 에벌리, 에이드리엔 스파크스를 필두로 출판사 내부에서 초기에 이 책에 성원을 보내 준 핵심 관계자들에게 감사한다. 또한 탁월한 재능을 갖춘 더블데이의 영업팀에게도 고마움을 전한다.

자료 조사에 도움을 아끼지 않은 루브르 박물관, 프랑스 문화부, 구텐베르크 프로젝트, 파리 국립도서관, 그노시스협회 도서관, 루브르의 회화 연구 및 자료 서비스 부서, 가톨릭월드뉴스, 그리니치 왕립천문대, 런던자료협회, 웨스트민스터사원의 문서 보관소, 존 파이크와 미국과학자연맹에 감사를 표하고 싶다. 또한 오푸스 데이와 관련해 긍정적이든 부정적이든 소중한 경험을 이야기해 준 회원 다섯 명(세 명은 현재 활동 중이고 두 명은 전 회원)에게도 감사의 마음을 전한다.

많은 참고 서적을 추적하는 데 도움을 준 워터 스트리트 서점, 황금비와 피보나치수열에 대해 도움을 준 수학 교사이자 저술가인 나의 아버지 리처드 브라운, 앵커볼 웹 미디어의 스탠 플랜턴, 실비 보들로크, 피터 맥기건, 프랜시스 맥키너니, 마지 워치텔, 앙드레 베르네, 앵커볼 웹 미디어의 켄 켈러허, 카라 소택, 캐린 폽햄, 에스더 성, 미리엄 아브라모위츠, 윌리엄 턴스톨-페도, 그리핀 우든 브라운 등에게도 감사 인사를 올린다.

그리고 마지막으로 신성한 여성성을 매우 비중 있게 다루는 이 소설의 감사의 글에서, 내 인생에 많은 영향을 끼친 두 여인을 언급하지 않는 게으름을 피워서는 안 될 것이다. 먼저, 공인 필경사이자 영양사이며 음악가이고 '롤모델'인 나의 어머니 코니 브라운. 그리고 미술사학자이자 화가이고 일류 편집자이기도 하며, 내가 아는 사람 중 의심할 나위 없이 가장 놀라운 재능을 가진 여자, 나의 아내 블라이드.

옮긴이_ 김영선

서울대학교 영어교육과를 졸업하고 미국 코넬대학에서 문학 석사 학위를 받았으며 언어학 박사
과정을 수료했다. 《무자비한 월러비 가족》으로 2010년 IBBY(국제아동도서위원회) 어너리스트
(Hornor List) 번역 부문 상을 받았다. 옮긴 책으로는 《도박》, 《구덩이》, 《수요일의 전쟁》, 《화성
연대기》 등이 있으며, 《로빈슨 크루소》, 《검은 고양이》, 《동물농장》, 《물의 아이들》, 《보물섬》 등을
비롯해 여러 클래식을 완역하기도 했다.

청소년 다빈치 코드 2

초판 1쇄 인쇄 2017년 11월 8일
초판 1쇄 발행 2017년 11월 20일

지은이 | 댄 브라운
옮긴이 | 김영선
발행인 | 강봉자, 김은경

펴낸곳 | (주)문학수첩
주소 | 경기도 파주시 회동길 192(문발동 513-10) 출판문화단지
전화 | 031-955-4445(마케팅부), 4453(편집부)
팩스 | 031-955-4455
등록 | 1991년 11월 27일 제16-482호

홈페이지 | www.moonhak.co.kr
블로그 | blog.naver.com/moonhak91
이메일 | moonhak@moonhak.co.kr

ISBN 978-89-8392-681-4 04840
      978-89-8392-679-1 (세트)

「이 도서의 국립중앙도서관 출판예정도서목록(CIP)은 서지정보유통지원시스템
홈페이지(http://seoji.nl.go.kr)와 국가자료공동목록시스템(http://www.nl.go.kr/
kolisnet)에서 이용하실 수 있습니다.(CIP제어번호: CIP2017027831)」

* 파본은 구매처에서 바꾸어 드립니다.